Le clan Lockhart

Aux Éditions J'ai lu

Dans la collection
Aventures et Passions

LES LOCKHART

1 – Le dragon maudit
N° 7805
2 – Le bijou convoité
N° 7977
3 – Une histoire d'honneur
N° 8052

LE CLUB DES DÉBUTANTES

1 – La chasse au duc
N° 8787
2 – La passion en héritage
N° 9023
3 – L'imposture
N° 9283

Dans la collection
Promesses

CEDAR SPRINGS

1 – L'été des deux amours
N° 9533
2 – L'été de l'espoir
N° 9625

Julia
LONDON

Le clan Lockhart

Traduit de l'anglais (États-Unis)
par Viviane Ascain

J'ai lu

POUR elle

Déjà paru sous le titre
Les Lockhart 1 – Le dragon maudit

Titre original
HIGHLANDER UNBOUND

Éditeur original
Pocket Books, a division of Simon & Schuster, Inc., New York

Prologue

Près d'Aberfoyle, en Écosse,
dans les Highlands, 1449.

Des années durant, aux alentours du loch Chon, on racontait à la veillée que la belle dame de Lockhart riait comme une folle tandis que son mari pendait son amant, avant de tomber elle-même sous la hache du bourreau.

En cet automne de 1449, un vent mauvais soufflait sur les Highlands. Le gros comte de Douglas finit par succomber à sa gloutonnerie, et son fils William hérita du titre. Le jeune homme montrait toutes les qualités de bravoure et d'intelligence qui manquaient à son père, à tel point que les tuteurs du roi Jacques se sentirent menacés. Au seuil de l'âge adulte, le jeune souverain écoutait de moins en moins leurs sages conseils. William Douglas vit là une excellente occasion de s'emparer du pouvoir, et il décida de s'allier au conseiller Crichton contre le conseiller Livingstone. Désormais, tous les parents et amis de ce dernier, devenus ses ennemis personnels, étaient menacés…

Pour son malheur, Anice de Lockhart, célèbre dans toute l'Écosse pour sa beauté autant que pour sa bonté, fut de ceux-là. Elle avait été donnée en mariage à un cousin de William, Eoghann, seigneur de Lockhart. Mais la jeune femme découvrit bien vite que sa dot seule intéressait son époux, et que sa brutalité n'était pas une légende. Elle lui donna néanmoins cinq fils et une fille. Eoghann adorait ses fils, et les emmenait le plus souvent possible en expédition avec lui, laissant Anice seule avec sa fille Margaret.

C'est en ce même automne maudit que la destinée amena Kenneth, un jeune et valeureux guerrier, neveu du conseiller Livingstone, au château de Lockhart. Bien qu'elle fût de dix ans son aînée, dès qu'il aperçut Anice, il en tomba éperdument amoureux. Quant à la dame, elle menait depuis tant d'années une vie si triste et si solitaire que personne ne s'étonna de la voir succomber à l'amour du séduisant chevalier.

La belle châtelaine ne voulut pas rejeter sa dernière chance de bonheur, et elle s'y abandonna ouvertement. Seul Eoghann, qui ne lui prêtait jamais la moindre attention, ne s'aperçut de rien.

Les tourtereaux auraient peut-être vécu paisiblement leur amour si William n'était pas devenu comte de Douglas. Même s'il connaissait les torts de son cousin Eoghann, et n'avait rien contre Anice, il ne pouvait cependant pardonner à celle-ci une liaison avec un Livingstone. Son destin était donc scellé, et il dépêcha un émissaire pour signifier la condamnation à mort des deux amants.

Eoghann accepta volontiers qu'on pendît Kenneth, mais il trouva cette mort indigne de son épouse, même adultère, et décida qu'elle aurait la tête tranchée. Comme il tenait à ce qu'elle puisse auparavant méditer à loisir sur ce qu'il en coûtait d'offenser un Lockhart, il la fit enfermer dans une tour d'où elle pourrait observer dans leurs moindres détails les préparatifs de l'exécution.

Dans sa vieillesse, Inghean, la fidèle servante d'Anice, racontait que sa maîtresse avait sombré dans la folie pendant ces journées de captivité. Des heures durant, elle arpentait la pièce glaciale et sans le moindre confort où elle était emprisonnée, marmonnant des propos incohérents et serrant sur son cœur une statuette d'or dont les yeux et la bouche étaient incrustés de rubis.

La suivante ne sut jamais quel animal monstrueux représentait cet objet hideux que Livingstone avait offert à sa bien-aimée, ni ce qu'il signifiait. C'était là le secret des amants…

La veille de l'exécution de Kenneth, Anice appela Inghean auprès d'elle et tira de sa ceinture une émeraude de la taille d'un œuf de pigeon. Elle lui venait de sa mère, et c'était le seul bijou qu'elle avait pu soustraire à l'avidité d'Eoghann pendant toutes leurs années de mariage. Elle la glissa dans la main de la servante en la suppliant de demander à son frère, le forgeron, de sceller la pierre à l'intérieur de la statuette. C'était le dernier mais le plus important des cadeaux qu'elle pût faire à sa fille, expliqua-t-elle en larmes.

Inghean ne pouvait pas refuser. Quand elle revint de sa mission, la foule se rassemblait déjà autour de l'échafaud pour assister à la pendaison de Kenneth. Elle rejoignit sa maîtresse sur les remparts. Horrifiées, elles regardèrent le condamné s'avancer d'un pas ferme. Pour ne pas laisser voir sa terreur à son mari, la châtelaine ne cessait de caqueter comme une folle.

Livingstone leva les yeux vers sa bien-aimée et la salua tendrement, tandis qu'elle plantait ses ongles dans le bras de sa suivante. Quand le bourreau passa la corde autour du cou du jeune homme, la dame de Lockhart se pencha par-dessus les remparts et hurla « Fuirich do mi ! »

« Attends-moi ! »

La corde se tendit et le corps de Kenneth bascula dans le vide. Il mourut sur le coup, et alors que la foule se dispersait lentement, Anice s'effondra sur le chemin de ronde.

De retour dans sa prison, elle demanda qu'on lui amène sa petite Margaret, une enfant d'une dizaine d'années.

— Écoute-moi bien, ma fille. Je te vais donner ceci, dit-elle en prenant la figurine des mains d'Inghean. Promets-moi de la garder quoi qu'il arrive. Tu m'entends, Maggie ? poursuivit-elle en secouant la fillette qui restait silencieuse. Cette statuette est plus précieuse que tous les trésors du roi. Si un jour tu aimes un homme, et que ton père ne te laisse aucun espoir, regarde dans le ventre de la bête. Tu as bien compris ?

La fillette jeta un coup d'œil craintif au monstre hideux et acquiesça en silence.

Le lendemain matin, sous le regard impassible de son mari et de ses deux fils aînés, Anice s'agenouilla et posa la tête sur le billot.

Un seul coup de hache l'envoya rejoindre son amant.

La petite Margaret grandit dans une époque de plus en plus troublée. Le roi tua le comte William de sa main, ce qui eut pour conséquence de dresser les Douglas contre les souverains Stuart. Toute l'Écosse sombra dans une impitoyable guerre civile ; les familles et les clans se déchirèrent. Les trois jeunes Lockhart s'opposèrent à leur père et à leurs deux aînés, et firent allégeance aux Stuart. Margaret, qui venait d'avoir quinze ans, tomba amoureuse de Raibert de Stirling, qui s'était rangé aux côtés de ses jeunes frères. Un soir, l'adolescente vint trouver Inghean pour lui faire ses adieux. Elle avait confié la statuette à son amoureux, et ils allaient fuir en Angleterre avec ses frères. Elle embrassa la vieille servante et se perdit dans la nuit.

Inghean ne revit jamais la jeune fille. Bien des années plus tard, elle apprit que Raibert avait été tué à la bataille d'Otterburn, et que les jeunes Lockhart avaient rejoint l'Angleterre en emportant la statuette. Mais ils ne s'étaient pas souciés d'emmener leur sœur avec eux. Leur père l'enferma dans un couvent où, le cœur brisé, elle se donna la mort un an plus tard.

Inghean allait encore vivre de longues années pour raconter la triste fin de la dame de Lockhart. Mais sa mémoire faiblissant avec le temps, il lui arrivait de s'embrouiller. Au soir de sa vie, l'histoire était devenue la malédiction de la dame de Lockhart, car beaucoup se souvenaient encore de l'avoir vue rire comme une folle pendant qu'on pendait son amant, et plus d'un pensait qu'elle avait jeté un sort à sa fille.

Quand la fidèle suivante quitta ce monde, la vérité sur Anice périt avec elle. La légende prit le pas sur les faits, et la prétendue malédiction s'étendit à toutes les femmes de la famille. La statuette perdit toute signification et ne fut plus qu'un joyau de prix que les Lockhart restés en Écosse disputèrent pendant des siècles à leurs cousins établis en Angleterre.

Lorsque, enfin, les deux pays furent réunis, la légende voulait qu'aucune Lockhart ne puisse se marier sans avoir au préalable regardé dans le ventre de la bête. La tradition familiale interprétait cette injonction comme la nécessité d'affronter le Diable, et le fait qu'aucune des filles de la famille ne se fût jamais mariée ne fit que confirmer la puissance de la malédiction.

1

Loch Chon, près d'Aberfoyle, en Écosse, 1816

Une brume épaisse montait du sol, l'empêchant de voir où il posait le pied. Heureusement, ses chaussures de peau de mouton étouffaient le bruit de ses pas. À travers le rideau d'arbres, il apercevait le camp français. Comment avaient-ils réussi à suivre sa trace jusqu'en Écosse ? Visiblement, ils n'avaient pas renoncé à l'éliminer.

Liam s'accroupit derrière un arbre pour les observer. Ils dressaient leur bivouac pour la nuit, inconscients du danger qui les guettait. Si seulement il voyait où étaient ses hommes ! Ses compatriotes l'attendaient de l'autre côté du camp ennemi. Il se redressa, voulut avancer, mais il se révéla incapable de faire un pas, comme si ses jambes étaient de plomb.

Il perçut un mouvement sur sa droite, et distingua une silhouette en uniforme. Un Français !

Il chercha son poignard, mais il n'était plus pendu à la ceinture de son kilt. Le soldat, qui venait de soulager un besoin naturel, sursauta en le voyant et tendit la main vers son pistolet. Sa dague, où était-elle ? Sans réfléchir, Liam tira le long poignard à manche d'ébène du fourreau glissé dans son bas, et bondit sur le grognard avant qu'il ait eu le temps d'émettre un son.

Les deux hommes s'effondrèrent sur le sol, Liam sur le dessus. De tout son poids, il écrasait le Français qui lâcha son arme. D'un geste vif de chasseur entraîné à tuer, Liam lui trancha la gorge, puis il se releva prestement et attendit de pied ferme le soldat suivant.

Il entendit un sifflement. Ce maudit Français avait réussi à alerter ses camarades ! Bon Dieu, où étaient ses hommes ?

Haletant, Liam fit un pas, puis un autre. Un léger mouvement sur sa gauche attira son attention. Il pivota et se retrouva nez à nez avec le troll à deux têtes qui avait hanté ses cauchemars d'enfant.

Il n'eut pas le temps de réfléchir plus avant. Le monstre s'avançait vers lui en claudiquant, les mains tendues comme s'il voulait l'étrangler. Le cœur battant, Liam resserra sa prise sur le poignard ensanglanté et se prépara à l'assaut. Il s'apprêtait à plonger lorsqu'il éternua.

Il ouvrit les yeux et découvrit son frère Griffin penché sur lui, une plume de coq à la main, et se souvint que la guerre contre la France était finie depuis des mois.

— Tu rêvais encore. J'espère que c'était d'une belle fille !

— Pourquoi faut-il toujours que tu m'asticotes ? grogna Liam en enfouissant la tête dans son oreiller. Tu ne peux pas me laisser dormir ?

— Le soleil est déjà haut. Maman te demande, et Payton Douglas est arrivé. Tu lui as promis une leçon d'escrime, tu te souviens ?

Bon sang, cétait vrai ! À regret, Liam s'assit dans son lit. Sa bataille contre les Français l'avait mis en nage. Quand donc cesserait-il de faire ces cauchemars ?

— Père rentre d'Aberfoyle aujourd'hui, et maman tient à ce que tu sois là pour le dîner. Tes vagabondages nocturnes dans les collines ne lui plaisent pas beaucoup, continua Griffin en s'approchant du bureau pour examiner les affaires de son frère.

Liam ignora la remarque de son cadet. Sa famille ne comprenait pas que pour conserver ses talents de soldat, il devait s'entraîner de nuit comme de jour.

— Pose ça tout de suite, s'il te plaît, ordonna-t-il tandis que Griffin glissait un œil à l'intérieur de sa bourse de cuir.

Il avait acheté cette *sporran* ornée d'argent à son retour de France, et il y tenait beaucoup. Tout Écossais digne de ce nom se devait de porter cette petite sacoche de peau sur le devant de son kilt, et la richesse de ses ornements était la seule coquetterie que s'autorisait un Highlander.

Son frère s'exécuta en gloussant, et promena la main le long de l'épais *tartan* aux couleurs de leur clan que Liam portait dans les grandes occasions. Griffin, lui, se moquait des traditions. Il était vêtu d'un pantalon noir et d'une redingote assortie coupés à la dernière mode. Son gilet de soie mordorée broché de motifs bleu pâle rappelait à Liam les paons qui faisaient la roue dans les parcs alentour.

— C'est la veuve MacDuff qui l'a tissé pour moi, précisa-t-il.

— Je m'en doute. Il n'y a plus que cette pauvre vieille qui sache encore les faire. Dis-moi, c'est dans l'armée que tu as pris l'habitude de dormir nu ?

— Non, c'est dans le lit des dames, rétorqua son aîné en se levant.

Griffin sourit, de ce sourire charmeur que tous les Lockhart avaient en commun. Il était aussi grand et vigoureux que son frère, avec les mêmes cheveux bruns et les mêmes yeux verts, mais il n'avait pas la carrure d'athlète dont son aîné était si fier. Sa silhouette élancée était d'une élégance tout aristocratique et, il fallait bien l'admettre, il était très beau garçon, tandis que Liam était… disons, bien bâti.

— Je vais prévenir Payton que tu arrives, et assurer notre chère mère qu'aujourd'hui, tu seras à l'heure pour le dîner, lança Griffin.

Il se courba pour franchir la porte de la chambre sombre qui, en des temps reculés, avait été celle des seigneurs de Lockhart, jusqu'à ce qu'un ancêtre éclairé fasse agrandir la forteresse pour bâtir un château digne de ce nom.

Liam s'étira et se dirigea vers l'étroite fenêtre, presqu'une meurtrière, qui dominait la vieille enceinte.

Tout en bas, il apercevait Payton Douglas qui ferraillait contre son ombre. Liam leva les yeux au ciel. Il ne connaissait pas un seul Écossais valide qui ne veuille entrer dans l'armée. Mais il ne suffisait pas de le vouloir. Il fallait aussi de la force, du courage et de la ruse, il était bien placé pour le savoir. En dix ans, il avait grimpé tous les échelons dans son régiment des Highlands. Il avait fini avec le grade de capitaine et pas moins de quatre décorations gagnées sur les champs de bataille, dont la dernière à Waterloo. Oui, il connaissait le métier des armes et, selon lui, peu d'hommes possédaient les qualités nécessaires pour faire un bon soldat.

Et c'est ce qu'il entendait démontrer à leur voisin.

À cent lieues autour du loch Chon, personne n'ignorait que les Douglas et les Lockhart ne se portaient pas une affection débordante. Cette inimitié larvée remontait à la nuit des temps, et tout le monde en avait oublié la raison. Même si Payton était un compagnon agréable et un homme capable, qui réussissait à faire fructifier ses terres malgré les temps difficiles, c'était un Douglas. Liam avait beau éprouver pour lui une certaine admiration, il ne lui ferait pas le moindre cadeau. On allait bien voir ce qu'il avait dans le ventre...

Avec la mine réjouie d'un gamin qui médite un bon tour, il entreprit de s'habiller.

Tout en se demandant comment un adulte pouvait dormir si tard, Payton feignait de croiser le fer avec son ombre. Il ne connaissait rien à l'escrime, car il n'avait jamais pu s'offrir de leçons, mais il avait déjà assisté à des duels, et ça ne lui paraissait pas insurmontable. Il s'élançait à l'assaut, reculait, s'élançait de nouveau. Quand l'exercice devint lassant, il s'imagina cerné par une horde de Lockhart accourant de tous côtés. Il faisait tournoyer sa vieille rapière et l'abattait sur un ennemi imaginaire en préparant une botte imparable quand une silhouette surgie de nulle part le fit sursauter. Déséquilibré, il recula, heurta le mur, et lâcha son épée.

— Dieu du ciel, Mared, tu m'as fait une de ces peurs ! s'exclama-t-il, le souffle court.

La jeune sœur de Liam haussa les épaules avec insouciance et rejeta en arrière sa longue natte.

— Tu devrais faire attention, avec ce tournebroche, rétorqua-t-elle.

Les mains sur les hanches, Payton la fusilla du regard. De tous ces satanés Lockhart, c'était elle la plus exaspérante, ce qui n'était pas peu dire.

— Enfin, j'imagine que ce n'est pas facile de se battre contre les murs, ajouta-t-elle en considérant l'épée qui gisait sur le sol.

Décidément, elle était horripilante, avec ses grands airs. Mais Dieu qu'elle était ravissante ! Avec cette robe assortie à ses yeux d'émeraude, elle aurait ensorcelé le plus indifférent des hommes. Et Payton était tout sauf indifférent. Il ramassa sa rapière et entreprit d'en nettoyer la poignée pour se donner une contenance.

— Tu as une langue de vipère, Mared, mais tu es aussi belle qu'un matin d'été.

— Garde tes flatteries pour une autre, riposta la jeune fille en levant les yeux au ciel.

— Il n'est pas interdit d'admirer la beauté, non ?

Mared sortit du panier qu'elle avait au bras une poignée de mûres qu'elle dégusta avec gourmandise. Pas un instant, il ne lui vint à l'esprit d'en proposer à Douglas.

— Tu me prends pour une idiote. Ce n'est pas ma beauté que tu admires, ce sont les terres de ma famille. Tu n'arrêtes pas de poser des questions, comme si elles étaient à vendre.

Ainsi, la petite enquête que Payton avait menée discrètement, du moins le croyait-il, était parvenue aux oreilles de la jeune fille. Comment, il n'en avait pas la moindre idée, mais il aurait parié un mois de fermages qu'elle était un peu sorcière.

— Tu mélanges tout. Admirer la beauté d'une femme n'empêche pas d'avoir le sens des affaires.

— Et ce n'est pas parce qu'un hobereau veut se pousser du col qu'on va effacer des siècles d'histoire !

— Tu es encore plus bornée qu'entêtée ! Tu ne peux pas nier qu'ensemble, les terres des Douglas et celles des Lockhart rapporteraient beaucoup plus que séparément !

— Qu'est-ce que tu racontes ? Pourquoi diable un Lockhart s'allierait-il avec un Douglas ?

— Parce qu'en donnant plus d'espace aux moutons il, ou elle, on ne sait jamais, doublerait le rendement des deux domaines. Voilà pourquoi !

— Tu as vraiment perdu l'esprit ! s'exclama Mared, ébahie, avant d'éclater de rire. Sérieusement, Douglas, tu crois que nous abandonnerions l'élevage du bœuf pour faire paître des *moutons ?*

Payton la regarda avec commisération. Décidément, tous les Lockhart avaient la tête farcie de courants d'air.

— Quand donc vous déciderez-vous à voir la vérité en face ? Votre bétail ne vous rapporte pas suffisamment pour vivre et vous croulez sous les dettes. Les moutons, voilà la solution ! Ça ne coûte pratiquement rien ! Ils peuvent paître n'importe où, il leur faut moins de terres, tandis que vos bovins auront dévoré jusqu'au dernier brin d'herbe avant la fin de l'été. Tout le monde sait que ce qui vous maintient la tête hors de l'eau, ce sont les loyers de vos derniers fermiers.

— Ne t'avise plus jamais de me parler sur ce ton, Payton ! siffla-t-elle, les yeux étincelants de fureur. Et ne t'imagine pas que tu peux mettre la main sur les terres des Lockhart !

— Mared ! Laisse ce pauvre diable tranquille !

Les deux jeunes gens se tournèrent vers Liam qui s'approchait d'un pas décidé, les plis de son kilt virevoltant autour de ses genoux. Payton ne put retenir un sourire. L'aîné des Lockhart était très à cheval sur les traditions ; il aurait pu poser pour une illustration du costume écossais. Mais il admirait sincèrement le courage et la loyauté de son voisin, et il enviait la vie qu'il avait menée. Lui-même avait plus d'une fois regretté de ne pas être parti vivre sa vie plutôt que de poursuivre des études comme son père le souhaitait.

Se campant fièrement sur ses jambes, Liam tira son épée de son fourreau et la brandit devant l'apprenti bretteur comme si elle ne pesait pas plus qu'une plume.

— Tu ferais mieux de reculer, lança-t-il à sa sœur avec un sourire narquois. Ce cher Douglas veut une petite leçon d'escrime.

— Il ne sait pas ce qui l'attend, murmura ironiquement la jeune fille.

Mais elle obéit à son frère et, au grand dam de Payton, alla prendre place sur un vieux banc de bois, comme si elle comptait assister à leurs assauts.

— Ainsi, tu veux une leçon d'escrime ? reprit Liam en pointant son épée vers son adversaire.

— J'ai entendu dire qu'il n'y avait pas meilleur sabreur que Liam Lockhart, répondit Payton, oubliant provisoirement Mared.

— C'est vrai, je suis le meilleur. Je n'ai aucun rival, reconnut-il en tournant lentement autour du jeune homme, qui attendait patiemment le bon vouloir du capitaine. Tu t'es déjà battu à l'arme blanche ?

— Jamais.

— C'est bien ce que je pensais. Sinon, tu aurais déjà enlevé ta redingote. On ne peut pas se battre attifé comme un pingouin.

Payton se débarrassa de son habit, ainsi que de son gilet pour faire bonne mesure, et les jeta sur le banc où Mared était assise. La jeune fille arborait un sourire diabolique, comme si elle s'attendait à le voir découpé en rondelles. Cela ne lui aurait peut-être pas déplu, qui sait ?

— Je suis prêt, dit-il en se tournant vers Liam.

— En garde ! s'écria le capitaine qui se mit instantanément en position d'attaque.

Payton essaya de l'imiter, mais Liam secoua la tête en choquant son épée contre celle de son adversaire.

— Qu'est-ce que tu fais ? Mets la main gauche sur la hanche, et lève ton épée. Oui, comme ça... Tu vas essayer d'écarter la mienne, ou de m'obliger à la baisser, d'accord ? fit-il en joignant le geste à la parole.

Payton écoutait attentivement les explications de son maître d'armes qui lui montra comment se fendre, battre en retraite pour mieux se fendre de nouveau, et comment viser la tête, les flancs et la poitrine.

— La lame précède le corps. Elle doit atteindre sa cible avant que ton pied ne touche terre. Là, tu vois ?

Ils s'exercèrent plusieurs fois à se fendre en ployant le genou, puis à se remettre en garde. Liam lui montra ensuite comment esquiver et comment rompre un assaut avant de contre-attaquer. Payton était émerveillé par la subtilité de sa technique et la grâce de ses gestes, surprenante chez un homme de cette corpulence. Comparé à lui, il se faisait l'effet d'un lourdaud.

— Hé, mais tu es doué ! commenta Liam avec satisfaction. Voyons à présent ce que tu vaux au combat.

Il n'avait pas fini sa phrase qu'il se fendait déjà. Avant que Payton ait compris ce qui lui arrivait, il avait la pointe du sabre de Liam sur la boucle de sa ceinture.

— Tu n'as pas l'intention de faire tomber mon pantalon, j'espère ?

— Trêve de plaisanteries ! En garde ! rétorqua Liam qui déchira d'un coup net la manche de son adversaire.

Payton se défendit de son mieux, ferraillant comme un beau diable, sans cesser de perdre du terrain.

— Mais tu n'as rien compris ! Prends appui sur les talons, je te l'ai déjà dit, hurla Liam. Du talon aux orteils !

À force de reculer, Payton se cogna contre le mur, lâcha son arme, et se retrouva la lame sur la gorge.

— Te voilà à ma merci, remarqua son professeur.

Haletant, aveuglé par le soleil, Payton s'accroupit lentement et tâtonna en direction de son épée.

— Je comprends pourquoi tu as la réputation d'être le meilleur, Lockhart.

— Tu n'utilises que ton bras, fit Liam, tout sourire. Il faut aussi te servir de ton poignet. Et cherche toujours le meilleur angle d'attaque.

Payton, qui s'était enfin saisi de son arme, se redressa contre le mur.

— Je ne me sers pas assez de mon poignet ? Et comme ça ?

Prenant fermement appui sur ses pieds, il se fendit et monta à l'assaut si vivement qu'il prit Liam par surprise, le forçant à battre en retraite.

Ils ferraillèrent le long de la vieille enceinte, si vite que Payton ne sut pas ce qui lui arrivait. Mais il avait toujours le dessus. Le cliquetis des lames sonnait haut et clair dans l'air matinal. Liam s'était vite ressaisi, et Douglas devait maintenant défendre son avantage pied à pied en contre-attaquant sans cesse. Enfin, il finit par acculer son adversaire, écarta son arme d'une parade et le plaqua contre le mur.

Loin d'être en colère, Liam éclata de rire.

— Finalement, tu as quand même profité de la leçon ! s'exclama-t-il.

Souple comme un tigre, il se dégagea, pivota et frappa Payton en pleine poitrine. Le souffle coupé, ce dernier s'écroula à terre. Liam posa prestement le pied sur son ventre, appuya la pointe de son sabre sur sa gorge, et leva victorieusement la main.

Un instant, Payton crut qu'il allait le tuer. Mais avec un grand rire, le capitaine lui tendit la main pour l'aider à se relever.

Payton ne l'aurait pas juré, mais il lui sembla entendre Mared laisser échapper une exclamation dépitée.

Carson Lockhart arriva à Talla Dileas en fin d'après-midi. Il embrassa sa femme Aila à pleine bouche, puis demanda à Dudley, son fidèle majordome, de lui verser un whisky pour se rincer la gorge de la poussière de la route.

Aila posa son ouvrage et étudia son époux avec attention. Ils étaient mariés depuis trente-huit ans et elle lisait en lui à livre ouvert. Il ne fallait pas être grand clerc pour deviner que son séjour à Aberfoyle s'était mal passé. Elle attendit qu'il soit confortablement installé dans son fauteuil préféré, son verre à la main, avant de lui demander :

— Alors, quelles nouvelles rapportes-tu ?

— Rien de bon, malheureusement. Personne ne nous prêtera plus un liard, même si notre vie en dépendait.

Certes, elle s'y attendait, mais elle n'avait pu s'empêcher d'espérer. La modernisation des techniques agricoles et l'industrialisation naissante rendaient le domaine des Lockhart de moins en moins rentable, et depuis longtemps la famille n'était plus la bienvenue à la banque royale d'Écosse. Voyant que leurs dettes s'accroissaient, ils en étaient arrivés à la conclusion qu'ils ne pouvaient plus entretenir un aussi grand nombre de métayers. Ils avaient scrupuleusement indemnisé les familles de paysans qui cultivaient leurs terres depuis des siècles, alors que d'autres seigneurs les chassaient de leur maison sans autre forme de procès. C'était tout à leur honneur, mais cette honnêteté achevait de les ruiner.

Aila contempla pensivement le paysage qui s'étendait au-delà de ce qui était autrefois le mur de l'antique château fort. Aussi loin que portait le regard s'étendait le domaine ancestral des Lockhart.

Elle se demandait comment sa famille accueillerait l'idée à laquelle elle songeait depuis deux semaines.

Sans doute par un éclat de rire, car son plan paraissait ridicule, elle était la première à l'admettre, mais au point où ils en étaient, cela valait la peine d'y réfléchir. Il fallait agir sans tarder s'ils ne voulaient pas perdre Talla Dileas et aller grossir le flot des Highlanders qui cherchaient un emploi à Glasgow. Cette idée la rendait malade. Carson eh mourrait, elle le savait. Elle se leva pour caresser les cheveux blancs de son mari qui somnolait, et déposa un baiser sur son front.

— Repose-toi, mon chéri, chuchota-t-elle. Nous en parlerons plus tard.

Du temps de leur splendeur, ils n'auraient jamais considéré ce dîner comme un repas digne de ce nom. Il y avait en tout et pour tout de simples galettes d'avoine, qu'on appelait *bannocks* dans la région du loch Chon, une grouse famélique et un compotier de mûres accompagnées de pain perdu.

— Il n'y a plus rien dans le garde-manger, milady, lui avait signalé au début de la semaine la femme de Dudley, qui faisait office de cuisinière. Je n'ai plus que de l'avoine.

— Eh bien, nous ferons des *bannocks*, avait rétorqué Aila.

Elle avait envoyé Liam à la chasse pour tenter d'améliorer l'ordinaire, Mared était allée cueillir des mûres au sommet du Din Footh, et on avait récupéré la moindre croûte de pain. Ils ne pouvaient rien espérer de mieux avant le début du mois prochain, quand les fermiers, du moins ceux qui restaient, paieraient leurs loyers.

Toute la famille s'attabla devant les assiettes pauvrement garnies comme s'il s'agissait d'un festin.

Aila contempla sa progéniture avec fierté. Elle avait fait de beaux enfants, et tous trois avaient reçu une excellente éducation. Ils avaient même eu l'occasion de voyager, avant que leur situation ne se gâte vraiment.

Liam, le fougueux soldat, n'avait jamais tenu en place. Dès sa plus tendre enfance, il ne pensait qu'à se battre, et était en permanence couvert de bleus. Aujourd'hui, à trente-cinq ans, une grande cicatrice, souvenir de Waterloo, lui barrait le visage. Il était rentré depuis un mois à peine, et toute la maison était sens dessus dessous. Il s'était déjà illustré deux fois dans des rixes, avait donné des leçons d'escrime à trois voisins, et réussi à traîner à la chasse deux fois par semaine un Griffin plus que réticent. Histoire de ne pas se rouiller, expliquait-il avec conviction.

Griffin, le cadet, était le portrait de son grand-père maternel. Il avait hérité de son élégance et, comme lui, s'intéressait bien plus aux affaires qu'à la chasse ou à la guerre. Contrairement à son aîné, il aimait la vie en société et avait pour ambition de réussir à la ville. Il rêvait d'un statut social auquel la famille ne pouvait prétendre, Aila le craignait. Mais c'était lui qui leur redonnait espoir. Il avait toujours de nouvelles idées, et pressait son père de prendre des risques pour rendre leurs terres plus rentables. Étant donné leur situation, ce n'est pas sa mère qui le lui aurait reproché. Mais Carson n'était pas prêt à l'écouter. Il fallait bien reconnaître que, malgré toutes ses qualités, son mari était un conservateur invétéré, qui voyait un danger dans toute innovation.

Et puis il y avait Mared, sa belle, sa chère Mared, sur qui pesait cette absurde malédiction selon laquelle elle ne pourrait jamais se marier sans avoir d'abord affronté le Diable en personne. Bien entendu, ni la jeune fille ni personne dans la famille n'ajoutait foi en de telles balivernes. Mais beaucoup de jeunes gens de la région y croyaient dur comme fer. On la regardait comme une bête curieuse, on murmurait sur son passage… Dès l'enfance, Mared avait dû faire face à ce préjugé ridicule, et elle avait abandonné tout espoir de le vaincre. Elle ne cherchait à plaire à personne et n'en faisait qu'à sa tête, certaine qu'elle n'avait rien à perdre. Mais tout aussi certaine, hélas, qu'elle n'avait rien à gagner.

Aila aurait tout donné pour les quatre personnes assises autour de cette table. Y compris enfreindre la loi. Selon les normes de la société, son plan était illégal, mais elle était convaincue d'être dans son bon droit.

Sans prêter la moindre attention à l'indigence du menu, Liam dévorait son dîner tout en leur racontant la leçon d'escrime qu'il avait donnée à Payton Douglas.

— Il m'a donné du fil à retordre, je dois le reconnaître. Avec une formation sérieuse, il ferait un bon soldat.

— Tu en parles comme si c'était un ami, le morigéna Mared. C'est un Douglas, ne l'oublie pas. Et il n'est pas si habile que tu le dis.

— Tu n'es pas tendre avec notre voisin, rétorqua Griffin en riant. Vu le temps que tu passes à traîner sous ses fenêtres, je m'attendais que tu le traites mieux. Ne nie pas, tu lui fais les yeux doux !

— Où es-tu allé chercher ça ? s'écria sa sœur en rougissant. Plutôt me couper le bras plutôt que de faire ami-amie avec un Douglas !

— Allons, mon petit, intervint Carson, ce garçon n'est pas si épouvantable, non ?

— Père, tu ne te rends pas compte ! Sais-tu ce qu'il a eu l'audace de me dire, ce matin ? fit-elle en décochant un regard noir à ses frères.

— Oui ! Que son cœur s'était envolé jusqu'à ta fenêtre, mais que tu avais refusé de le laisser entrer, déclama Griffin avec emphase tandis que Liam se mettait à glousser, ravi.

— Il m'a expliqué que si nous voulions sauver le domaine, nous n'avions qu'à réunir nos terres à celles des Douglas et remplacer les bovins par des moutons, lâcha-t-elle en regardant son père droit dans les yeux.

Cette déclaration jeta un froid sur la tablée. Les deux frères eurent la même réaction d'incrédulité.

— Tu as mal compris. Il n'aurait jamais proféré une telle énormité ! s'écria Griffin.

— Mais si, je ne suis ni sourde ni idiote ! « *Tu ne peux pas nier qu'ensemble, les terres des Douglas et celles des Lockhart rapporteraient beaucoup plus que séparément !* », c'est ce qu'il m'a dit textuellement. Je lui ai répondu qu'il avait perdu l'esprit !

— Il a dit *quoi* ? hurla Carson.

— Que nous serions plus prospères si nos terres étaient réunies, répéta Mared en toisant ses frères.

Il y eut un long silence, puis Griffin risqua :

— À vrai dire, père, il n'a pas entièrement tort.

— Comment ça ? rugit Carson. Il faudra me passer sur le corps avant qu'un Douglas exploite un seul arpent appartenant aux Lockhart.

— J'aurais dû lui fendre le derrière dans l'autre sens ! renchérit Liam.

— Ainsi Douglas en a après nos terres… fit Carson. Et nous n'y pouvons pas grand-chose, endettés comme nous sommes, ajouta-t-il en grommelant.

— C'est que le bœuf n'est plus rentable, père, observa prudemment Griffin.

— Il a fait vivre les Lockhart pendant cinq satanés siècles, et ce n'est pas près de changer, mon fils ! Ce n'est qu'une mauvaise passe.

— Il y a peut-être un autre moyen, suggéra Aila.

— Lequel ? s'enquit son mari.

— Écoutez, dit-elle en les regardant tour à tour. Vous allez sans doute penser que je suis folle, mais il se trouve que j'ai lu un livre du grand-père de votre père sur l'histoire de notre famille. Il rapporte la mort tragique de la première dame de Lockhart. On vous l'a racontée, vous vous souvenez ?

Mared hocha la tête et Griffin leva les yeux au ciel, tandis que Liam fixait sur elle un regard vide.

— Tu ne vas tout de même pas me dire que tu crois à cette fameuse malédiction ? rouspéta Carson.

— Bien sûr que non. Mais ce n'est pas la malédiction qui m'intéresse, c'est la bête.

— La bête ? répéta Liam. Mais elle n'existe…

— Je sais, le coupa sa mère. En revanche, la statuette la représentant a bel et bien existé. Elle était en or, et ses yeux, sa bouche et sa queue étaient incrustés de rubis. Son malheureux amant l'avait offerte en gage d'amour à la première dame de Lockhart.

À présent, tout le monde l'écoutait avec attention. Aila leur raconta comment Anice avait donné la statuette à sa fille, comment les Lockhart d'Angleterre l'avaient volée, avant que les Lockhart d'Écosse ne la reprennent, et ainsi de suite, jusqu'à ce qu'on finisse par l'oublier.

— Les Anglais ont la statuette depuis des siècles. Mais c'est à nous qu'elle appartient. Et elle vaut une petite fortune.

— Dieu te bénisse, mère ! s'écria Griffin. Tu penses bien ce que je crois que tu penses ?

Aila se contenta de sourire.

— Je n'y comprends rien, soupira Mared.

— Si cette figurine nous appartient, nous avons le droit de la *vendre* ! Tu te rends compte, père ? De l'or et des rubis ! Nous pourrions payer nos dettes…

— Je vois, fit Carson lentement en regardant sa femme. Mais comment est-on censé la récupérer ? Tu sais ce qu'on dit à propos de cette fichue bête : « Elle est aux Anglais, parce qu'elle glisse toujours entre les doigts des Écossais qui la possèdent. »

La question était pertinente, et Aila n'avait pas de réponse.

— Je n'ai pas pu penser à tout, Carson ! Mais je ne crois pas à la magie et aux sorts. La statuette est là-bas parce que les Lockhart d'Angleterre l'ont volée aux Lockhart d'Écosse. Il ne nous reste plus qu'à la voler à notre tour.

— La *voler* ? s'insurgea Mared.

— Je m'en chargerai, proposa Liam d'un ton neutre.

— Liam, je ne parlais pas de mes enfants, objecta vivement Aila.

— C'est une excellente idée que tu as eue, mère. Et reconnais que je suis tout désigné pour aller là-bas. Je suis capitaine dans le meilleur régiment de la couronne, après tout. Je suis bien entraîné, préparé à affronter toute sorte de dangers, poursuivit-il devant l'incompréhension manifeste de sa famille.

— Ça, c'est vrai, reconnut spontanément sa sœur. Je l'ai vu se battre, ce matin. Personne ne peut lui en remontrer !

— J'espère bien qu'il n'aura pas besoin de se battre, Mared.

— Et puis, il connaît déjà Londres, puisqu'il a passé un an à l'École militaire, renchérit Griffin.

— J'y ai d'ailleurs rencontré notre cher cousin Nigel. Un insupportable lèche-bottes, grommela Liam.

Aila chercha le regard de son mari.

— Ils ont raison, ma chérie. Liam est tout indiqué pour cette mission. Il nous faut juste dresser un plan de bataille.

— J'ai une idée, déclara Liam. Je vais aller à Londres et faire ami-ami avec le cousin Nigel. Je lui expliquerai que l'Écosse ne nourrit plus ses enfants, que je n'espère plus rien...

— Tu n'auras pas beaucoup à te forcer, ironisa Griffin.

— Partant du principe que tout le monde aime écouter quelques potins de temps à autre, poursuivit son frère, surtout lorsqu'il s'agit du linge sale de la famille, je me ferai inviter chez lui. Une fois dans la place, je trouverai bien la statuette. Et il ne me restera plus qu'à revenir la voler à la faveur de la nuit. On a toujours loué mon habileté, leur rappela-t-il. Je serai de retour ici quand ils s'apercevront que la bête a disparu.

Lorsque vint l'heure d'aller se coucher, toute la famille avait analysé le plan sous tous les angles. Ils en étaient arrivés à la conclusion qu'il était non seulement réaliste, mais aussi véritablement brillant par sa simplicité même.

S'ils n'avaient pas été si fatigués, ils auraient passé la nuit à s'en féliciter.

2

Londres

Liam avait tellement hâte de quitter le loch Chon et le calme de la vie bucolique pour renouer avec l'aventure qu'il tint à partir sans délai. Il était pénétré de l'importance de sa mission et convaincu de ses capacités à la mener à bien. Il rangea soigneusement dans sa musette son tartan et sa dague, ainsi que les vêtements empruntés à son père ou à Griffin, cacha au fond de sa *sporran* le peu d'argent que les Lockhart avaient pu réunir, fit ses adieux à sa famille, et se mit en route pour reconquérir la statuette.

Il arriva à High Wycombe, à l'ouest de Londres, à la fin d'une de ces journées d'automne humides et brumeuses qui annoncent un hiver rigoureux. Emmitouflé dans sa capote militaire, son sac à l'épaule, il prit la direction de l'hôtel Marlowe, qu'il savait fréquenté par les soldats de passage en ville. Il ne fut pas déçu. Après une soirée arrosée de quelques pintes de bière, Liam avait obtenu le nom d'une personne capable de le renseigner. Il s'agissait d'un certain colonel Alasdair MacDonnell, de Glengarry. Il avait entendu parler de lui, car il suivait de près la carrière de ses compatriotes dans l'armée. Mais il ignorait que le colonel avait fondé une Amicale des Écossais à Londres destinée à maintenir les traditions des anciens clans. L'homme passait la plus grande partie de son temps à ce club, près de Saint-James Street.

Le capitaine était aux anges.

Le lendemain matin, il grimpa dans le premier omnibus pour Piccadilly Circus. Il était le seul passager, mais lorsque la voiture atteignit le centre, les voyageurs s'entassaient jusque sur les marchepieds. Parmi eux, un petit garçon qui n'avait cessé de fixer la cicatrice qui lui barrait la joue, un homme portant cinq ou six poulets piaillants attachés par les pattes, et un bébé qui essuya ses doigts poisseux sur son pantalon.

Arrivé à destination, il se retrouva au milieu d'un flot continu de gens pressés, de fiacres, de charrettes débordant de légumes, de foin, d'animaux et de marchandises variées, tout cela dans une odeur âcre de fumée et de crottin. Maintenant, Liam se souvenait pourquoi il n'avait jamais aimé Londres. Non seulement c'était plein d'Anglais, mais la puanteur était inimaginable.

Il remonta le col de sa capote et, à l'aide du plan que lui avait dessiné un de ses condisciples, il prit d'un pas décidé la direction de Saint-James Street.

Il trouva le club sans difficulté et, une heure plus tard, après les présentations d'usage, il dégustait un whisky (qui ne coûtait pas moins d'une demi-couronne !) en compagnie du colonel MacDonnell. Ce dernier se révéla intarissable sur ses campagnes et ses exploits passés. Hélas, il s'exprimait avec un accent anglais, ce que Liam trouva fort irritant.

— Waterloo... murmura-t-il d'un air songeur. Quelle boucherie ! Vous en avez eu votre part, il me semble, fit-il en désignant la balafre de Liam. Vous étiez à la tête de votre compagnie, c'est cela ?

Non, Liam commandait un détachement d'éclaireurs. On l'envoyait aux avant-postes, souvent avec la mission d'assassiner discrètement les patrouilles ennemies, et il répugnait à en parler.

Heureusement, l'arrivée d'un officier en grand uniforme lui évita de répondre.

— Eh bien, MacDonnell, nous avons un nouvel adhérent ? Un compatriote fraîchement arrivé ? s'enquit-il avec ce détestable accent anglais.

— Je vous présente Liam Lockhart, fit le colonel. Il a combattu à Waterloo.

— *Capitaine* Lockhart, corrigea Liam.

— Enchanté. Je m'appelle Lovat. Vous nous avez apporté un tartan ? Cela nous en fera quinze, avec celui de votre clan.

Il semblait si impatient de le voir que Liam ouvrit la musette posée à ses pieds. Il avait remarqué les couleurs de différents clans encadrées au mur, et avait espéré qu'on ne lui demanderait rien. À regret, il sortit le tartan soigneusement plié qu'il réservait aux grandes occasions.

— Mais c'est un tartan entier, s'extasia Lovat en tendant la main.

Instinctivement, Liam le tint hors de sa portée. Devant la mine incrédule de son interlocuteur, il lui fit signe d'attendre et tira de sa botte le poignard qu'il y conservait, selon l'antique coutume écossaise. Puis il entreprit de découper méthodiquement un carré de tissu qu'il remit à Lovat.

— Oh, c'est du très beau tissu. Merci beaucoup de nous aider à préserver les traditions écossaises, monsieur Lockhart.

— *Capitaine* Lockhart, corrigea Liam, à qui ce sacrifice coûtait beaucoup.

— Combien de temps serez-vous des nôtres à Londres, capitaine ? demanda Lovat en pliant soigneusement le morceau de tissu avant de le glisser dans la poche de son gilet.

— Je compte m'y établir.

— Ça fera, quoi, le douzième en trois mois, n'est-ce pas, MacDonnell ?

— Le douzième quoi ? interrogea Liam.

— Le douzième exilé écossais.

Exilé était le mot qui convenait. Qu'on puisse s'établir volontairement à Londres dépassait Liam. Il aurait préféré gagner l'Amérique plutôt que de s'enterrer dans cette cité de malheur.

— J'avoue que je suis un peu perdu, fit-il en affichant une mine de circonstance. Si vous aviez la gentillesse de m'indiquer où je pourrais trouver à me loger, je vous en serais reconnaissant. Quelque chose de simple, j'ai des besoins modestes.

— Vous n'avez pas de famille à Londres ? s'étonna MacDonnell. Votre nom me dit quelque chose. Vous devriez chercher de ce côté-là.

— Euh... eh bien, c'est délicat. Nous avons effectivement des cousins à Londres, mais mon père a eu un différend avec mon oncle. Je préfère garder mon indépendance... mais je ne suis pas riche, voyez-vous...

Ses interlocuteurs ne l'auraient pas regardé autrement s'il avait eu la lèpre.

— Les *moutons*, vous comprenez... reprit Liam en guise d'explication.

— Ahh ! firent les deux hommes à l'unisson, hochant la tête avec sympathie.

— Connaissez-vous un logement d'une ou deux pièces à louer ?

— Il y a bien un endroit, mais j'hésite à vous le recommander, déclara pensivement le colonel. Farnsworth, précisa-t-il devant l'air interrogateur de Lovat.

— J'ai rarement vu un Anglais plus avare ! Et il est assez désagréable, par-dessus le marché. Je ne vous le conseille pas, capitaine. Vous seriez bien mieux chez votre oncle.

— Je crains que ce ne soit pas possible, du moins pour le moment, soupira Liam, laissant entendre que la brouille familiale était des plus sérieuses.

Macdonnell le considéra un instant, puis haussa les épaules.

— Le logement n'est pas si mal, dit-il. Si vous parvenez à supporter Farnsworth. C'est très bien situé, tout près, dans Belgravia. Pas le côté le plus élégant, mais quand même, il y a pire. Encore que, le mieux serait de vous réconcilier avec votre parent.

— C'est l'une des raisons de ma venue à Londres, s'empressa d'expliquer Liam.

— Mais Farnsworth est tellement déplaisant, objecta Lovat. Un vieil excentrique. Il aime le jeu, mais il est bien trop avare pour risquer un sou de sa fortune, qui est considérable. Il préfère louer une partie de sa maison, et utiliser le loyer pour satisfaire son vice.

Liam réprima un sourire de satisfaction. C'était exactement ce qu'il lui fallait. Un avare doté de mauvaises habitudes. Cela pourrait être utile si son plan tournait mal.

— Pourriez-vous m'indiquer son adresse ? demanda-t-il aimablement avant de finir son whisky.

3

Liam trouva facilement Belgrave Square, mais il aurait eu du mal à déterminer quel côté était le plus élégant. Du reste, il s'en moquait éperdument, d'autant qu'un petit vent aigre venait de se lever.

Il s'apprêtait à traverser la place lorsqu'il remarqua une jeune femme au visage angélique s'escrimant avec son ombrelle que le vent venait de retourner. Elle le vit à son tour, lui sourit. Instinctivement, il baissa la tête pour dissimuler sa cicatrice, et pressa le pas. C'est alors qu'une rafale de vent arracha l'ombrelle des mains de l'inconnue qui courut pour la rattraper et vint se mettre en travers de son chemin.

— Oh, je vous demande pardon, monsieur ! s'exclama-t-elle avec un sourire encore plus chaleureux. Je ferais aussi bien de refermer cet engin, il ne me sert pas à grand-chose par ce temps.

Étonné et ravi qu'elle n'ait pas un mouvement de recul devant sa figure balafrée, Liam lui rendit son sourire en soulevant son chapeau et fit un pas à droite pour lui céder le passage. Au même moment, elle en fit un à gauche, et ils se retrouvèrent nez à nez. Elle éclata de rire et rougit légèrement, ce qui lui allait très bien.

— Pardonnez-moi une fois de plus, monsieur. Je suis décidément bien maladroite, aujourd'hui.

— Vous permettez ? fit-il en désignant la malheureuse ombrelle.

— Je vous en prie, ce serait très aimable à vous, répondit-elle en la lui tendant.

Les doigts de Liam effleurèrent la main gantée de la jeune femme, et il sentit le rouge lui monter aux joues, à lui aussi. À son grand soulagement, il réussit à retourner l'ombrelle sans déchirer la soie délicate, et se risqua à lever les yeux sur l'inconnue.

— Merci beaucoup ! Je ne sais pas ce que j'aurais fait sans vous !

Incapable d'articuler un mot ni de détacher les yeux de ce visage céleste, Liam lui rendit son ombrelle. Elle la saisit, frôlant de nouveau la main rugueuse du capitaine, et la coinça fermement sous son bras.

— Je vais vous laisser passer, sinon nous risquons de continuer ce ballet toute la journée. Merci encore, ajouta-t-elle en le saluant gracieusement.

Liam marmonna quelques mots inintelligibles et poursuivit son chemin, non sans avoir jeté à la dérobée un dernier regard à ce visage ravissant. Quand il arriva de l'autre côté de la place, il se retourna, mais l'ange s'était envolé.

Au premier abord, la maison Farnsworth avait belle allure, avec son imposante façade ornée de pilastres, ses hautes fenêtres, et les deux élégantes lanternes qui éclairaient le perron.

Sa déception fut d'autant plus grande quand, au lieu d'une sémillante femme de chambre ou d'un majordome solennel, le sosie de sa tante Gwyneth (feu la sœur aînée de son père, une vieille fille acariâtre) vint lui ouvrir la porte. Avec ses mèches grises s'échappant de son bonnet de guingois, sa figure pointue de musaraigne surmontant une longue carcasse anguleuse, la ressemblance était frappante.

— Vous désirez ? demanda-t-elle en le dévisageant avec ses petits yeux de fouine.

— Je voudrais voir lord Farnsworth. Voulez-vous annoncer le capitaine Lockhart, je vous prie ?

Elle le toisa, puis regarda sa musette d'un air ouvertement désapprobateur.

— Il vous attend, monsieur Lockhart ?

— *Capitaine* Lockhart, la reprit-il sèchement. Non, je n'ai pas encore eu le plaisir de le rencontrer. Je viens pour l'appartement à louer.

— Puis-je avoir votre carte de visite ? s'enquit tante Gwyneth après un temps de réflexion.

Une carte de visite ? Mais pour qui le prenait-elle, cette vieille sorcière ? Elle s'imaginait peut-être qu'il la distribuait aux soldats français avant la bataille !

Il fouilla dans les poches de sa capote, prit un air perplexe avant d'inspecter celles de son pantalon et de son gilet.

— C'est bon, entrez. Je vais vous annoncer à Sa Seigneurie, jappa tante Gwyneth, visiblement exaspérée.

Liam se dépêcha de lui obéir avant qu'elle ne change d'avis. Quand il se fut habitué à la pénombre du hall chichement éclairé, il commença à comprendre ce que Lovat avait voulu dire.

Jamais il n'avait vu de maison plus sommairement meublée, ni plus lugubre. Les boiseries sombres étaient vierges de tout ornement, hormis une paire de portraits dans l'escalier. La porte de ce qui lui parut le grand salon était entrebâillée, et là aussi, le mobilier était réduit au strict nécessaire : un canapé, deux fauteuils et deux chaises. La cheminée était vide, et il faisait un froid de gueux. Une odeur d'humidité flottait dans l'air.

Liam fit quelques pas et jeta un coup d'œil dans le couloir sur sa droite. Là non plus, ni tableau, ni vase, ni bibelot, juste une rangée de portes closes et une console solitaire. Les épais rideaux de velours qui pendaient aux fenêtres étaient presque entièrement tirés si bien qu'il faisait fort sombre. Un couloir identique s'étendait sur sa gauche. Celui-là était faiblement éclairé et orné d'un étroit tapis. Là aussi, toutes les portes étaient soigneusement fermées.

Le vieux Farnsworth aurait-il perdu ses meubles au jeu ? se demanda-t-il. Pourtant, MacDonnell et Lovat avaient expliqué qu'il ne risquait jamais un liard de ses revenus. Peut-être n'avait-il pas d'argent liquide. Liam avait entendu raconter que, en dépit de leurs titres ronflants, beaucoup d'aristocrates anglais n'avaient pas un sou vaillant, car leurs propriétés n'étaient pas négociables. Ceci pouvait expliquer l'absence de meubles.

Mais peut-être Farnsworth n'était-il qu'un vieux grigou parcimonieux. Il n'était certainement pas le premier avare anglais, et ne serait pas le dernier.

Un galop de cheval de labour tira Liam de ses pensées. C'était tante Gwyneth qui revenait le chercher.

— Lord Farnsworth va vous recevoir dans son bureau, grommela-t-elle en s'engouffrant au pas de charge dans le corridor de gauche.

Il la suivit tout en observant les lieux. Il remarqua les traces de suie laissées par les chandelles bon marché. Quelques tableaux étaient encore accrochés çà et là aux murs, des portraits sans intérêt pour la plupart, à l'exception de la figure en pied d'une femme blonde en costume du siècle précédent.

Tante Gwyneth s'arrêta abruptement devant une double porte de chêne et l'entrouvrit pour annoncer le capitaine Lockhart. Elle s'écarta, en ricanant lui sembla-t-il.

L'ignorant, Liam ouvrit le battant en grand, et fut surpris par la chaleur. Un bon feu crépitait dans la cheminée de marbre surmontée d'une horloge ouvragée et d'une paire de potiches chinoises. Cette pièce était sans doute la seule de la maison à être chauffée. Contrairement aux autres, elle était convenablement, et même richement meublée. Un épais tapis d'Aubusson recouvrait le sol, des fauteuils confortables faisaient face à un splendide bureau à la française. Sans être un amateur averti, Liam savait reconnaître une pièce de collection quand il en voyait une, et celle-ci l'était à coup sûr.

Derrière le bureau, sous un superbe miroir de Venise, trônait un petit homme boudiné dans une redingote étriquée. Une couronne de cheveux gris entourait sa calvitie. Il considérait son visiteur d'un œil inquisiteur à travers un monocle qui le faisait ressembler à un hibou. Liam nota que, malgré ses chaussures à talonnettes, ses pieds n'atteignaient pas le parquet.

— C'est à quel sujet ? demanda-t-il d'un ton froid.

Visiblement, la politesse n'était pas son premier souci. Liam s'inclina courtoisement.

— Permettez-moi de me présenter. Capitaine Lockhart, du régiment des Highlands de Sa Majesté le roi.

— Un *Écossais* ? grogna son hôte. Qu'est-ce qu'un Écossais vient faire chez moi ?

Le seul mot d'Écossais semblait lui donner la nausée. Liam se retint de répliquer vertement.

— Je compte m'établir à Londres. En Écosse, il est parfois mal vu de servir un souverain anglais, et ma famille l'accepte mal, mentit-il.

— Comment ça ? Vous voulez dire qu'elle vous a renié ?

— Disons que je préfère vivre à Londres plutôt qu'à Édimbourg.

Farnsworth se leva et contourna son bureau pour l'étudier de plus près.

— Vos préférences m'importent peu, monsieur. Je répète ma question : Que venez-vous faire chez moi ?

— J'ai cru comprendre que vous aviez une chambre à louer.

— C'est possible. Mais vous ne pensez tout de même pas que je vais louer une partie de ma maison au premier venu. Franchement, je ne tiens pas à avoir un Écossais chez moi. J'ai eu un domestique écossais. C'était un ivrogne, et il était plus sale qu'un valet de ferme. Vous n'êtes pas parent avec cet Angus, au moins, capitaine ?

Il devenait franchement insultant. Liam avait les moyens de l'écraser comme une mouche, et cela ne lui aurait pas déplu, mais il en avait vu d'autres et ne céda pas à la provocation.

— Pas à ma connaissance, répondit-il avec un sourire aimable.

Visiblement déçu que son visiteur n'ait pas mordu à l'hameçon, Farnsworth croisa les mains sur son ventre imposant et le toisa.

— Je ne veux pas de gens de votre espèce. Allez-vous-en.

— J'ai de quoi payer, rétorqua Lockhart calmement.

— Vraiment ? Et qu'est-ce qui vous fait croire que j'ai besoin de votre argent ?

— Je n'aurais pas cette présomption, milord. Je voulais simplement dire que j'ai sur moi la somme nécessaire pour payer la chambre, si vous êtes d'accord pour me la louer.

— Vous appartenez au régiment des Highlands ? demanda Farnsworth en s'approchant de la cheminée.

J'encaisse le loyer le premier de chaque mois, reprit-il après un silence. Je n'attendrai pas le versement d'une quelconque pension.

— Comme vous voudrez.

— Et je ne loue pas une pièce seule, cela n'aurait aucun intérêt, mais deux. Le petit déjeuner et le dîner sont compris, pas le déjeuner ni le thé.

— Cela me convient.

— Vous avez un domestique ? Il n'est pas question que je le nourrisse.

— Je n'ai personne.

— Pas de valet ? Pas de cocher ? insista-t-il.

— Je n'ai que ce que vous voyez là, expliqua Liam en montrant sa besace. J'ai l'habitude de prendre soin de moi tout seul.

— Normalement, on devrait pouvoir faire confiance à un officier, marmonna le vieil homme en considérant l'uniforme de Liam.

— Respecter en toute circonstance le code de l'honneur fait partie du serment que prête un soldat, milord.

— Ne jouez pas les saintes-nitouches ! rugit Farnsworth. Vous n'avez pas fait un tel serment en ce qui concerne les femmes, pas vrai ? Je vous avertis, je ne tolérerai pas la débauche sous mon toit.

Cette dernière remarque mit Liam hors de lui. Il pouvait supporter la condescendance et la grossièreté jusqu'à un certain point seulement.

— Milord, répliqua-t-il froidement, je suis officier dans l'armée de Sa Majesté, et je suis un gentleman. Je ne vous permets pas de mettre mon honneur en doute.

Un instant, Farnsworth parut se ratatiner, mais il retrouva bien vite son arrogance.

— Je ne vous fournirai pas de femme de chambre, il faudra faire votre ménage vous-même. Mon domestique vous apportera vos repas deux fois par jour, ainsi que vos draps. Il se chargera de votre charbon et de l'eau pour votre toilette, il videra vos ordures, mais rien de plus. Mon logis n'est pas non plus un club pour célibataires, capitaine. Je n'accepterai aucun visiteur. Me suis-je bien fait comprendre ?

— Parfaitement, milord.

— Et je ne veux pas vous voir rôder dans la maison. Votre logement, si je me décide à vous le louer, est au rez-de-chaussée. Vous n'aurez aucun besoin d'emprunter l'escalier. Je voyage beaucoup, et je ne serai pas en mesure de surveiller vos allées et venues. Vous devrez donc me donner votre parole que vous ne monterez à l'étage sous aucun prétexte.

— Je vous en donne ma parole.

— Vous êtes dans ma maison, répéta Farnsworth d'un air farouche en s'approchant du feu. Je vous fais confiance, et je me demande bien pourquoi. Le loyer est de quarante livres par mois, ajouta-t-il en se retournant pour guetter la réaction de Liam.

Comment le jeune homme ne s'étrangla pas à l'énoncé de cette somme faramineuse, ce fut un miracle. Pour ce prix, il aurait pu avoir une suite dans un hôtel de bonne catégorie, et l'idée lui traversa l'esprit. Mais ce logement présentait trois avantages appréciables. Il était situé en plein centre de Londres, ce qui lui ferait gagner un temps précieux. Ensuite, cette adresse dans un quartier à la mode constituait une excellente carte de visite dans la bonne société. Et enfin, il serait libre d'aller et venir à sa guise sans que personne fasse attention à lui. Farnsworth venait de lui confier qu'il s'absentait souvent, ce qui lui laissait une grande liberté de mouvement.

— Affaire conclue, acquiesça le capitaine en sortant sa bourse de sa poche.

— J'exige deux mois de loyer d'avance, précisa Farnsworth d'un air avide.

Le regard que Liam lui jeta était si noir que son futur propriétaire devint écarlate et préféra s'absorber dans la contemplation des flammes. Le jeune homme lui tendit les quatre-vingts livres, calculant mentalement qu'il ne lui en restait plus que trois cents. Farnsworth qui, même avec ses talonnettes, n'atteignait pas l'épaule de Liam, lui arracha les billets des mains et s'empressa de les empocher. Sans un mot, il tira un cordon de sonnette près de son bureau et se posta à côté de la porte jusqu'à l'apparition de tante Gwyneth.

— Conduisez le capitaine dans l'appartement à louer, ordonna-t-il.

Et sans un mot de plus pour son nouveau locataire, il trottina vers son bureau.

Les deux pièces qu'il venait de louer pour le prix prohibitif de quatre-vingts livres étaient sommairement meublées d'un lit et d'une armoire dans la chambre, et d'une table et d'une chaise à côté. Après lui avoir fait rapidement visiter le rez-de-chaussée, tante Gwyneth marmonna quelque chose à propos du linge, disparut quelques minutes, puis revint avec des serviettes de toilette et une paire de draps. Elle était suivie d'un valet lymphatique au visage lugubre, qui apportait un seau de charbon pour le petit poêle. Selon toute apparence, la cheminée n'avait qu'une fonction purement décorative. Les fenêtres étaient encadrées des mêmes rideaux de velours que celles du couloir, mais ceux-ci étaient vraiment usés jusqu'à la corde. Pour un membre de la haute société londonienne, Farnsworth vivait dans une austérité inhabituelle. Malgré son dénuement, jamais la famille Lockhart ne s'était trouvée réduite à de telles extrémités. Comparé à cet endroit, Talla Dileas était chaleureux et hospitalier.

Grommelant dans sa barbe, Liam alluma le poêle et déballa ses affaires. Il suspendit soigneusement ses vêtements dans l'armoire, étala son tartan sur le lit, glissa sous le matelas son poignard, son pistolet et une petite dague ouvragée. Il disposa sur la table son nécessaire de toilette, un galet qu'il avait ramassé dans le torrent qui traversait leur domaine, ses décorations et sa *sporran*. Enfin, il aligna au pied de l'armoire ses bottes, ses chaussures de mouton et une paire de guêtres qu'il avait empruntées à son père.

Il finissait de s'installer quand le valet à la mine de papier mâché lui apporta un plateau.

— Votre dîner, annonça-t-il, laconique.

Il posa le plateau sur la table et se retira sans daigner accorder un regard à Liam.

Décidément, ces Anglais étaient des gens particulièrement amicaux !

Le capitaine souleva avec curiosité le couvercle qui recouvrait le plat de porcelaine craquelée. À la vue des quelques feuilles de chou et d'un poisson d'une espèce inconnue, il le reposa précipitamment. Il n'était pas difficile et avait appris à se contenter de peu, mais jamais, au cours de toutes ses campagnes, il n'avait senti odeur plus nauséabonde.

Écartant le plateau, il décida qu'il était temps de partir explorer la grande ville, et si possible de trouver un souper décent.

Il ferma la porte, la verrouilla de l'intérieur, et fourra la clef dans sa poche. Après avoir vérifié la serrure, il se dirigea vers la fenêtre et l'ouvrit. Sortir par là serait un jeu d'enfant. Il enfila son manteau, enjamba le rebord, tira la fenêtre derrière lui, et sauta dans le vide.

Il était minuit passé lorsqu'il revint à Belgrave Square, avec une ou deux pintes de bière dans l'estomac. Il ne s'attendait certes pas que sa première journée à Londres se révélât aussi fructueuse. Il était vraiment le meilleur pour réussir une telle mission, se dit-il avec satisfaction.

En se promenant dans Pall Mall, il avait remarqué qu'un grand nombre de clubs se succédaient le long de cette artère élégante. Il était entré dans l'un d'eux, autant pour le plaisir de l'animation que pour y avaler un repas rapide, et avait lié conversation avec un homme d'un certain âge en veine de confidences.

Lorsqu'il n'ignora plus rien des ennuis de toiture de l'inconnu, il se risqua à lui demander s'il connaissait les Lockhart. Non seulement son interlocuteur les connaissait, mais il lui indiqua leur adresse.

Une heure plus tard, Liam s'arrêtait en face d'une imposante demeure à pilastres, encore plus grande que celle de Farnsworth, avec un *L* doré peint sur le linteau de la porte. Le quartier, nommé Mayfair, était visiblement huppé. De toute évidence, la branche anglaise des Lockhart avait réussi. Si bien réussi, songea Liam, que la disparition d'une malheureuse statuette leur importerait peu.

Il regagna Belgrave Square, entra par la porte comme tout le monde, et tâtonna dans le hall à la recherche d'une chandelle et d'allumettes. Il emprunta ensuite le long couloir lugubre jusqu'à sa porte qu'il déverrouilla. Son tartan était bien là où il l'avait posé, mais il n'était pas aussi soigneusement étalé qu'il aurait dû. Tandis qu'il s'asseyait sur le lit pour enlever ses bottes, son regard se posa machinalement sur la table. Et son cœur manqua un battement. Son nécessaire de toilette et sa *sporran* avaient changé de place, et le galet de Talla Dileas était au milieu de ses décorations.

Quelqu'un avait fouillé dans ses affaires !

4

Liam soupçonna aussitôt ce gringalet qui lui avait apporté son dîner. Mais comme le souper pestilentiel était toujours là, il écarta cette idée. Farnsworth, alors ? Cela paraissait peu probable. Le vieux grigou n'était pas du genre à s'intéresser à un personnage aussi peu important que lui. Il ne restait plus que tante Gwyneth… ou des agents français ?

Cette idée n'avait rien de saugrenu. Liam avait été recherché en France, sa tête avait été mise à prix pour une belle somme avant Waterloo. Des bonapartistes nostalgiques lui en voulaient-ils encore ? Ou même les royalistes maintenant revenus au pouvoir ? Mais comment auraient-ils pu retrouver sa trace aussi facilement ? Son départ de Talla Dileas avait été impromptu, et il s'était embarqué immédiatement sur un bateau marchand qui reliait Glasgow à Liverpool. De là, il n'avait pas suivi un itinéraire direct, mais utilisé différents véhicules pour brouiller les pistes. Non, même le plus habile des espions n'aurait pu le retrouver si rapidement, à supposer qu'on le recherche toujours.

Si ce n'était ni Farnsworth ni les Français, qui donc ? Il y avait encore une possibilité, les Lockhart d'Angleterre. Il n'était pas impossible que MacDonnell ou Lovat aient mentionné sa présence à Londres à ses cousins. Si ses souvenirs étaient exacts, Nigel fréquentait assidûment les clubs et les cercles de jeu. Mais pourquoi Nigel s'introduirait-il clandestinement pour fouiller son logement ? S'il avait appris son arrivée et qu'il voulait avoir de ses nouvelles, il n'avait qu'à venir le trouver, tout simplement.

Il n'y avait qu'un moyen de le savoir, c'était de tendre un piège.

Il dormit mal cette nuit-là, parce qu'il guettait une nouvelle intrusion, et aussi parce que le matelas était si mince que le pistolet qu'il avait caché dessous lui entrait dans les côtes. Il se leva aux premières lueurs de l'aube, la bouche pâteuse et l'esprit embrumé.

Il versa l'eau glacée dans la cuvette et se lava du mieux qu'il put avant d'enfiler des vêtements propres. Il nouait sa cravate lorsqu'on frappa à la porte. Le valet entra, l'air toujours aussi sinistre, posa un nouveau plateau sur la table et saisit celui de la veille en fronçant le nez. Alors qu'il tournait les talons pour sortir, Liam lui bloqua le passage.

— Vous avez bien un nom ?

— Euh… Follifoot, monsieur, bégaya le domestique en roulant des yeux affolés.

— Follifoot, vous n'entreriez pas dans la chambre de quelqu'un sans sa permission, n'est-ce pas ?

— Certainement pas, monsieur ! s'exclama le valet en se tordant le cou pour regarder Liam qui le dominait d'au moins deux têtes.

Le capitaine le crut sans difficulté. Il avait l'air véritablement horrifié par cette idée, et paraissait bien trop craintif.

— Monsieur, je vous en prie, ne m'accusez pas devant lord Farnsworth. Il me mettrait à la porte immédiatement.

— Qui pourrait avoir la clef de cette pièce ? demanda Liam, ignorant la supplique.

— Je... je ne sais pas. La femme de charge, Mlle Agatha, peut-être. Mais elle ne ferait jamais une chose pareille, si je puis me permettre, s'empressa d'ajouter Follifoot. Du reste, elle n'habite pas ici. Elle part tous les jours à 17 heures précises et ne revient pas avant 6 heures le lendemain matin.

— Et lord Farnsworth ? Était-il à la maison hier soir ?

— Je ne saurais vous dire, monsieur, mais cela m'étonnerait. En général, il passe ses soirées dans les salles de jeu de Southwark. Il devait s'y trouver hier.

Il avait raison. Le nabot avait quatre-vingts livres en poche qui devaient lui brûler les doigts. Liam fouilla dans la sienne, en sortit une couronne qu'il posa sur le plateau.

— Cette conversation restera entre nous, Follifoot.

— Vous pouvez compter sur moi, monsieur. Y a-t-il autre chose pour votre service ? demanda timidement le valet.

— Ce sera tout, concéda Liam avec un sourire féroce qui ne fit qu'ajouter à la frayeur du domestique.

Liam avait l'habitude de telles réactions et ne s'en formalisa pas. Après tout, il mesurait près d'un mètre quatre-vingt-dix, et les années de guerre avaient laissé des traces sur son visage. En plus de la cicatrice qui barrait sa joue gauche, de multiples marques plus anciennes parsemaient son cou et ses mains. Même s'il n'était pas aussi hideux que le prétendait sa sœur, il savait que son physique pouvait effrayer des gens impressionnables.

C'était aussi bien ; il n'avait que faire des poltrons.

Il souleva le couvercle d'argent qui recouvrait l'assiette. Son petit déjeuner était constitué d'un œuf à moitié écrasé, d'une tomate et d'une bouillie qui ressemblait à une poignée de boue. Il se demanda comment Farnsworth pouvait être aussi corpulent avec un cuisinier pareil, mais il se força à manger. Son expérience de soldat et d'espion lui avait appris à manger quand il en avait la possibilité, car on ne savait jamais quand l'occasion se représenterait.

Il nettoya son assiette, posa le plateau à l'extérieur, puis entreprit de préparer son piège. Il porta la table près de la fenêtre pour pouvoir se cacher derrière les rideaux et intercepter un intrus sans difficulté, y disposa soigneusement ses affaires, y ajoutant même son tartan soigneusement plié. Après avoir remis de l'ordre dans la chambre, il prit son pistolet sous le matelas et le glissa dans sa poche. Il entrouvrit ensuite la fenêtre, puis sortit en verrouillant ostensiblement la porte. Il fit le plus de tapage possible avant de claquer la porte de la rue.

Il s'éloigna en sifflotant, mais au lieu de prendre la direction du centre-ville, il s'engagea dans l'étroite ruelle qui longeait la maison.

Par chance, il pleuvait, aussi était-elle déserte. Il franchit sans peine la grille qui donnait dans le jardin, mais eut quelques difficultés à atteindre la fenêtre. La brique était glissante, il lui fallut plusieurs tentatives avant de trouver une prise. Enfin, il se retrouva dans sa chambre, et attendit l'intrus de pied ferme.

Il n'eut pas longtemps à patienter.

Dès qu'il entendit farfouiller dans la serrure, il se glissa derrière le rideau, son pistolet à la main. Bien qu'il espérât ne pas avoir à recourir à de telles extrémités, il était prêt à tirer. Il fut stupéfait par la maladresse de l'espion qui dut s'y reprendre à plusieurs fois.

La porte s'ouvrit enfin bruyamment, et se referma aussitôt. Retenant son souffle, Liam écouta les pas du visiteur, étonnamment légers, lui sembla-t-il. À son grand étonnement, ils lui semblèrent parcourir la pièce en tous sens, en faire le tour plusieurs fois peut-être. *Mais que fabriquait donc cet imbécile ?* Un voleur ou un assassin digne de ce nom ne perdrait pas ainsi un temps précieux ; il irait directement prendre ce qui l'intéressait. Mais les pas continuaient leur ronde, se rapprochant peu à peu de la table.

Puis ils s'arrêtèrent brusquement.

Les ressorts du lit gémirent. Quelqu'un se laissait tomber dessus !

Un instant, Liam se demanda si on n'utilisait pas son appartement pour des rendez-vous galants. La présence d'une femme expliquerait la légèreté des pas. Mais les grincements du lit reprirent, de plus en plus forts, de plus en plus rapides. Pourtant, il n'y avait *qu'une seule* personne dans la pièce. Ce qui signifiait…

Qu'elle sautait sur le lit !

Cela lui paraissait tellement absurde qu'il écarta les rideaux d'un geste irrité et se dirigea à grands pas vers le lit, furieux d'avoir perdu autant de temps.

Le hurlement de terreur qui lui vrilla les tympans le surprit moins que le spectacle d'une petite fille sautant du lit pour se ruer vers la porte. Il la rejoignit en deux enjambées, et lui interdit le passage en s'adossant au battant.

Avec un cri strident, la petite fit volte-face, tourna deux fois autour du lit avant de courir se cacher derrière le rideau.

Perplexe, Liam ne savait trop quoi faire. Il entendait la gamine pleurer bruyamment, et craignait qu'elle n'ameute toute la maisonnée.

— Cesse de geindre, rugit-il.

Les sanglots redoublèrent. En désespoir de cause, il s'approcha du rideau, attrapa un bras frêle et tira la petite jusqu'à une chaise.

Désemparé, il considéra son petit visage ruisselant de larmes, ses boucles blondes en désordre, son corps mince secoué de spasmes si violents qu'on avait l'impression qu'elle allait s'étouffer. Jamais il n'avait eu à affronter pareil adversaire !

Elle se risqua enfin à lever sur lui un regard clair noyé de larmes, et se recroquevilla sur la chaise en poussant un hurlement. Liam s'aperçut alors qu'il avait toujours son pistolet à la main. Il le posa précipitamment sur la table.

— N'y touche pas, sinon je te mords et je t'arrache tous les doigts.

Les yeux de la petite s'écarquillèrent, puis sa bouche s'arrondit, et il en sortit un gémissement comme jamais il n'en avait entendu.

Liam sentit la panique l'envahir. Si elle continuait, tous les habitants de Belgrave Square allaient accourir en criant au meurtre.

— Tais-toi ! ordonna-t-il d'une voix ferme. Je ne veux pas que tu cries comme une *banshee*.

La bouche de la gamine s'ouvrit à nouveau, et il s'attendit au pire.

— Qu'est-ce que c'est, une *banshee* ? hoqueta-t-elle.

— Une *banshee*, c'est… c'est un esprit, un génie, un peu comme les trolls, répondit-il, agacé.

Allons bon, voilà qu'il donnait une leçon de folklore à cette gamine qui l'observait maintenant avec curiosité. Il n'aimait pas ce regard, il était trop direct. Cette petite pouvait tout aussi bien avoir été envoyée par quelqu'un qui lui voulait du mal. Sinon, pourquoi se serait-elle introduite dans sa chambre ? Mais Liam n'avait pas l'habitude des enfants, et il ne savait trop comment s'y prendre pour l'interroger.

— Allons, petite, tu ferais mieux de me dire qui t'a envoyée ici, gronda-t-il, les poings sur les hanches.

— Tu as une drôle de façon de parler, remarqua la fillette en s'essuyant les yeux.

— Toi aussi, rétorqua Liam, le premier instant de surprise passé.

— Pourquoi tu parles comme ça ?

— C'est moi qui pose les questions si ça ne t'ennuie pas !

— Comment tu t'appelles ? poursuivit-elle en croisant sagement les mains, comme s'ils s'apprêtaient à avoir une conversation polie. Moi, c'est Natalie.

— Je me moque de connaître ton nom, grommela Liam.

À sa grande surprise, la petite éclata de rire.

— Tu as vraiment un drôle d'accent ! gloussa-t-elle en plissant le nez adorablement.

Oh, non ! Il ne se laisserait pas amadouer aussi facilement !

— Ne t'occupe pas de ça ! fit-il en fronçant les sourcils. Dis-moi plutôt ce que tu fais ici.

— Et toi ?

— C'est moi qui te l'ai demandé le premier.

— Où tu habites ?

Liam réprima un geste menaçant. Ce n'était qu'une enfant, après tout. Il suffisait d'un peu de patience. Hélas, ce n'était pas sa qualité la plus remarquable.

— Je suis née en Hilaria, expliqua-t-elle, tout à fait rassurée. C'est un royaume à côté de l'Autriche.

Liam perdit un instant le fil de ses idées en essayant de se rappeler où était ce pays.

— Mais mon père nous a fait venir ici quand j'étais encore un bébé. Et toi, tu es né où ? s'enquit-elle avec un sourire angélique.

— Sous un pont.

— C'est pour ça que tu as une cicatrice ?

— Sois gentille, dis-moi qui t'envoie. Allons, dis-le-moi, *leannan*.

— Je ne m'appelle pas Leannan, je m'appelle Natalie.

— *Leannan*, ça veut dire *mon ange*. Alors, qui t'a envoyée, Natalie ?

— Personne ! répliqua-t-elle en riant.

— Où sont tes parents ?

— Mon père est amiral dans la marine royale, commença-t-elle en balançant ses petits pieds chaussés de pantoufles de velours.

Amiral ! Cette fois, Liam était vraiment impressionné.

— Et ma mère est en Hilaria. Juste pour une visite. Cela t'a fait très mal ?

— Quoi donc ?

Natalie désigna la cicatrice. Liam haussa les épaules.

— Non, répondit-il. Où est ton père ?

— Il est en mer. Il se bat contre les Français.

La guerre était finie, il était bien placé pour le savoir. Elle mélangeait tout. Avant qu'il ait eu le temps de lui poser une autre question, elle glissa de sa chaise, fit le tour de la table et tendit la main vers le tartan.

— Ne touche pas à ça ! rugit-il.

Natalie retira vivement la main, comme si elle s'était brûlée. Liam s'empara aussitôt du plaid, et s'approcha de l'armoire pour le mettre hors de portée de la fillette.

— Il ne faut pas toucher à ce qui ne t'appartient pas, la gronda-t-il. C'est très précieux.

— Pardon, s'excusa-t-elle. Mais c'est si joli.

— Ce n'est pas le terme que j'emploierais, mais il n'empêche que ça m'est très précieux.

Il s'interrompit en l'entendant marcher derrière lui. Pivotant sur ses talons, il la vit qui se dirigeait vers la porte.

— Attends ! s'écria-t-il. Tu ne m'as pas dit qui tu étais.

— Mais si ! C'est toi qui ne m'as pas dit qui tu étais, rétorqua-t-elle joyeusement en ouvrant la porte. Je reviendrai demain matin, tu me le diras peut-être.

Et le plus tranquillement du monde, elle le planta là.

5

À partir de ce jour, la petite Natalie rendit au capitaine des visites assidues autant qu'inopportunes.

Le seul avantage, du point de vue de Liam, c'était qu'elle ne pouvait plus entrer quand la porte était verrouillée. Il avait découvert, après leur première rencontre, comment elle avait réussi à pénétrer dans ses appartements. La serrure était mal fixée, et elle la déplaçait, tout simplement. Il avait promptement réparé ça, mais il était extrêmement vexé de ne pas avoir pensé à vérifier un point aussi fondamental. Pour un peu, il se serait demandé si ses talents ne commençaient pas à s'émousser.

Comme elle ne pouvait plus entrer chez lui à sa guise, Natalie prit l'habitude de venir en même temps que Follifoot. Pire, il lui arrivait d'apporter elle-même le lourd plateau. Liam s'empressait de le lui arracher des mains, et elle en profitait pour se faufiler dans la pièce et rester avec lui tandis qu'il prenait son repas. Puisqu'elle ne mangeait pas, elle semblait considérer qu'il lui incombait de faire la conversation.

Assise sur le lit, jambes pendantes, sans remarquer que Liam ne lui prêtait aucune attention, elle parlait sans quasiment reprendre son souffle.

À peine entrée, elle commençait à babiller, enchaînant les commentaires sur des sujets tels que son âge – neuf ans et quatre mois très exactement ; sa mère, atteinte d'une terrible maladie dont le jeune homme préférait ne pas connaître la nature ; et, moins fréquemment, son père, qui faisait dans la marine une carrière très brillante.

Elle lui parlait aussi beaucoup de son pays, l'Hilaria, que Liam ne parvenait toujours pas à situer, de leurs amis là-bas, qui venaient souvent séjourner à Londres, et la couvraient de cadeaux.

Elle posait également beaucoup de questions, sans d'ailleurs s'offusquer qu'il n'y réponde jamais. Il était d'un tempérament réservé, et comme il ne savait toujours pas qui elle était vraiment, il redoublait de prudence. Mais rien n'arrêtait Natalie. Elle avait fini par apprendre son prénom, et avait immédiatement déclaré qu'elle appellerait son premier enfant Liam. Elle était très intriguée par l'Écosse et les Écossais – que Mlle Agatha considérait comme des sauvages –, et par sa famille.

Avait-il des frères et sœurs ? Quel âge avaient-ils ? Est-ce qu'ils jouaient ensemble quand ils étaient petits ? À quoi ? Elle, son jeu favori, c'était de jouer à la princesse. Est-ce qu'il avait joué à la princesse ? Y avait-il des princesses en Écosse ? Est-ce que sa sœur était une princesse ?

Son tartan et le costume écossais piquaient également sa curiosité. Comment le portait-on ? À quelle occasion ? Où ? Est-ce qu'elle pouvait le regarder encore une fois ?

Liam n'avait encore jamais osé la mettre dehors, mais ce n'était pas l'envie qui lui manquait. Ainsi, matin et soir, il devait endurer son insupportable babil pendant tout le repas, du moins quand le repas était mangeable, puis lui courir après durant un quart d'heure pour l'attirer jusqu'à la porte. Elle prétendait qu'elle n'avait pas de gouvernante, et comme Mlle Agatha et Follifoot paraissaient éviter cette partie de la maison, il n'avait pas eu la possibilité de leur demander qui s'occupait de la fillette.

Une fois seul, il avait enfin le loisir de réfléchir à son plan. Il avait décidé de commencer par se familiariser avec la ville et la vie dans la capitale. Ainsi, lorsqu'il rencontrerait le cousin Nigel, son désir de s'y établir paraîtrait plus crédible. Il arpenta donc la moindre allée, le plus petit sentier de Hyde Park, parcourut des dizaines de fois Bond Street, Piccadilly et Vauxhall pour en connaître les moindres recoins, explora Covent Garden, et apprit par cœur la liste de tous les théâtres et des pièces qu'on y donnait. Il étudia attentivement les mœurs des Anglais, s'essaya à imiter leur accent et leur démarche. À la fin de la semaine, il se trouva fin prêt.

Restait à présent à mettre en œuvre la deuxième étape : provoquer une rencontre avec son cousin. Il tenait à ce qu'elle semble le fait du hasard. À aucun prix Nigel ne devait deviner que Liam cherchait à le voir. Ainsi, lorsqu'il découvrirait que la statuette avait disparu, il n'aurait aucun soupçon. Liam se mit donc en devoir d'étudier les habitudes de son parent avant de passer à l'action.

Après un après-midi entier passé en reconnaissance, il avait tellement faim et froid qu'il décida de rentrer chez lui. Tandis qu'il gravissait les marches du perron, il aperçut un petit bonhomme qui se dirigeait vers la maison. Il n'avait pas revu Farnsworth depuis leur premier entretien et fut frappé par son allure grotesque. Avec sa toque de castor et son pardessus de cachemire, il ressemblait à une caricature de dandy.

Liam s'arrêta et l'attendit. Le grigou fit la grimace en l'apercevant, toucha distraitement son chapeau et s'apprêtait à continuer son ascension lorsque Liam lui barra le chemin.

— Puis-je vous dire un mot, milord ?

— Quoi donc ? grommela Farnsworth. Ne venez pas vous plaindre de votre logement. J'ai été très clair...

— Il ne s'agit pas de l'appartement, mais des visites.

— Quelles visites ? aboya le propriétaire en ouvrant des yeux comme des soucoupes.

— Celles de Mlle Natalie. Si vous pouviez dire un mot à sa gouvernante...

— Sa gouvernante ! siffla-t-il.

— Je suppose qu'une gouvernante s'occupe d'elle pendant que son père est en mer.

— Je vous demande pardon ? l'interrompit le vieil homme, visiblement interloqué. Je vais en parler à ma fille, ajouta-t-il après un silence. Si vous voulez bien m'excuser, capitaine, mon souper va refroidir.

Et sans plus de façons, Farnsworth le planta là et frappa impérieusement à la porte avec sa canne. Mlle Agatha ouvrit aussitôt, prit le chapeau et la canne de son maître, et s'effaça respectueusement pour le laisser passer. Ignorant délibérément Liam, elle lui claqua la porte au nez.

Sous le choc de ce qu'il venait d'apprendre, le capitaine ne songea même pas à s'offusquer de cette grossièreté. *Sa fille !* Ainsi, cette ravissante enfant était la fille de ce gnome ! Décidément, les voies de la nature étaient impénétrables...

Malheureusement, Farnsworth ne tint pas sa promesse. Liam venait à peine de se débarrasser du gilet et de la cravate qu'il détestait lorsqu'on frappa à sa porte. Il ouvrit, croyant qu'il s'agissait de Follifoot, et se retrouva nez à nez avec la fillette.

— Regarde ma nouvelle robe ! Elle te plaît ? demanda-t-elle en virevoltant joyeusement.

— Elle est très jolie, jappa Liam. Maintenant, sois gentille, va retrouver ton père.

— Mais tu sais bien qu'il est en mer !

— Ah, oui ? dit-il d'un ton sévère. Alors comment se fait-il que lord Farnsworth parle de toi comme de sa fille ?

— Ce n'est *pas* mon père, déclara la petite fille avec un haussement d'épaules. Tu veux que je te chante la chanson que j'ai apprise aujourd'hui ? *Où est mon amour parti...*

— Cesse de piailler ! s'emporta Liam.

Mais il commit l'erreur de se détourner de la porte. Elle en profita aussitôt pour se glisser à l'intérieur et filer en direction de la table.

— Maintenant, Natalie, tu vas t'en aller et me laisser tranquille.

— C'est très joli, commenta-t-elle en caressant le tartan. Tu ne le portes jamais sur les épaules ?

— NON !

— En Hilaria, c'est ce qu'on fait, surtout pour aller au bal.

— Au bal ? Je croyais que tu avais quitté l'Hilaria depuis deux ans, remarqua-t-il en écartant sa main du plaid.

— Oh, mais j'y retourne souvent en visite !

— Combien de fois y es-tu allée ? s'enquit Liam qui commençait à comprendre.

— Je ne sais pas, répondit Natalie en évitant son regard. Des douzaines de fois.

— Des douzaines de fois, répéta-t-il en hochant la tête. Et ta mère, où est-elle ? Elle vient en volant au-dessus de la mer ? Comme un oiseau ?

— Mais non. Elle est au lit. Elle est très malade.

Natalie parut se désintéresser du tartan et s'approcha de la fenêtre.

— Tu crois qu'il va pleuvoir pour toujours ?

Mais Liam n'avait pas obtenu le grade de capitaine dans un régiment des Highlands pour se laisser duper par une gamine.

— Ça suffit, petite ! Y a-t-il quelque chose que tu ne m'as pas dit ? À propos de ta mère, par exemple ? Elle n'est peut-être pas si malade que ça, hein ? fit-il en la rejoignant à la fenêtre.

— Si, elle est vraiment malade. Elle ouvre les yeux quelquefois, mais seulement quand mon père revient à la maison. Ça ne dure pas longtemps parce qu'il lui manque tellement que quand il est là, elle supporte à peine de le regarder.

— Quelle tragique histoire d'amour ! Ne serait-ce pas plutôt que ta mère n'existe que dans ton imagination ?

— Elle existe, je te le jure ! Mais comme elle est très malade, papa l'a ramenée en Hilaria.

— Vraiment ? Et elle a laissé sa petite fille toute seule, sans personne pour s'occuper d'elle ?

— Elle est obligée, expliqua Natalie d'une voix mal assurée. Même quand elle va mieux, elle est… elle est infirme.

— Natalie Élisabeth Hortense Farnsworth ! s'exclama une voix féminine derrière eux.

Tous deux sursautèrent et se retournèrent d'un même mouvement. Liam faillit tomber à la renverse, tandis que Natalie se recroquevillait contre lui, silencieuse pour la première fois depuis qu'il avait eu le malheur de faire sa connaissance. Lui-même était trop surpris pour articuler une parole. Figé comme une statue, il contemplait la plus jolie femme qu'il eût jamais vue, la créature céleste qu'il avait aidée avec son ombrelle.

Elle se tenait dans l'encadrement de la porte, telle une icône dans son cadre, sa chevelure un peu ébouriffée nimbant son visage d'une auréole dorée. Elle portait une robe blanche à taille haute rebrodée de minuscules roses, qui mettait en valeur sa silhouette déliée. Il ne s'imaginait pas autrement les anges du ciel.

— Natalie, viens ici tout de suite ! ordonna-t-elle sans remarquer l'attitude béate de Liam. Cesse d'ennuyer ce monsieur ! Je t'ai déjà dit de rester avec Agatha quand je sors !

À contrecœur, Natalie s'exécuta. Sa mère lui attrapa la main dès qu'elle fut à sa portée, puis leva vers Liam ses grands yeux d'azur.

Une fois de plus, elle ne parut pas effrayée par sa cicatrice.

— Oh, mais c'est... mon sauveur ! s'exclama-t-elle avec un sourire enchanteur. Je vous demande encore une fois votre indulgence, monsieur. Veuillez excuser ma fille. Elle a la manie de s'échapper dès qu'on la quitte des yeux, mais je vous promets que cela ne se reproduira plus. Je suis désolée qu'elle vous ait dérangé.

— Mais pas du tout, parvint à répondre Liam hypocritement.

Mille pensées contradictoires se bousculaient dans sa tête. Ainsi, c'était elle la mère de Natalie. Elle était bien réelle, heureusement. Si réelle qu'il en demeurait sans voix.

— Nous allons avoir une petite conversation, mademoiselle, prévint la jeune femme en ébouriffant les cheveux de sa fille pour atténuer la sévérité de sa remarque. Présente tes excuses à ce monsieur pour l'avoir importuné ainsi.

— Mais ça ne l'a pas dérangé, maman, je t'assure, protesta Natalie.

— C'est la vérité, s'entendit renchérir Liam sans vergogne. Elle est tellement adorable.

— Oh ! Je n'avais pas réalisé que vous étiez écossais ! s'exclama la jeune femme. Comme c'est romantique !

Liam se sentit littéralement fondre. Un ange, vraiment !

— Oui, je suis écossais. D'Abcrfoylc, bredouilla-t-il.

— Il faudra que je cherche cette ville dans l'atlas. Je vous présente encore une fois mes excuses, monsieur...

— Capitaine, corrigea-t-il stupidement.

— Capitaine ? Dans la marine ?

— Dans le régiment des Highlands.

— Oh ! C'est un régiment d'élite, qui s'est illustré à Waterloo, d'après ce que j'ai lu dans le journal.

Liam carra les épaules et hocha brièvement la tête.

— Eh bien, capitaine, si vous voulez bien nous excuser, nous allons vous laisser. Bonne soirée.

Et, tenant fermement Natalie par la main, elle s'éloigna d'un pas gracieux après un dernier sourire.

— Capitaine *Lockhart*, murmura Liam pour achever les présentations, mais elle était déjà loin.

Il resta un moment immobile, le regard perdu dans le vide. L'apparition de cette créature de rêve, son *existence* même, était un tel miracle qu'il en était bouleversé. Jamais encore une femme n'avait provoqué en lui un pareil enthousiasme, ni un pareil trouble.

Il était loin d'être novice en la matière, il avait eu de nombreuses aventures amoureuses d'un bout à l'autre du continent, mais toujours avec des femmes de peu. Certainement pas de vraies dames comme *celle-ci*. À vrai dire, à part sa mère et sa sœur, il avait rarement eu l'occasion de rencontrer des femmes de qualité. Il était mal à l'aise en leur compagnie, ne savait comment se comporter. Elles lui paraissaient si délicates, si fragiles. En un mot, si parfaites...

Tout le contraire de lui.

Il avait croisé beaucoup de femmes du monde, surtout depuis qu'il était à Londres, mais elles se ressemblaient toutes, tandis que celle-ci était unique. C'était d'ailleurs la première pensée qui lui avait traversé l'esprit lorsqu'il l'avait rencontrée, bataillant avec son ombrelle. C'était peut-être sa façon de le regarder droit dans les yeux, sans crainte ni dégoût. Ou son sourire… Dès qu'elle souriait, il croyait voir le soleil percer entre les nuages dans le ciel tourmenté de son Écosse natale.

Quoi qu'il en soit, elle l'avait pris par surprise, au point qu'il en avait perdu tous ses moyens. Il s'était ridiculisé. Mais ce qui était pire, bien pire, pire que tout, songea-t-il en allant fermer la porte, c'était que si cette créature exquise était la mère de Natalie, alors elle était la femme de Farnsworth.

À cette pensée, il eut un frisson de répulsion.

6

Ellen Farnsworth tirait fermement Natalie dans l'escalier lorsque lord Farnsworth surgit sur le palier du premier étage tel un diable hors de sa boîte. Le monocle coincé au-dessus de ses bajoues ajoutait une touche comique à sa figure sévère.

— Voilà la petite menteuse ! aboya-t-il. Elle va faire fuir mes locataires si tu n'y mets pas bon ordre, Ellen.

Natalie se serra contre sa mère, qui passa le bras autour de ses épaules en soupirant.

— Je vais lui faire la leçon, ne vous inquiétez pas. Vous avez ma parole qu'elle ne recommencera pas.

— Ta parole ? ricana-t-il. Tu n'as rien de plus fiable à me proposer ?

La jeune femme ravala une remarque acerbe. Elle ne voulait pas d'algarade au milieu de l'escalier, devant sa fille qui plus est.

— Si vous n'avez rien d'autre à me dire, nous souhaiterions nous retirer.

— Veille à ce qu'elle ne sorte pas de vos appartements, lâcha-t-il d'un ton coupant en s'effaçant pour les laisser passer.

Sans accorder un regard au vieillard, Ellen poussa gentiment sa fille devant elle. Arrivée à l'étage suivant, elle ouvrit la porte de leurs appartements, envoya la petite se laver les mains, et se réfugia dans le petit salon. Elle s'adossa au mur et ferma les yeux, au bord des larmes.

— Pardon, murmura Natalie en la rejoignant.

— Mais qu'est-ce que je vais faire de toi ? soupira Ellen en lui tendant les bras.

La petite s'y jeta et enfouit le visage dans le cou de sa mère qui l'étreignit. La question était plutôt « *Qu'allait-elle faire d'elles deux* ? », tout simplement. Elles ne pouvaient pas mener cette vie jusqu'à la fin de leurs jours.

— Chérie, tu sais que tu n'as pas le droit d'aller dans cette partie de la maison, et encore moins d'ennuyer les locataires.

— Je regrette, maman. Mais le capitaine est vraiment très gentil, je t'assure.

Ellen soupira de nouveau. Son adorable petite fille, qu'elle aimait plus que tout au monde, avait la détestable manie de raconter des histoires à dormir debout, de s'introduire chez les locataires et de fouiller dans leurs affaires. Un comportement répréhensible, certes, mais à quoi d'autre pouvait-on s'attendre ? Sans amis de son âge, la fillette recherchait n'importe quelle compagnie, et Agatha, malgré toute sa bonne volonté, n'était pas la compagne de jeux idéale.

— Je ne le ferai plus, je te le promets.

— Une promesse est une promesse. Tu ne dois pas aller chez les locataires, c'est compris ?

Natalie fit signe que oui.

— À présent, va dans ta chambre, et copie-moi cent fois : « Je n'entrerai plus dans l'appartement des locataires », intima Ellen en déposant un baiser sur son front.

Quand sa fille eut disparu, elle se débarrassa de son manteau et de son chapeau et alla à la fenêtre.

Lorsqu'elle avait vu Natalie avec ce géant balafré, son sang s'était figé dans ses veines. Mais elle avait vite compris qu'il ne lui voulait aucun mal. Il tentait de comprendre ce que racontait la petite, et cela n'avait rien d'étonnant. Ses séjours en Hilaria, auprès de sa mère infirme !

Elle avait été encore plus surprise quand elle l'avait reconnu. Le capitaine ne ressemblait pas aux locataires habituels de Farnsworth. D'ordinaire, ce dernier choisissait de vieux garçons, dans tous les sens du terme, qui venaient de province pour affaires. L'officier était beaucoup plus jeune et fringant, et il était écossais pardessus le marché. Connaissant le mépris de Farnsworth pour tout ce qui n'était pas la noblesse anglaise, Ellen supposait que le nouveau locataire avait payé le loyer d'avance, et en espèces sonnantes et trébuchantes.

Perplexe, elle secoua la tête, et passa dans la salle à manger. Celle-ci était austère, comme tout le reste de la maison. La table, jadis soigneusement vernie, était éraflée, les chaises, dépareillées, étaient usées. Un unique tableau représentant une chasse à courre ornait le mur, quant à l'argenterie sur la desserte, elle était de bric et de broc. Ce n'était pas par manque d'argent ; Farnsworth était riche. Mais c'était un vieil avare.

Heureusement, Ellen avait apporté de la campagne quelques beaux meubles et bibelots pour égayer l'étage qu'elle occupait avec Natalie. Leurs appartements étaient d'ailleurs la partie la plus chaleureuse de la maison. Les épais tapis faisaient oublier la nudité des pièces, qui étaient confortables, sinon luxueuses.

Un peu de gaieté était d'ailleurs le seul luxe qu'elle pouvait s'offrir.

Bon. Inutile de ressasser ses misères ou de nourrir de vains espoirs. Elle avait passé trop de temps à rêver du lendemain, à espérer une autre vie, à se vouloir différente. Il ne fallait à aucun prix recommencer. D'un pas décidé, elle tira la sonnette pour signifier à Follifoot que sa fille et elle étaient prêtes pour le dîner.

Au rez-de-chaussée, Liam contemplait le contenu de son assiette avec un mélange de dégoût et d'incrédulité. Dieu seul savait quel plat le cuisinier avait eu l'intention de concocter ! L'odeur et le goût lui rappelaient du gruau moisi, et il était indulgent. Mais il avait vu pire pendant la guerre et, en bon soldat, il mangea avec application ce qu'on lui avait servi. C'était encore le meilleur moyen de passer le temps en attendant de partir à la recherche de son cousin.

Il s'assit près du poêle et, tandis qu'il tentait de digérer son infâme dîner, il se prit à rêver de la mère de Natalie. Il la revit comme elle lui était apparue, d'une beauté céleste, mais d'une sensualité bien terrestre. Le souvenir de sa poitrine généreuse fit naître dans son esprit des visions plus suggestives. En ce moment même, quelque part dans cette maison, peut-être se préparait-elle pour son bain. À vrai dire, il n'avait qu'une idée très vague de la façon dont une femme se préparait pour le bain. Tout ce qu'il savait, c'était que cela prenait un temps fou à sa sœur. Mais après tout, l'ange était peut-être déjà dans son bain. Ça, au moins, c'était une image qui valait la peine de s'y attarder.

Il s'y attarda effectivement, et son trouble serait devenu de l'inconfort s'il ne s'était décidé à prendre la situation en main.

Il n'avait nullement l'intention de se conduire en collégien boutonneux, et il décida de passer à des occupations plus sérieuses. Il sortit une feuille de papier, la plume et l'encrier que sa mère lui avait donnés, et décida d'écrire à sa famille pour les informer qu'il était bien arrivé et que leur plan se déroulait de façon satisfaisante. Il ne tenait pas à en dire plus, d'abord parce que l'écriture n'était pas son fort, ensuite parce qu'on ne savait jamais entre quelles mains une lettre pouvait tomber.

Chère mère,

Je vous envoie à tous mes plus sincères pensées de Londres. La ville compte plusieurs très beaux parcs, mais le temps est très pluvieux, et les maisons sont noircies par la suie. Quant à la nourriture, elle est épouvantable.

Je pense à vous tous.

Ton fils affectionné,

L.

Liam relut sa prose et décida que, si elle n'avait pas les qualités descriptives et la poésie des lettres de Griffin, elle était précise et claire sans trop en dire. Il la plia soigneusement, se servit de l'unique chandelle allouée par Farnsworth pour la sceller, et se promit de la poster le lendemain à la première heure. La nuit était enfin tombée, et il était temps de se mettre au travail. Plus vite il en aurait fini, plus vite il quitterait cette ville abominable. Après un rapide coup de peigne, il enjamba la fenêtre. Mais avant de s'éloigner, il ne put s'empêcher de contempler les fenêtres éclairées au-dessus des siennes.

Où pouvait-*elle* bien être ?

7

Trouver Nigel ne s'avéra pas plus difficile que de repérer un éléphant dans une salle de bal.

Pour écumer les cercles élégants de Londres, Liam avait revêtu une redingote de drap bleu marine un peu étroite aux entournures, un pantalon gris tourterelle, qui aurait été parfait s'il avait été plus long d'un doigt, et un gilet richement brodé. Avec ces beaux atours, subrepticement « empruntés » à Griffin, le capitaine craignait de passer pour efféminé. Mais il dut se rendre à l'évidence : il ne se distinguait en rien des dandys des quartiers à la mode. Seule, sa chevelure qui lui frôlait les épaules jetait une note discordante, mais cela pouvait passer pour une excentricité, ce que personne ne songerait à lui reprocher dans la capitale.

Il longea Saint-James et Pall Mall en adoptant le pas indolent qu'il avait remarqué chez les jeunes Anglais, et entra systématiquement dans tous les clubs les plus huppés. La tactique se révéla payante, car il ne tarda pas à trouver son cousin. Du reste, il aurait été impossible de le manquer ! Les sept années écoulées depuis leur dernière rencontre lui avaient bien profité, et il semblait avoir doublé de volume.

Tout allait donc pour le mieux. Il suffisait à Liam de s'installer avec un whisky bien tassé près de la sortie, où son parent ne pourrait pas le rater. Ce dernier serait persuadé que cette rencontre était le fruit du hasard. Il ne manquerait pas de lui demander les raisons de son séjour à Londres, et le reste serait un jeu d'enfant.

Aussitôt dit, aussitôt fait. Le capitaine était bien visible, et faisait d'ailleurs l'objet de regards intrigués et de commentaires discrets. Mais c'était sans compter avec la myopie de son cousin, et les nombreux verres qu'il avait déjà ingurgités. Nigel passa devant lui sans le remarquer, le bousculant même légèrement.

Mais il en fallait plus pour décourager un officier de sa Gracieuse Majesté. Liam suivit donc jusqu'à l'établissement suivant le petit groupe de fêtards, qui se lança dans une partie de cartes animée. Il prit à nouveau position près de la porte, un whisky à la main. Ce premier verre fut suivi d'un deuxième, puis d'un troisième, tandis que l'exaspération le gagnait en entendant son cousin éclater de rire à chaque plaisanterie oiseuse de ses compagnons.

Enfin, le petit groupe se leva et se dirigea bruyamment vers la sortie. Cette fois, Nigel buta littéralement sur Liam, mais aucune lueur de reconnaissance ne traversa son regard trouble, et après avoir marmonné de vagues excuses, il poursuivit son chemin d'un pas mal assuré.

Profondément agacé, Liam le regarda se cogner dans la porte et s'excuser poliment avant de regagner, avec l'aide d'un de ses compagnons, la calèche qui l'attendait.

Eh bien, il ne lui restait plus qu'à trouver une autre idée pour entrer en contact avec cet abruti, décida-t-il en reprenant le chemin de Belgrave Square.

Le lendemain matin, tout bon soldat qu'il fût, Liam n'eut pas le courage d'avaler la substance noirâtre et malodorante qu'on lui servit en guise de petit déjeuner. Taraudé par la faim, et profondément agacé à la pensée du loyer faramineux qu'il versait à Farnsworth, il décida que, s'il voulait mener à bien sa mission et garder de quoi regagner l'Écosse, il lui fallait prendre en main la question du ravitaillement.

Son pistolet dans sa poche, son poignard dans sa botte et une taie d'oreiller attachée à la ceinture, il se dirigea d'un pas décidé vers Hyde Park. Sans un regard pour les enfants qui jouaient sur les pelouses ni pour les élégantes qui se promenaient dans les allées, il gagna un petit étang qu'il avait repéré à son arrivée. Quatre canards bien gras s'ébattaient tranquillement. Il avait trouvé son déjeuner.

Il arma son pistolet, attendit patiemment que les volatiles s'approchent de la berge, et fit feu sur le plus dodu. Les trois autres s'envolèrent à grand bruit tandis qu'il se hâtait d'attraper sa proie avant qu'elle ne coule. La chair n'était même pas abîmée, constata-t-il avec satisfaction. Il allait enfin se régaler !

En regagnant la rive, il s'aperçut que la détonation avait attiré un petit groupe de promeneurs ébahis. Sans s'émouvoir, il s'accroupit sur l'herbe et entreprit de plumer la bête. On ne connaissait donc pas la faim, chez les Anglais ?

— Je vous demande pardon, monsieur, mais où vous croyez-vous ? s'écria un bellâtre d'une voix nasillarde. Vous vous imaginez qu'on peut chasser en pleine ville ?

— Je n'ai vu aucun écriteau qui l'interdise.

— Depuis plus de cent ans que ce parc existe, personne ne l'a jamais confondu avec une réserve de chasse ! Il n'y a aucune interdiction écrite, certes, mais cela va de soi pour n'importe quel promeneur doté d'un peu de bon sens ! Comment peut-on se comporter de manière aussi inconvenante ?

— Il suffit d'avoir faim, cher monsieur. Aucun humain normalement constitué ne peut se satisfaire des horreurs de la cuisine anglaise.

— Mais vous nous insultez, monsieur ! s'étrangla l'autre. Je me vois dans l'obligation d'appeler un représentant de la loi.

Bon sang, pas moyen d'être tranquille dans ce pays ! Maudissant tous les Anglais, Liam fourra prestement le volatile à moitié plumé dans la taie d'oreiller. Lorsqu'il se releva, le muscadin recula prudemment.

— Si cela vous dérange tant que ça, je vais plumer mon canard ailleurs, grommela-t-il en jetant la taie d'oreiller sur son épaule.

Et il planta là les badauds ahuris.

Il fit un détour par le marché, où il acheta un beau chou bien pommelé pour la modique somme d'un demi-penny.

Salivant d'avance, il traversait à grandes enjambées le square lorsque la petite Natalie vint se cogner dans ses jambes. La chevelure dorée de la fillette lui rappela aussitôt celle de sa mère.

— Bonjour, capitaine. Où vas-tu ? s'écria-t-elle joyeusement.

— Cela ne te regarde pas, rétorqua Liam qui défaillait presque, et n'avait pas de temps à perdre, surtout avec cette petite diablesse.

— Moi, je vais chez la modiste.

Le capitaine ignorait ce qu'était une modiste, et il se moquait éperdument de le savoir. Son estomac criait famine et, à cause de ce gommeux d'Anglais et de sa sensiblerie ridicule, il lui restait à finir de plumer son canard et à le vider avant de pouvoir le dévorer.

— C'est très bien. Ôte-toi de mon chemin, maintenant.

— J'ai besoin d'un nouveau chapeau pour les fêtes de Noël en Hilaria, poursuivit-elle en tournant autour de lui. Je vais jouer une pantomime !

— C'est formidable. Maintenant, *suithad* !

— Qu'est-ce que ça veut dire ? s'enquit Natalie en s'immobilisant abruptement.

— Cela veut dire « Fais ce que je te dis et décampe immédiatement ! » Tiens, va jouer avec les petites filles, suggéra-t-il en apercevant deux fillettes et leur gouvernante.

Natalie suivit son regard, et fit un pas de côté, ce qui la ramena droit dans le chemin de Liam.

— Je... je ne les connais pas, objecta-t-elle.

Pour le capitaine, ce détail n'avait pas la moindre importance.

— Écoute-moi bien, petit monstre ! J'ai un canard et un chou à faire cuire ; et je meurs de faim ! Alors, va-t'en !

Visiblement, la fillette ne l'écoutait pas. C'est alors qu'il remarqua que les deux petites péronnelles échangeaient des remarques à mi-voix en gloussant. Elles se moquaient de quelqu'un, et c'était visiblement de sa jeune amie. D'ailleurs, celle-ci lui avait pris la main et se serrait craintivement contre lui.

Comment pouvait-on se moquer d'une créature aussi charmante que Natalie ? Il fut saisi de la même colère que dans son enfance, lorsque leurs compagnons de jeu se moquaient de Mared à cause de la malédiction. Fort bien, il allait tirer cette histoire au clair avant de se consacrer à son déjeuner. Mais soudain, la petite bondit et disparut dans un trou de la haie. Les deux gamines éclatèrent de rire.

Manifestement, elles avaient fait de la peine à Natalie, même si Liam ne comprenait pas les raisons de leur hilarité. Sans plus se poser de questions, il lui emboîta le pas. Mais il n'avait pas une carrure aussi frêle, et il eut un peu de mal à franchir la haie. Lorsqu'il y parvint, la fillette disparaissait déjà derrière un massif. Il la suivit, et s'arrêta net en apercevant Ellen qui lisait sur un banc. Sa fille se laissa tomber près d'elle et posa la tête sur son épaule.

Cloué sur place, Liam ne savait plus quelle conduite adopter. Il se rappela le chou qu'il tenait sous le bras, et décida de battre en retraite au plus vite.

— Capitaine !

Trop tard ! Il tressaillit et se risqua à regarder le visage angélique qui le troublait tant. « Cours ! » lui ordonna une petite voix dans un recoin de sa tête. Mais il se contenta de se dandiner d'un pied sur l'autre, jeta un regard à droite, puis à gauche, et comprit que la fuite était impossible.

— Euh… Bonjour, grogna-t-il.

Le gratifiant de son lumineux sourire, la jeune femme posa son livre et se leva pour aller à sa rencontre.

— Merci de m'avoir ramené ma fille. Elle court comme un farfadet, et j'étais tellement absorbée par ma lecture que je l'avais perdue de vue.

— Ah, oui. Je vois… bredouilla Liam en faisant passer le chou d'une main dans l'autre.

Seigneur, voilà qu'il bafouillait encore lamentablement ! Il se racla la gorge et chercha une repartie spirituelle.

— Vous venez souvent dans ce jardin ? s'enquit Ellen tandis qu'il gardait le silence.

— Non. Euh… oui. C'est-à-dire, c'est sur mon chemin. Enfin, ça dépend où je vais, bégaya-t-il.

Décidément, il était ridicule ! Elle allait le prendre pour un imbécile.

— Eh bien, je ne veux pas vous retarder. Bonne journée.

Et avec un autre gracieux sourire, elle le salua d'un signe de tête et regagna son banc.

Liam ajusta sur son épaule la taie d'oreiller, non sans laisser échapper une poignée de plumes, mais il ne put se résoudre à s'éloigner.

— Excusez-moi, madame, mais puis-je vous demander où se trouve l'Hilaria ?

— Pardon ?

— L'Hi-la-ria, répéta-t-il en prenant garde de bien articuler.

— C'est à moi de m'excuser, répliqua-t-elle aimablement. Ma fille a beaucoup d'imagination. C'est un pays qu'elle a inventé.

C'était donc ça ! Quel idiot ! Il aurait dû s'en douter, après l'histoire de la mère infirme et toutes ces fariboles. L'ange le regardait en souriant, visiblement amusée par sa crédulité. Affreusement gêné, Liam esquissa un faible sourire.

— Dans ce cas, je suppose qu'il n'y a aucune pantomime prévue pour Noël, hasarda-t-il.

Elle éclata de rire, la tête renversée en arrière, mettant ainsi en valeur son cou d'albâtre et sa gorge généreuse.

— Bien sûr que non. Natalie, qu'es-tu encore allée inventer ?

La petite se recroquevilla sur le banc.

— Et… la visite chez la modiste, c'est aussi une invention ?

— Non, la modiste est bien réelle, et nous allons effectivement lui rendre visite. Mais seulement pour *voir* ses nouveaux chapeaux, ajouta-t-elle avec un regard sévère à sa fille. Je vous demande pardon, capitaine, mais comment vous appelez-vous ?

— Lockhart. Capitaine Lockhart.

— Ellen Farnsworth.

Ellen... Un joli nom pour une jolie femme. Il lui allait à ravir.

— C'est un plaisir de faire votre connaissance, dit-il en s'inclinant profondément, son chou à la main.

C'était effectivement un plaisir sans mélange, et il ne se lassait pas de contempler ce visage ravissant, ce regard lumineux, ce sourire angélique. Mon Dieu, voilà qu'il la dévisageait béatement, maintenant. Il devenait impoli. Comment pouvait-il perdre ainsi tous ses moyens ? Un soldat aguerri, et un Highlander qui plus est, avait des nerfs d'acier ! Il ne se laissait pas démonter si facilement.

— Je ne vais pas vous déranger plus longtemps.

— Capitaine, il me semble que vous avez une fuite...

— Je vous demande pardon ?

— Votre sac, précisa-t-elle en désignant le paquet sur son épaule.

Il baissa les yeux, et son cœur manqua un battement. Un filet de sang gouttait sur la pelouse. De mieux en mieux ! Le balourd campagnard se promenait en ville un chou à la main et sa volaille emballée dans une taie d'oreiller ! Comment se sortir d'une telle situation en véritable gentleman ? À l'armée, on lui avait appris que lorsque le succès était impossible, il fallait battre en retraite au plus vite.

— Eh bien, je vais vous laisser à votre lecture.

— Bonne journée. Je vais profiter encore un peu de ce rayon de soleil.

— C'est rare en cette saison, commenta-t-il platement avant de tourner les talons.

Une fois dans sa chambre, il s'aperçut qu'il avait serré si fort son paquet qu'il avait une crampe dans les doigts.

Que diable lui arrivait-il ? Il n'était plus lui-même. À croire qu'il n'avait jamais rencontré de femme de sa vie !

Il jeta le canard dans la cuvette, ajouta du charbon dans le poêle. En attendant que le feu prenne, il acheva de plumer la volaille et de la vider.

Une heure plus tard, il l'avait fait rôtir et avalait la dernière feuille de chou. Enfin rassasié, il nettoya le poêle de son mieux et s'allongea sur son lit pour penser à Ellie.

Il s'assoupit, et c'est l'odeur désagréable des entrailles jetées dans la corbeille à papier qui le réveilla. Le jour commençait à baisser. Il avait dormi plus de deux heures ! Quelle perte de temps ! S'il voulait trouver Nigel avant qu'il soit complètement ivre, il fallait qu'il s'active.

L'odeur qui flottait dans la pièce était insupportable. Liam ouvrit la fenêtre, regarda à gauche et à droite, et jeta le paquet malodorant le plus loin possible. Avant de refermer la haute croisée, il aperçut Farnsworth tourner au coin de la rue, et Mlle Agatha trottiner vers un intérieur douillet qui n'avait certainement rien à voir avec la lugubre demeure où elle travaillait.

Songeur, Liam tira les rideaux. Une idée pernicieuse s'était insinuée dans son esprit. Une idée si incongrue, si audacieuse qu'il n'osait pas la formuler clairement. Il était chargé d'une mission importante, se rappela-t-il, et toute distraction risquait de la compromettre gravement. Il lui fallait se concentrer sur l'objectif et ne pas s'en écarter, comme on le lui avait appris à l'armée.

Il fit un brin de toilette, tenta de discipliner sa chevelure, et enfila de nouveau des vêtements qu'il avait pillés dans la garde-robe de Griffin.

Quand Follifoot frappa pour lui apporter un plateau dégageant la même éternelle odeur de lessive, le capitaine jeta son manteau sur son bras et se dirigea vers la porte d'un pas décidé.

— Vous aurez l'amabilité de faire un peu de ménage, je vous prie, lança-t-il par-dessus son épaule avant de s'engager dans le couloir.

Mais il s'arrêta net au pied du grand escalier.

Il risqua un regard vers le palier du premier étage. Personne, pas un bruit. Il comprenait mieux pourquoi Farnsworth lui avait interdit de monter. S'il était assez bête pour laisser seule une femme comme Ellen, il aurait aussi bien pu faire installer une grille au pied de l'escalier, ou poster des gardes armés.

Enfin, mieux valait garder ses distances, même si l'envie de lui montrer qu'il n'était pas un rustaud le dévorait. De toute façon, il avait donné sa parole. Et puis, pourquoi attachait-il tant d'importance à ce qu'Ellen pensait de lui ? C'était une femme mariée, une mère de famille, une Anglaise et une femme du monde. Bref, elle n'avait aucune raison de s'intéresser à lui. Et lui n'avait aucune raison de s'intéresser à elle !

Sauf que depuis qu'il l'avait rencontrée, elle ne quittait pas son esprit.

« Alors monte », s'ordonna-t-il. Dégoûté, il glissa un regard alentour, et se rappela qu'il était censé trouver son cousin avant qu'il soit trop imbibé pour se reconnaître dans un miroir. Les pas du valet de chambre dans le couloir eurent raison de ses hésitations et, dans un moment de pure folie, il s'élança dans l'escalier.

8

Lorsque Follifoot leur apporta le thé, Ellen l'informa qu'elles se passeraient de dîner. Le valet s'autorisa un sourire de sympathie. Le vieux Farnsworth était si avare qu'on se demandait comment un cuisinier digne de ce nom pouvait rester à son service. Mais justement, le titulaire actuel était tout sauf un cuisinier digne de ce nom. Les plats étaient, dans le meilleur des cas, un brouet sans goût et, la plupart du temps, véritablement immangeables. Dieu merci, cette bonne Agatha avait pris en pitié la petite Natalie ! Une ou deux fois par semaine, elle cuisinait un délicieux repas pour la fillette et sa mère. Ce soir-là, un alléchant fumet de rôti de bœuf flottait dans l'appartement d'Ellen.

La jeune femme passa dans la pièce attenante, où Natalie dessinait avec application. Comme d'habitude, son dessin représentait une malheureuse jeune fille emprisonnée dans une tour, qui attendait le prince charmant censé la délivrer.

Comme elles deux…

— Agatha nous a apporté un rôti. Va te laver les mains, nous allons nous mettre à table.

— Encore un moment, s'il te plaît, supplia la petite en coloriant son château avec ardeur.

— Cinq minutes, pas plus.

Ellen laissa sa fille à son univers merveilleux et se dirigea vers sa garde-robe. Cela n'avait pas grand sens de s'habiller pour le dîner, puisqu'elle était seule avec Natalie, mais observer les usages de la vie en société était sa façon à elle de ne pas se laisser aller au désespoir. Elle choisit la robe de soie bleue que lui avait donnée sa sœur Eva. Ellen adorait cette couleur, et il n'y avait pas de mal à se montrer coquette de temps à autre. C'était là le moment le plus difficile de la journée, lorsque son miroir lui rappelait qu'elle avait déjà vingt-huit ans et qu'elle menait une existence de vieille fille, ou de veuve.

Mon Dieu, faites que cela change !

Mais quoi, au juste, devait changer ? Et comment ? Ces questions ne cessaient de la hanter. Tandis qu'elle nouait ses cheveux en chignon sur la nuque, elle crut voir dans la psyché son reflet lui adresser une grimace ironique et désespérée.

Justement, il ne fallait à aucun prix céder au désespoir. Pas pour elle, sa vie était finie, mais pour Natalie. La fillette avait une imagination de plus en plus débordante, ce qui n'avait rien de surprenant puisqu'elle n'avait aucun contact avec le monde extérieur ! Mais cela ne pouvait plus, ne devait plus durer. Elle voulait offrir à sa fille une existence différente, où l'espoir et le bonheur ne seraient pas des mots vides de sens.

Son sentiment d'impuissance l'étouffait.

Craignant de s'y abandonner, elle se leva brusquement et alla chercher Natalie. À contrecœur, la petite consentit à abandonner son dessin et à se préparer pour le dîner.

— La souris est revenue, constata la fillette en entendant un couinement dans la salle à manger.

— Quelle horreur, soupira sa mère, à qui l'idée d'un rongeur dans ses appartements donnait la chair de poule. Elle doit être aussi affamée que nous. Mets le couvert, s'il te plaît, je vais essayer de la trouver, poursuivit-elle en s'emparant du tisonnier.

— Ne lui fais pas de mal ! s'écria l'enfant.

— Bien sûr que non, mentit Ellen.

L'oreille tendue, elle traversa le couloir et pénétra dans le boudoir où Agatha s'installait pour coudre. Elle inspecta soigneusement la pièce et aperçut, au milieu des coupons de tissu et des vêtements à repriser, les ciseaux d'argent dont la gouvernante était si fière. Elle les soupesa en se demandant combien on pouvait en tirer chez un prêteur sur gages.

Voilà qu'elle était prête à voler, maintenant ! Écœurée, elle tourna les talons et se hâta de regagner la salle à manger.

— Tu l'as trouvée ? demanda Natalie, sagement attablée.

— Non, rétorqua la jeune femme, qui avait totalement oublié le rongeur.

— Tant mieux, fit la fillette en battant des mains tandis que sa mère retirait le couvercle du plat.

Le rôti, entouré de carottes et de pommes de terre sautées, embaumait. Ellen remplit l'assiette de sa fille, puis la sienne.

— Veux-tu dire la prière ?

— Mon Dieu, bénissez ce repas, Agatha qui nous l'a apporté, et faites que nous changions de maison. Amen.

Et faites que je ne pense plus jamais à voler, ajouta sa mère en silence.

— Tu as déjà rencontré des princesses ? demanda Natalie en piquant allègrement sa fourchette dans la viande.

— Aucune, chérie, à part toi.

— Un jour, je serai une vraie princesse. Tu connais l'histoire de celle qui a vécu dix ans enfermée dans une tour ? Personne ne le savait, sauf son père, mais c'était un roi très méchant.

Ellen écoutait distraitement. Elle avait cru entendre un bruit étouffé dans le couloir. La souris, sans aucun doute. Il ne fallait pas espérer que Farnsworth fasse venir un dératiseur, à moins qu'une armée de rats n'envahisse *son* bureau.

— Il ne la laissait pas sortir, parce qu'il ne voulait pas qu'elle se marie. Mais un jour, elle était à la fenêtre, et...

— N'oublie pas de manger, mon cœur.

— En bas, il y avait des vaches, des moutons, des ânes, des chiens et... et...

— Des chats ?

— ... et des chats, acquiesça Natalie en avalant une bouchée. Non, il n'y avait pas de chats. Mais un jour, elle a vu un cheval avec un cavalier. Elle a agité son écharpe en criant « Bonjour, bonjour » ...

— Et le cavalier l'a vue ? s'enquit Ellen en se levant et en attrapant discrètement le tisonnier.

— Bien sûr ! continua la fillette sans faire attention à sa mère. Il s'est dit qu'il n'avait jamais rencontré une princesse aussi belle...

Résolue à régler son compte à la souris, la jeune femme ouvrit la porte brusquement en brandissant son arme improvisée. Elle poussa un hurlement, et lâcha le tisonnier qui dégringola sur le sol avec fracas. Natalie lui fit écho en laissant tomber sa fourchette dans son assiette.

— Je vais vous expliquer ! fit, une voix à l'accent écossais.

— Capitaine ! Que faites-vous ici ? s'écria-t-elle, le cœur battant.

— Capitaine Lockart ! s'exclama la petite, l'air ravi.

— Je vais vous expliquer, répéta Lockhart, penaud.

— Eh bien, faites ! répliqua Ellen sèchement, indifférente à l'enthousiasme de sa fille. C'est une habitude chez vous de vous introduire clandestinement dans les appartements des dames ?

Sous le choc, il écarquilla les yeux, et Ellen crut même le voir s'empourprer.

— Me *quoi* ? Mais… mais certainement pas, protesta-t-il. Je ne ferais jamais une chose pareille ! Je suis officier dans l'armée de Sa Majesté !

Il se défendait avec une telle chaleur qu'Ellen ne put s'empêcher de le croire.

— Dans ce cas, que faites-vous derrière la porte de ma salle à manger ?

Le capitaine se mordilla la lèvre. Il ressemblait à un gamin pris en train de chaparder des confitures.

— En fait, je… j'avais donné ma parole à lord Farnsworth de ne jamais monter cet escalier, mais…

Il s'interrompit soudain et plissa le nez.

— Quelle est cette odeur ?

Le rôti ! Bien entendu ! Le pauvre homme était lui aussi condamné à la cuisine de la maison. Il devait mourir de faim.

— Vous avez goûté les spécialités de notre cuisinier, je présume ?

— J'ai eu cette malchance. Je vous demande pardon, madame, poursuivit-il. Je n'avais nullement l'intention de vous effrayer. À vrai dire, je ne pensais même pas à monter…

— Je vous en prie, monsieur, il n'y a pas de mal, le coupa-t-elle en se baissant pour ramasser le tisonnier. Nous n'avons jamais réussi à garder un cuisinier convenable. Heureusement, Agatha a pris ma fille en pitié et elle nous apporte un repas décent chaque fois qu'elle le peut. J'imagine que le fumet du rôti vous a intrigué et attiré jusqu'ici.

— Un rôti ? répéta-t-il d'un ton plein de respect.

— Maman, il peut manger avec nous ! S'il te plaît, supplia la petite qui vint s'accrocher aux jupes de sa mère.

Ellen leva les yeux et étudia un instant le rude visage du capitaine. En dépit de cette cicatrice qui lui barrait la joue, il était bel homme, constata-t-elle. Et elle sentait qu'en dépit de la brusquerie de ses manières, il n'avait rien d'un ogre. Ce grand diable d'Écossais lui plaisait, et nul besoin d'être grand clerc pour comprendre que Natalie l'adorait.

Le géant paraissait de plus en plus mal à l'aise. Il se frotta la nuque, recula d'un pas, prêt à prendre congé.

— Acceptez mes excuses, commença-t-il, et permettez-moi de...

— Reste, s'il te plaît, capitaine ! s'écria la fillette. J'ai fait un dessin. Tu veux le voir ?

Sans attendre la réponse, Natalie partit à toutes jambes avant que sa mère ait pu l'arrêter. Celle-ci hésitait à l'inviter. Farnsworth les jetterait à la rue s'il découvrait son locataire chez elle. Cela dit, le vieux grigou était sorti pour la soirée, alors, comment le saurait-il ? Follifoot ne remonterait pas avant le lendemain, et elle devait admettre que l'officier l'intriguait.

— Je vous proposerais bien de goûter à ce rôti, mais vous paraissez sur le point de sortir.

— Eh bien, c'est-à-dire...

— Peut-être la prochaine fois qu'Agatha...

— Personne ne m'attend, s'empressa de préciser Liam. Et ce rôti sent diablement bon !

— Dans ce cas, il faut absolument y goûter, l'invita Ellen avec un sourire engageant.

— Oh, mais je ne veux pas vous déranger ! Vous êtes en famille…

— Il n'y a que Natalie et moi. Et vous ne nous dérangez pas le moins du monde.

Comme si elle n'attendait que ça, la fillette surgit en brandissant son dessin. Elle se planta devant le capitaine en levant la feuille le plus haut possible pour qu'il la voie bien.

— C'est une princesse, expliqua-t-elle, hors d'haleine.

Liam prit le coloriage et l'étudia avec attention.

— Elle est très jolie, déclara-t-il. Je n'ai jamais vu de plus belle princesse !

Il rendit la feuille à la petite qui la serra sur sa poitrine, rayonnante. En voyant sa fille si heureuse, le cœur d'Ellen bondit d'allégresse. C'était si rare !

— Entrez, capitaine. Nous serons ravies de partager notre dîner avec vous. Mettez-vous à l'aise. Mais je vous préviens, nous avons souvent la visite d'un convive indésirable.

— Une souris ? hasarda Liam.

— Je n'arrive pas à m'en débarrasser. Natalie, veux-tu ajouter un couvert pour notre invité, s'il te plaît ? demanda-t-elle en désignant une chaise à ce dernier.

Elle prit le manteau qu'il venait d'enlever et le déposa sur une chaise, tandis qu'il s'installait à table. L'enfant posa devant lui une assiette et des couverts, puis, sans prévenir, se jeta à son cou.

— Natalie ! protesta Ellen.

— C'est bon, ma mignonne, dit Liam à la petite en lui tapotant le bras. Maintenant, *suithad*.

Au grand étonnement de sa mère, Natalie regagna sa chaise.

— Que lui avez-vous dit ? demanda-t-elle en servant son hôte. Quelle langue parliez-vous ?

— Le gaélique. C'est le dialecte des Écossais.

Ellen s'assit, prit pensivement sa serviette. Le capitaine déplia la sienne et attendit que la maîtresse de maison ait commencé avant de l'imiter et de savourer la première bouchée les yeux fermés.

Natalie éclata de rire.

— Tu peux rire, petite, mais c'est parce que tu ne sais pas ce que c'est qu'un homme qui a faim.

Ces mots à peine prononcés, il jeta un coup d'œil à Ellen.

Ooh ! ce n'était pas *cela* qu'il avait voulu dire, songea-t-elle aussitôt, ce qui ne l'empêcha pas de rougir.

— Euh... vous comptez rester longtemps à Londres ? s'enquit-elle en baissant le nez sur sa nourriture.

— Je ne sais pas encore.

Elle attendit qu'il continue, mais il paraissait absorbé par son dîner comme s'il n'avait rien mangé depuis huit jours. Elle lui servit un verre de vin.

— Vous m'avez dit que vous étiez d'Aberfoyle. Où est-ce exactement ?

— Au nord de Glasgow.

— Est-ce que c'est joli, là-bas ? demanda la fillette.

— Sans doute pas autant que l'Hilaria, mais c'est quand même très beau.

— Et que faisiez-vous là-bas, avant de partir à l'armée ? poursuivit Ellen.

— Mon père est propriétaire terrien... Notre famille exploite ce domaine depuis la nuit des temps. Les terres des Lockhart s'étendent sur toute la rive du loch Chon, au nord d'Aberfoyle. Un peu au-dessus du loch Ard, précisa-t-il voyant que ces détails n'évoquaient rien pour la jeune femme. La région des Trossachs, avec ses montagnes et ses bois touffus, est une des plus belles au monde.

— Vraiment ? Nous n'avons guère voyagé, ma fille et moi. À part Londres, nous ne connaissons que la Cornouailles. Parlez-nous donc de votre pays.

Le capitaine posa sa fourchette et leva les yeux au plafond comme pour y chercher l'inspiration.

— C'est un endroit magnifique, mais je doute de trouver les mots pour lui rendre justice, avoua-t-il. Je peux seulement vous dire que les collines dévalent jusqu'au lac et que les arbres sont si touffus qu'ils moutonnent comme des vagues pourpre, vert et or. L'eau du loch est aussi pure que le cristal, mais si sombre qu'on ne voit pas ses bras quand on nage. L'hiver, la neige recouvre les collines qui étincellent alors comme des diamants. Quand il a plu, ça sent bon l'herbe et la terre, et le ciel est aussi bleu que tes yeux, poursuivit-il en regardant Natalie. La nuit est d'un noir d'encre, mais les étoiles brillent si fort qu'on n'imagine rien de plus beau. Oui, c'est vraiment un endroit magnifique, conclut-il posément avant de retourner à son assiette.

Un instant, la mère et la fille demeurèrent muettes. Enfin, la petite rompit le silence.

— C'est comme en Hilaria, murmura-t-elle rêveusement. Il y a beaucoup plus de soleil qu'à Londres...

Tandis qu'elle parlait, Liam tourna brusquement la tête, puis se leva avec précaution.

— Quelque chose ne va pas, capitaine ? s'enquit Ellen.

Pour toute réponse, il posa l'index sur sa bouche et s'approcha de la porte d'un pas étonnamment léger pour un homme de sa taille.

— Il ne pleut jamais en Hilaria, sauf un tout petit peu pour que les fleurs puissent s'ouvrir, et toujours la nuit, quand on dort, continuait imperturbablement Natalie.

Liam était en arrêt devant la porte, tel un chien aux aguets. Le cœur de la jeune femme fit un bond dans sa poitrine. Et si Farnsworth était derrière la porte ?

— L'été, les oiseaux chantent tout le temps, et...

L'officier bondit si rapidement qu'Ellen n'eut pas le temps de comprendre ce qu'il faisait. Un bruit sourd interrompit la litanie de la fillette, et Liam se baissa pour ramasser quelque chose.

— La souris ! annonça-t-il en brandissant son poing fermé.

L'enfant poussa un cri épouvanté.

— Vous l'avez écrasée ? s'exclama sa mère, presque aussi horrifiée.

— Bien sûr, répondit-il, puis, regardant Natalie, il ajouta, incrédule : Tu ne voulais quand même pas la *garder* ?

Pour toute la réponse, la petite éclata en sanglots.

9

Liam enfouit prestement le cadavre du rongeur dans sa poche et affronta les regards effarés de la mère et de la fille. Grâce au canard et à ce délicieux rôti, il avait passé une excellente journée. Mais il était peut-être temps de prendre congé.

Ses petites mains plaquées sur la bouche, Natalie le regarda enfiler sa redingote sans mot dire. Pourquoi se plaindre d'une souris si elles ne voulaient pas s'en débarrasser, se demandait-il, agacé. Et comment faire autrement que de la tuer ?

— Je suis désolé, mon petit. Je ne pensais pas que tu tenais tellement à cette... souris.

Les yeux écarquillés, Natalie regarda Ellen, qui paraissait presque aussi horrifiée. Il avait vraiment fait une bourde ! Jamais il n'aurait dû gravir cet escalier. Quel imbécile il faisait...

— Je... euh... je vous remercie, murmura la jeune femme sans conviction.

— Il n'y a vraiment pas de quoi, grogna Liam. Je dois vous quitter, à présent.

— Mais vous n'avez pas terminé votre repas, capitaine !

— J'ai très bien dîné. Le rôti était excellent. Mais je regrette, je suis attendu, mentit Liam en s'inclinant poliment.

— Eh bien, dans ce cas, merci de nous avoir tenu compagnie. J'ai été ravie de vous avoir. Et merci de... Enfin, vous me comprenez, ajouta-t-elle en désignant discrètement la poche du capitaine.

Il aurait pourtant juré qu'elle voulait se défaire de cette satanée bestiole ! Il battit précipitamment en retraite vers la porte.

— Je vous souhaite une bonne soirée, fit-il en tâtonnant pour trouver la poignée dans son dos. Et encore merci.

Il n'était pas près d'oublier ce souper impromptu, ni cette souris.

Une fois sur le palier, il tendit l'oreille avant de s'engager prudemment dans l'escalier, tel un collégien en maraude. Tout semblait calme, la voie était libre. Il regagna le rez-de-chaussée sur la pointe des pieds.

Il se faufila dehors, jeta le cadavre du rongeur dans un buisson et prit le chemin maintenant familier de Pall Mall.

Il était encore tôt, et il avait de bonnes chances de trouver son cousin à peu près sobre. Il remonta Saint-James Street d'un pas nonchalant en regardant distraitement les vitrines, pour faire comme tout le monde, mais seule Ellie, comme il l'avait baptisée, occupait son esprit. Elle était merveilleuse... Jamais il n'avait rencontré, ni même rêvé, femme plus séduisante. Au cours de l'une de ses campagnes, il était allé au théâtre pour la première fois de sa vie. La grâce et la beauté de l'actrice qui jouait Desdémone l'avaient ébloui, et il avait très sérieusement envisagé d'étrangler Othello. Mais comparée à Ellen Farnsworth, cette femme n'était qu'une poupée insignifiante.

Dès qu'elle lui souriait, le monde s'illuminait ; il se sentait emporté dans un tourbillon grisant. Malheureusement, en sa présence, son cerveau semblait se ratatiner et il perdait tous ses moyens. Il était paralysé, incapable d'articuler un mot. Pour la première fois de sa vie, il aurait voulu ressembler à Griffin, posséder son éloquence, son aisance avec les femmes. Son frère savait charmer les dames, pas lui. Il faut dire qu'il n'avait jamais été suffisamment longtemps en leur compagnie pour savoir comment se comporter avec elle. Son terrain à lui, c'était les champs de bataille, pas les salons.

Justement, il ferait peut-être bien de ne pas s'aventurer dans les salons quand personne ne le lui demandait. Après tout, il s'était pratiquement invité à dîner…

Il observa d'un œil critique les hommes élégants qui déambulaient par petits groupes. Au cours de sa carrière militaire, il avait croisé beaucoup d'Anglais courageux. Il les avait toujours respectés, et souvent admirés, mais ceux-ci n'avaient rien à voir avec ces muscadins efféminés qui se frisaient les cheveux, rembourraient leurs redingotes et portaient des talonnettes, quand ils ne se fardaient pas ! Liam considérait que les hommes étaient des hommes et qu'ils devaient laisser aux femmes les artifices et le maquillage.

Il venait de s'arrêter au coin de Saint-James Street et de Pall Mall lorsqu'un attelage surgit en trombe et fit s'égailler un groupe de noctambules qui traversaient la rue en riant bruyamment. Il s'étonna à peine de voir son cousin, plus jovial que jamais, et entouré de deux commensaux, sauter à bas de l'élégant phaéton.

L'un des jeunes gens qui avait failli se faire renverser fit une remarque qui attira l'attention de Nigel. Piqué au vif, ce dernier se retourna et agita un index menaçant sous le nez du dandy, assorti d'imprécations qui déclenchèrent l'hilarité générale.

L'héritier des Lockhart anglais choisit d'ignorer l'humiliation. Il ajusta maladroitement son gilet et se laissa entraîner vers le Darden Club par l'un de ses compagnons.

Liam lui emboîta le pas en maugréant, mais il n'avait pas d'autre solution.

L'endroit ressemblait à tous les établissements de ce type, avec ses boiseries de chêne sombre, ses profonds fauteuils de cuir, ses tables à jouer, et son bar baignant dans une lumière tamisée et d'épais nuages de fumée qui piquaient les yeux.

Le capitaine déclina l'offre du laquais venu le débarrasser de son manteau. Il préférait se tenir prêt à battre en retraite promptement, au cas où la rencontre tournerait mal.

À contrecœur, il régla le droit d'entrée au club – exorbitant –, puis s'installa à une petite table au milieu de la pièce. Une énorme flambée crépitait dans chacune des deux vastes cheminées, et la chaleur parut proprement infernale à Liam. Décidément, ces Anglais avaient du sang de navet ! Pour se remonter le moral, il commanda un whisky écossais bien tassé.

— Nous avons du whisky, monsieur, lui expliqua le valet, mais je ne garantirai pas qu'il vient d'Écosse. Il est peut-être irlandais.

Liam manqua de s'étrangler. Comme si on pouvait produire un bon whisky en dehors de l'Écosse !

Un fois servi, il étudia attentivement les lieux. La grande salle était loin d'être pleine. Les quatre portes latérales menaient sans doute à des salons privés, et c'était probablement dans l'un d'eux que son cousin et ses compagnons se gobergeaient. Il goûta son whisky du bout des lèvres. Il était vraiment infect, mais vu son prix, il avait tout intérêt à le faire durer. Ses recherches commençaient à devenir onéreuses, il était grand temps d'aboutir.

Mais comment rejoindre son parent sans se faire remarquer ?

La chance finit par lui sourire. Quelques minutes plus tard, ce bon vieux Nigel faisait irruption en riant si fort que toutes les conversations cessèrent. Il fondit sur le maître d'hôtel, non sans heurter tables et chaises en chemin, pour se plaindre de la chaleur et réclamer du cognac. Cela fait, il tourna les talons pour aller retrouver ses compagnons. L'occasion était trop belle. Liam vida son verre d'un trait, s'approcha d'un pas nonchalant de son cousin et se mit en travers de son chemin.

— Excusez-moi, monsieur, fit-il en le regardant droit dans les yeux.

— Je vous en prie, marmonna Nigel en le contournant sans même lui accorder un regard.

Réprimant un soupir d'agacement, Liam décida de jouer le tout pour le tout.

— Ma parole, mais c'est le cousin Nigel ! s'écria-t-il d'un ton théâtral.

Le fêtard sursauta, et le dévisagea en battant des paupières, l'air ahuri.

— Je vous demande pardon ?

— Nigel, mon vieux ! Tu ne me reconnais pas ?

— Je regrette, cher monsieur, mais je ne vois... Cousin Liam ? s'exclama-t-il soudain. C'est *toi* ! Ça fait au moins dix ans !

— Pas tout à fait. Sept.

— Sept ans... Sacré nom d'une pipe ! Tu commences à grisonner, mais à part ça tu n'as pas changé. Tu t'es un peu épaissi, peut-être...

Venant d'un homme dont le tour de taille avait doublé depuis leur dernière entrevue, la remarque ne manquait pas de sel.

— Toi, tu es toujours le même, assura Liam, jovial. Comment vas-tu ?

— Plutôt bien, ma foi. Je seconde mon père, et les affaires sont prospères. Mais dis-moi, qu'est-ce qui t'amène à Londres après toutes ces années ? La dernière fois qu'on s'est vus, tu venais de t'engager dans la marine !

— Dans l'armée de terre, le régiment des Highlands.

— Mais oui, bien sûr, fit Nigel, qui n'avait pas l'air de comprendre la différence.

— Je suis capitaine, maintenant. Je rentre après avoir combattu contre Bonaparte.

— Oh, tu rentres à Londres ? Mais je croyais que ta famille habitait l'Écosse.

Enfin, on y arrivait ! Tous ces efforts n'auraient pas été vains.

— J'ai pris mes distances, expliqua Liam d'un ton pénétré. Je suis un peu en froid avec eux.

— La branche écossaise ? demanda son cousin, complètement perdu.

— Oui, les Écossais, répondit-il patiemment. Mon père surtout. Il est de la vieille école, et il n'a pas beaucoup d'estime pour l'armée anglaise, si tu vois ce que je veux dire.

Les sourcils froncés, Nigel ne voyait rien du tout, mais il faisait de son mieux.

— Oui, oui, je comprends... Il faut que tu te joignes à nous, décréta-t-il en assenant une grande claque sur l'épaule du capitaine. Je suis avec des amis.

— Je ne voudrais pas m'imposer, objecta hypocritement Liam.

— Mais pas du tout, tu es le bienvenu. Plus on est de fous, plus on rit ! Tu aimes les cartes, j'espère ?

— C'est-à-dire...

— Parfait ! Allez viens. Il faut que tu me racontes toutes ces histoires avec ta famille. Les Lockhart d'Écosse ont toujours été si pittoresques !

» Maxwell ! Uckerby ! Regardez qui je vous amène ! hurla Nigel en rejoignant ses amis qui se disputaient comme des chiffonniers pour savoir qui avait la main. Mon cousin écossais, le capitaine Liam Lockhart ! Il arrive tout droit des Highlands !

Bien qu'il fût obligé de supporter la compagnie des trois noctambules jusqu'à l'aube, Liam n'en fut pas moins enchanté des progrès qu'il avait faits auprès de son cousin. Ils n'avaient pas évoqué de nouveau la brouille du capitaine avec sa famille, mais Nigel l'avait invité à les rejoindre le lendemain soir au très fermé White Club, dont il était membre.

— On s'amuse beaucoup plus qu'ici, lui avait-il assuré.

Liam l'espérait de tout cœur.

Chère mère, le cousin Nigel te salue, écrivit-il le jour même. Après réflexion, il trouva le message un peu succinct et ajouta : *Hier, j'ai mangé un canard délicieux. Affectueusement, ton fils*.

Il cacheta la lettre et la posta avant de prendre le chemin de Hyde Park.

La nuit portant conseil, il s'était dit qu'écraser une souris dans la salle à manger, au beau milieu d'un délicieux dîner, n'était pas une conduite digne d'un homme du monde. Il était même certain que sa mère l'aurait désapprouvé et que, quelques années plus tôt, elle l'aurait récompensé d'une bonne correction. Il ne lui restait donc plus qu'à s'excuser auprès d'Ellie, et il se voyait difficilement lui présenter ses excuses les mains vides. Des fleurs l'aideraient sûrement à se faire pardonner. Un beau bouquet, voilà ce qu'il lui fallait, c'est pourquoi il se dirigeait vers Hyde Park, où il avait remarqué de superbes parterres.

Il inspecta attentivement chaque massif avant de porter son choix sur une roseraie en bordure de Park Lane. Enjambant prestement la clôture, il huma soigneusement chaque variété et finit par jeter son dévolu sur des fleurs incarnat à grandes tiges qui lui parurent particulièrement élégantes.

Lorsqu'il eut coupé de quoi faire une superbe gerbe, il rangea son poignard dans sa botte, et se retrouva nez à nez avec un groupe de promeneurs médusés. On ne pouvait décidément jamais être tranquille avec ces maudits Anglais ! Ils n'allaient quand même pas faire une histoire pour une douzaine de roses !

Liam les toisa de toute sa hauteur puis, après avoir soigneusement épousseté ses vêtements, traversa avec dignité la troupe compacte des curieux, qui s'écarta craintivement.

Tandis qu'il regagnait Belgrave Square il se surprit à siffloter allègrement une marche militaire. Pour la première fois depuis son arrivée dans cette maudite ville, il était d'excellente humeur.

10

Après une autre interminable journée passée au square et en visite chez sa sœur Eva, Ellen, pleine d'espoir, emporta chez un revendeur les boucles d'oreilles que sa sœur lui avait données. « Elles sont vraiment trop voyantes pour la bonne société, lui avait-elle dit, mais toi, tu pourras les porter. » L'homme les lui racheta trois malheureuses livres…

L'après-midi était bien avancé quand elle regagna Belgrave Square.

— Natalie s'est assoupie, lui annonça Agatha qui s'apprêtait à rentrer chez elle. Je vous ai apporté un gâteau, je n'ai pas pu faire mieux aujourd'hui. *Il* sort ce soir, ajouta-t-elle en baissant la voix, comme chaque fois qu'elle parlait de Farnsworth.

— Comme c'est gentil, Agatha ! Je me demande ce que nous deviendrions sans vous.

Que cette femme si bonne puisse supporter Farnsworth était une énigme pour Ellen.

— Si je puis me permettre, madame, je me fais du souci pour vous deux. Vous ne pouvez pas continuer comme ça, ce n'est pas vivable, marmonna la vieille gouvernante en nouant les rubans de son chapeau sous son menton pointu.

Ellen était bien de cet avis, mais que faire ? Elle rassura de son mieux la brave Agatha, mais celle-ci n'en pensait pas moins.

Quand la porte du perron se referma derrière elle, la jeune femme sentit une chape de plomb s'abattre sur ses épaules. Non, elle ne pouvait plus vivre ainsi, confinée au dernier étage de cette maison, sans autre distraction qu'une promenade au square ou une visite chez Eva. C'était insupportable. Hélas, elle était prise au piège ! Le vieil avare avait toutes les cartes en main. C'était lui qui tenait les cordons de la bourse, et il les tenait bien serrés. Ellen devait pratiquement mendier pour subvenir à ses besoins. Leur train de vie était si modeste qu'elle avait eu beau fouiller toute la maison, elle n'avait rien trouvé de monnayable pour payer sa liberté. Quant à sa sœur, Farnsworth la terrorisait. Elle tarabustait sans cesse Ellen, la critiquait sous le moindre prétexte, et se donnait bonne conscience en lui offrant les vêtements dont elle ne voulait plus. Mais jamais elle n'oserait lui prêter un sou.

À part Eva, la seule personne au monde avec qui elle avait gardé des liens était une amie d'enfance. Judith vivait à la campagne, et elles ne s'étaient pas vues depuis plus de dix ans. Elles s'écrivaient régulièrement, bien sûr, mais Ellen n'avait jamais pu se résoudre à lui confier la vérité concernant Natalie.

Non, il n'y avait pas moyen d'échapper à cette vie lamentable. Longtemps, elle avait espéré qu'un sauveur, Daniel en l'occurrence, viendrait à leur secours. À la mort de sa mère, deux ans plus tôt, elle avait compris qu'il lui faudrait se prendre en charge seule. Mais elle était sans ressource et ne savait rien faire de ses dix doigts. Elle était donc condamnée à mener cette existence lugubre jusqu'à la fin de ses jours. Mais il fallait à tout prix trouver un moyen d'en délivrer sa fille.

Et elle était résolue à y consacrer toutes ses forces.

À pas lents, elle monta à ses appartements où elle trouva la petite en train de jouer à la dînette. La laissant à ses jeux, elle pénétra dans sa chambre, ôta son chapeau et sa pelisse, s'agenouilla au pied du lit et glissa la main sous le matelas. Elle en sortit une boîte plate contenant quelques pièces et billets, y ajouta les trois livres, et entreprit de compter sa fortune. Elle avait mis deux ans à économiser cette maigre somme. À ce rythme, elle aurait un pied dans la tombe avant d'avoir réuni assez d'argent pour envoyer sa fille loin d'ici.

Elle remit la boîte à sa place, se redressa, et s'approcha de la fenêtre en s'efforçant de penser à autre chose. Curieusement, pour au moins la troisième fois de la journée, elle se demanda ce que pouvait bien faire le capitaine Lockhart.

Cet homme-là était tellement différent de ses ennuyeux congénères, vraiment original, vraiment amusant. Il offrait une distraction bienvenue pour rompre la monotonie de son existence. Elle laissa échapper un petit rire en le revoyant écraser cette souris au milieu de la salle à manger. Il aurait peut-être pu s'y prendre plus délicatement, mais c'était tellement réconfortant de voir un homme mettre tant de détermination à résoudre un problème. Et puis, il avait beaucoup de charme…

Elle le soupçonnait de se moquer du qu'en-dira-t-on, et de faire exactement ce qui lui chantait. Une telle attitude ne pouvait que l'émerveiller, elle qui, toute sa vie, avait subi le poids des conventions.

L'irruption de Liam Lockart à Belgrave Square illuminait le sombre univers qui était désormais le sien, et elle en était ravie.

Un peu rassérénée, elle sonna pour demander le thé et, en attendant, entreprit d'écrire à son amie Judith.

Elle terminait tout juste lorsqu'il lui sembla que Natalie ouvrait la porte d'entrée. Il était 18 heures passées, Farnsworth devait être parti.

Sortant de sa chambre, elle s'étonna d'entendre sa fille bavarder gaiement. Elle avait dû piéger le pauvre Follifoot, et Ellen se hâta d'aller le délivrer.

Quelle ne fut pas sa surprise de trouver le capitaine, les genoux au menton, en équilibre périlleux sur une chaise d'enfant. D'une main, il brandissait un énorme bouquet de roses, dans l'autre, il serrait une minuscule tasse de poupée. Il suivait scrupuleusement les instructions de la fillette et buvait son thé imaginaire en affichant autant de plaisir que s'il s'agissait d'un verre de whisky pur malt.

— Capitaine ?

Au son de la voix divine, Liam sursauta, comme si on l'avait piqué. Lorsqu'il vit Ellie, si belle dans sa robe de soie vert d'eau, avec ses longs cheveux dorés flottant sur ses épaules, il se leva si vivement qu'il renversa la petite chaise.

— Ah ! Euh... Bonsoir, bégaya-t-il en fourrant la tasse dans la main de Natalie, qui la rangea soigneusement.

— Nous prenions le thé, expliqua joyeusement la petite. Follifoot vient de l'apporter.

— Vous devez vous demander ce qui m'amène de nouveau chez vous ? risqua Liam en omettant de préciser qu'il s'était faufilé derrière le valet de chambre.

La jeune femme n'avait pas l'air particulièrement courroucé, elle paraissait même plutôt contente de le voir, du moins lui semblait-il, ce qui ne l'empêcha pas de rougir comme un collégien en se dandinant d'un pied sur l'autre.

— J'avoue que je suis un peu surprise, répondit-elle. Néanmoins... nous sommes ravies de votre visite, capitaine. Nous avons été très heureuses de dîner avec vous hier soir, n'est-ce pas, Natalie ?

— Le dîner était très bon, mais ça ne m'a pas plu qu'il tue la souris, déclara la fillette sans détour.

— Je ne voulais pas te faire de la peine, grommela Liam avec une pointe d'exaspération qui laissa de marbre la petite fille. Je suis revenu vous présenter mes excuses, si vous voulez bien les accepter, reprit-il à l'adresse de sa mère. J'étais affreusement désolé de vous avoir à ce point choquée ; je n'en ai pas dormi.

— Oh, capitaine ! Il ne faut pas attacher tant d'importance à de pareilles vétilles ! Je n'ai pas du tout été choquée, je vous suis au contraire très reconnaissante de nous avoir débarrassées de cette bestiole, répliqua-t-elle avec un sourire plein de chaleur.

Liam poussa un discret soupir de soulagement. Apparemment, elle ne le méprisait pas. Tant mieux ! Les yeux rivés sur le tapis, il regrettait plus que jamais de ne pas avoir les talents oratoires et le charme de son frère, et cherchait désespérément quoi dire.

— Je vous demande pardon, mais… ces fleurs sont pour nous ? hasarda Ellen en désignant le bouquet qu'il avait totalement oublié.

— Euh… oui, bien sûr, répondit-il en le lui tendant sans cérémonie.

La jeune femme s'approcha, et, prenant les fleurs, effleura la main de Liam. La foudre ne l'aurait pas ébranlé plus fortement. Il retira brusquement sa main, non sans remarquer que le teint de porcelaine d'Ellie s'était légèrement coloré. Était-il possible qu'elle ait ressenti la même émotion ?

Si c'était le cas, elle le dissimula prestement derrière les roses écarlates, qu'elle huma avec délices.

— Elles sont splendides. Où avez-vous trouvé de telles fleurs si tard dans la saison ? murmura-t-elle.

— À Hyde Park.

Liam sourit timidement devant son air incrédule. Ellen remarqua alors les tiges maladroitement coupées au poignard, fronça légèrement les sourcils, puis éclata d'un joli rire perlé.

— Vous les avez cueillies dans les parterres de Hyde Park ? Que c'est délicieux ! Elles sont magnifiques, capitaine, ajouta-t-elle en les arrangeant dans un vase. Je n'en ai jamais vu de plus belles.

Il la contempla en pensant précisément la même chose : jamais il n'avait rencontré créature plus belle.

Plutôt fier de lui, il sourit.

— On vous a sûrement offert des bouquets plus somptueux, mais c'était le moins que je puisse faire pour que vous me pardonniez d'avoir tué cet animal aussi brutalement.

— Je dois vous avouer que j'ai une peur bleue des rongeurs, et que je suis ravie d'être délivrée de cette souris, expliqua-t-elle en versant de l'eau dans le vase avant de le placer au centre de la table. Et maintenant, voilà que vous égayez ma soirée avec ces roses ! Vous prenez le thé avec nous, bien entendu ?

Il ne demandait pas mieux, mais il n'était pas convenable de s'imposer de cette façon chez une femme mariée.

— Je n'ai déjà que trop abusé de votre hospitalité.

— Mais j'y tiens, insista-t-elle. Natalie, viens ici, s'il te plaît. Veux-tu faire un dessin pour notre invité ?

— Bien sûr ! s'exclama la fillette, ravie.

— Voulez-vous nous excuser un instant, capitaine ? demanda Ellen en entraînant sa fille hors de la pièce.

Liam n'avait que trop conscience du danger qu'il courait en restant, mais il était sous le charme de son hôtesse, qui le retenait captif et l'empêchait de franchir le seuil de la porte. Le sens des convenances et du devoir ne pesait pas lourd face au désir irrépressible qui l'habitait.

Lentement, sachant qu'il ne se conduisait pas comme on pouvait l'attendre d'un gentleman, il s'assit tout au bord d'un fauteuil et regarda autour de lui. Pour autant qu'il pouvait en juger, c'était la partie la plus attrayante et la plus gaie de la maison. Joliment meublée, parsemée de ces petits riens qui trahissent une présence féminine, la pièce lui rappelait le salon de sa mère, sauf qu'il y faisait beaucoup moins froid.

Ellie ne tarda pas à le rejoindre.

— J'ai peur que le thé ne soit un peu léger, mais ce gâteau vous le fera oublier.

Dans l'ignorance du protocole qui présidait à la cérémonie du thé dans un salon londonien, il marmonna une réponse inintelligible, et attendit la suite des événements, les mains sagement croisées sur les genoux.

— Cela fait longtemps que vous êtes à Londres ? reprit-elle.

— Une quinzaine de jours.

— Vous êtes ici pour affaires ? poursuivit-elle, comme il ne semblait pas disposé à en dire plus.

— Si l'on veut. Des affaires familiales...

Il ne pouvait s'empêcher de la contempler, fasciné par la délicatesse de ses traits, son petit nez mutin, ses oreilles délicates...

— Et vous comptez rester en ville combien de temps, si ce n'est pas indiscret ?

— Le moins possible, répondit-il tout à trac.

Elle se pencha pour lui verser une tasse de thé, lui dérobant ainsi son visage, mais il aurait juré qu'elle était déçue.

— Un sucre ou deux ? demanda-t-elle.

— Quatre.

Tandis qu'il regardait les mains fines d'Ellie s'emparer gracieusement de la pince à sucre, il éprouva soudain une jalousie sans borne à l'encontre de Farnsworth.

— Pardonnez-moi si ma question est inconvenante, mais comment se fait-il que votre mari ne soit jamais avec vous le soir ? demanda-t-il avant d'avoir eu le temps de réfléchit. Comment peut-il laisser seule une femme aussi… charmante ?

Abasourdie, Ellen resta sans voix. Mais une fois lancé, rien n'aurait pu arrêter Liam. Même s'il avait conscience de se conduire comme un rustre de la pire espèce, il ne pouvait tenir plus longtemps. Il lui fallait à tout prix connaître la réponse !

— Traitez-moi de malotru si vous le souhaitez, je le mérite certainement, mais je vous jure sur mon honneur de soldat que si j'avais une épouse comme vous, je ne la laisserais pas seule avec un gaillard comme moi dans la maison.

— C'est à moi de vous demander pardon, monsieur, fit-elle, visiblement troublée. Vous vous êtes mépris. Je n'ai pas de mari.

Liam la fixa, complètement perdu.

— Je peux comprendre que vous ayez honte de lui, mais enfin, vous m'avez bien dit que vous vous appeliez Farnsworth ?

— Vous… vous pensiez que votre propriétaire était… hoqueta-t-elle, riant si fort qu'elle faillit renverser sa tasse de thé. Lord Farnsworth n'est pas mon *mari*, c'est mon *père* ! parvint-elle à articuler entre deux accès de fou rire.

La première réaction de Liam fut le soulagement : au moins, ce personnage répugnant n'avait pas posé la main sur elle. Puis l'incrédulité : comment un homme aussi laid que ce nabot avait-il pu engendrer une créature aussi merveilleuse ? Et si ce n'était pas Farnsworth, qui donc était le père de Natalie ? *L'amiral !* Il avait oublié l'amiral... Le soulagement fut de courte durée.

— Je vous en prie, madame, pardonnez mon indiscrétion. Ce n'est pas dans mes habitudes, je vous assure.

— Il n'y a pas de mal, capitaine. Ne sommes-nous pas amis ? fit-elle en lui décochant son sourire le plus radieux.

Amis. Puisque, apparemment, elle ne lui laissait pas le choix, c'était mieux que rien.

— S'il vous plaît, appelez-moi par mon prénom, Ellen. Cela vous gêne ? s'étonna-t-elle en le voyant secouer la tête.

— Je vous appellerai Ellie. Ça m'est aussitôt venu à l'esprit quand vous vous êtes présentée, et je crains qu'à mes yeux vous ne soyez toujours Ellie.

— Personne ne m'a appelée ainsi depuis l'enfance.

— Je ne voulais pas vous offenser...

— Mais vous ne m'offensez pas, au contraire.

— Si nous sommes amis, il faut que vous m'appeliez Liam.

— Quel joli nom ! s'écria-t-elle. Il vous va très bien.

Il ne s'était jamais demandé si son prénom était joli ou non, mais si elle le disait, il ne demandait qu'à la croire.

— Votre mari est en mer, je suppose ? risqua-t-il en prenant la part de gâteau qu'elle lui tendait.

— Pardon ?

— Il est bien amiral ?

À son air stupéfait, il comprit qu'une fois encore, il s'était laissé duper par la petite. Cette enfant était un vrai démon ! Est-ce qu'elle disait jamais la vérité ?

— Votre fille a beaucoup d'imagination, il me semble.

Ellen se mordit la lèvre, confuse.

— Je dois vous avouer que je ne sais plus à quel saint me vouer. Eh bien, n'en déplaise à Natalie, je n'ai pas de mari, ajouta-t-elle.

Ainsi, elle était veuve ! Il fallut à Liam un instant pour saisir toute la portée de cette intéressante information. Subitement, il avait envie de chanter à tue-tête. Il engloutit son gâteau pour s'éclaircir les idées. Une jeune femme aussi séduisante devait être courtisée par une foule de soupirants, mais aucun gommeux d'Anglais ne pouvait se montrer digne d'une déesse aussi sublime. D'ailleurs, aucun homme n'était digne d'elle, à part lui, bien entendu.

— Et vous, êtes-vous marié, capitaine ?

— Non.

— Alors, personne ne vous attend en Écosse ?

— *Moi ?*

Liam ne put s'empêcher de rire, puis il glissa un coup d'œil au gâteau. Ellen lui tendit obligeamment le plat, et il se servit de bon cœur. Il se sentait maintenant parfaitement à l'aise en sa compagnie.

— Non, reprit-il. J'ai été en campagne trop longtemps pour m'attacher à quelqu'un.

« Et qui voudrait d'un balafré ? » se retint-il d'ajouter.

— Alors, vous êtes peut-être venu à Londres chercher une fiancée ?

— Grands dieux, non ! s'étrangla-t-il. Je suis venu régler une querelle ancestrale. Voyez-vous, ma famille est fâchée avec nos cousins anglais.

Et, sans même y penser, il commença à lui raconter l'histoire. Pas toute, bien entendu. Il préféra ne pas évoquer certains détails, à quel point ils étaient pauvres, par exemple. Il lui expliqua seulement que la branche anglaise était en possession d'un bien appartenant aux Lockhart d'Écosse, et qu'il était là pour tenter de le récupérer. Il s'abstint de préciser que l'objet valait une fortune, et encore moins qu'il comptait le voler.

À son grand soulagement, Ellie ne lui posa pas de questions embarrassantes. Elle l'écouta avec intérêt sans intervenir autrement que pour lui témoigner sa sympathie aux moments appropriés.

— Et vous, de quelle région êtes-vous ? lui demanda-t-il lorsqu'il s'aperçut qu'il monopolisait la conversation.

— De Londres, répondit-elle avec simplicité. C'est ici notre maison de famille.

— Le père de la petite, d'où est-il ?

Elle s'empourpra légèrement et détourna le regard.

— De Cambridge.

— Votre mère aussi vit ici ?

— Elle est morte il y a deux ans.

— Je suis désolé.

— Je suis seule avec Natalie, à présent.

Elle se pencha, révélant sans le savoir la naissance de ses seins.

Bon sang, s'il s'attardait plus longtemps, il ne répondrait plus de ses réactions. Cette femme l'envoûtait littéralement. Jamais, depuis ses quinze ans, le sexe féminin n'avait provoqué un tel émoi en lui. Et il sentait le garnement des Highlands revenir en lui. Décidément, il était grand temps de prendre congé avant de provoquer une catastrophe.

— Eh bien, je vous remercie de votre hospitalité, déclara-t-il en se levant abruptement.

Ellen parut perplexe, mais elle le précéda sans mot dire jusqu'à l'entrée. Ses cheveux dorés dansaient jusqu'au creux de ses reins, et Liam était tellement fasciné par la silhouette gracile ondulant devant lui qu'il faillit la heurter lorsqu'elle s'arrêta devant la porte. Il aurait pu la suivre ainsi jusqu'au bout du monde, enivré par son suave parfum de lavande et d'iris. Bientôt, il ne serait plus capable de se contrôler, il allait devenir un véritable fauve livré à ses instincts les plus sauvages.

Quand il s'approcha, Ellie ne fit pas un geste pour le repousser. Les yeux fermés, il se pencha, huma avec délices son parfum frais, effleura de ses lèvres les boucles soyeuses puis descendit lentement jusqu'à sa joue.

Elle ne sursauta pas, ne cria pas comme il s'y attendait. Elle se contenta de laisser échapper un profond soupir en le regardant entre ses longs cils, les yeux scintillants comme les lacs d'Écosse. Il lui prit la main, lui caressa doucement la paume.

— *Duin an doras*, chuchota-t-il d'une voix rauque. *Fuirichidh mise*.

Ferme la porte. Je resterai.

— Je... je ne comprends pas.

— Je sais, lui souffla-t-il à l'oreille en posant sa main rugueuse sur la nuque délicate de la jeune femme.

Ses lèvres frôlèrent sa bouche douce, entrouverte comme pour l'accueillir. Une fois encore, il aspira son parfum, puis se força à ôter sa main et s'écarta un peu.

Ellen eut un soupir tremblant tandis qu'elle levait les yeux vers lui.

— Mon père sort tous les soirs vers 5 heures, juste après le départ des domestiques. À ce moment-là, il ne reste plus que Follifoot et une fille de cuisine dans la maison, murmura-t-elle en le regardant sans ciller.

Liam sentit un flot de désir le submerger. Il prit la main d'Ellie, pressa avec volupté ses lèvres sur les doigts tremblants, remonta jusqu'au poignet délicat et s'y attarda, déchiré entre le désir qui lui conseillait de rester et la raison qui lui intimait de partir. Ce fut la raison qui finit par l'emporter.

Il lui lâcha la main et, lentement, s'écarta d'elle.

— Bonne nuit, ma douce, chuchota-t-il avant de franchir le seuil.

Il dévala les marches quatre à quatre, et ne s'arrêta, le cœur battant la chamade, qu'une fois arrivé sur le trottoir.

11

Combien de temps était-elle restée adossée à la porte, Ellen n'aurait su le dire. La tête lui tournait, et elle n'osait marcher de crainte que ses jambes se dérobent sous elle. Elle sentait encore la brûlure des lèvres de Liam sur sa chair. Doucement, elle en suivit la trace sur sa joue jusqu'à ses lèvres encore gonflées par l'attente. La main du capitaine était si légère et si douce sur sa nuque, se souvint-elle.

Jamais elle n'avait éprouvé un désir aussi ardent. Jamais depuis Daniel.

Daniel... Elle n'avait pas pensé à lui depuis si longtemps. Le temps s'écoulait tellement lentement, les heures devenaient des jours, puis des mois et des années, sans même qu'elle s'en aperçoive. Elle avait fini par le chasser de son esprit, ranger son souvenir dans un tiroir hermétiquement clos de sa mémoire. Mais parfois la blessure se réveillait, et un geste, une odeur d'eau de Cologne, lui revenaient fugitivement telles les bribes d'un rêve.

Il n'y avait eu personne depuis, personne qui vaille la peine d'être mentionné, qui soit capable d'allumer en elle un brasier rien qu'en l'effleurant. Personne pour lui rappeler qu'elle était une femme de chair et de sang, vivante et capable d'aimer. *Personne jusqu'à maintenant*... Elle était effrayée par la tempête qu'il avait déclenchée, par la façon dont le capitaine écossais, d'une seule caresse, avait enflammé ses sens.

Ellie... Il l'appelait Ellie, comme son grand-père bien-aimé, comme sa mère quelquefois. Mais il avait une façon unique, à nulle autre pareille, de prononcer ce nom, une douceur qui la faisait chavirer.

Elle regagna le salon et se laissa tomber sur le divan pour mieux savourer le souvenir de l'homme audacieux qui venait à peine de la quitter. Son originalité, ses manières directes, son visage rude le rendaient extraordinairement séduisant. Il n'y avait rien d'artificiel, rien d'apprêté chez lui, il incarnait la virilité à l'état pur. Et comme il était drôle ! Elle n'avait pas ri d'aussi bon cœur depuis des années.

Ellen fut tirée de sa rêverie langoureuse par l'irruption de Natalie.

— Le capitaine est parti ? Mais je n'ai pas fini mon dessin ! s'exclama-t-elle en s'agenouillant près de sa mère. Maman, pourquoi est-ce que tu souris ?

— Je souris ? Sans doute parce que j'ai passé une très bonne soirée avec le capitaine Lockhart.

— Je l'aime bien. Il est tout mignon, tu ne trouves pas ? demanda la fillette en se lovant contre sa mère.

— Mignon ? répéta Ellen en riant. Qu'est-ce que tu veux dire ?

— Je ne sais pas... On a envie de lui faire des câlins, comme à un ours en peluche. Tu ne trouves pas ?

— Peut-être, admit Ellie qui était toute prête à câliner le capitaine.

— Mais il a une drôle de façon de parler.

— C'est parce qu'il vient d'une autre région.

— C'est comment, son pays ? Il y a des princesses et des fées ?

— Certainement, répondit rêveusement Ellen en se rappelant avec mélancolie ce qu'il lui avait dit des Highlands.

— J'aimerais bien y aller, avoua la petite. Tu crois qu'il nous invitera ?

Ellen ne demandait que ça. Pour récompenser sa fille de cette excellente idée, elle lui servit une énorme part de gâteau et l'écouta sans broncher discourir sur les châteaux et les princesses qui devaient peupler l'Écosse. Quant à elle, elle ne rêvait que de sentir à nouveau la main de Liam sur sa peau.

À l'autre bout de la ville, au White Club, Nigel, tout sourire, et déjà bien avancé sur la voie de l'ivresse, était absorbé dans une partie de whist où il faisait équipe avec ce malchanceux d'Uckerby. Il avait déjà perdu plus de deux cents livres, et n'était pas d'humeur à bavarder du bon vieux temps avec son cousin. Bien entendu, plus il perdait, plus il buvait, et moins il était en mesure de soutenir une conversation.

Liam n'avait d'autre choix que de boire lui-même en abondance, alors qu'il aurait pu passer une soirée bien plus agréable avec Ellie. Quand il rentra à Belgrave Square, il avait pris son parent en grippe. Il avait pourtant réussi à se faire inviter à une partie de chasse à la perdrix le lendemain. Les dandys londoniens ne savaient décidément pas quoi faire pour tuer le temps, et le capitaine commençait à se rendre compte que sa mission durerait plus longtemps que prévu.

De retour dans sa chambre, il se débarrassa sans attendre des vêtements qui l'engonçaient et commença une troisième lettre à sa mère.

Ma chère mère,

Londres sent horriblement mauvais. Il faudra plus de temps que prévu pour tout nettoyer.

Je vous embrasse tous,

Ton affectionné,

L.

Avec le sentiment du devoir accompli, il s'abattit sur son lit et sombra dans un sommeil agité, illuminé par la vision d'Ellen debout sur le pas de sa porte, auréolée de lumière tel l'ange resplendissant qu'elle était.

Il se leva un peu avant l'aube, l'esprit légèrement embrumé, fourra ses vêtements dans sa musette et se dirigea d'un pas décidé vers une petite mare nichée dans le jardin au milieu du square. L'eau était glacée, et il faisait tellement sombre qu'il distinguait à peine la chemise qu'il lavait. Bien entendu, il aurait été plus simple de demander à Follifoot un baquet d'eau chaude pour y faire sa lessive, mais le temps que le valet le lui apporte, il aurait déjà fini.

Le fait est que lorsque le soleil se leva et que le premier indigène mit le nez dehors, Liam avait déjà étendu sa lessive sur les rares meubles de son appartement.

Il était en train de se raser lorsque le domestique déposa un petit déjeuner encore plus malodorant qu'à l'accoutumée.

— Fermez la bouche, sinon vous allez avaler les mouches, conseilla le capitaine devant son air stupéfait. Qu'est-ce que c'est que ça ?

— Je ne sais pas, monsieur. C'est brun, c'est tout ce que je peux vous dire.

— Eh bien, remportez-le, et donnez-le à quelqu'un d'assez courageux pour le manger. On se croirait dans une étable, ma parole.

Même s'il n'avait pas d'argent à gaspiller pour sa nourriture, et qu'il ne voulait pas partir à la chasse le ventre vide, après les beuveries de la veille, il fallait ménager son estomac.

Avec un hochement de tête compréhensif, Follifoot reprit son plateau et sortit, non sans un dernier coup d'œil dubitatif à la lessive éparpillée sur les meubles.

Liam trouva Nigel au sommet d'une colline, son fusil au creux du bras comme une nounou berçant un nouveau-né.

— Te voilà enfin ! s'écria-t-il dès qu'il aperçut le capitaine. Je n'avais pas pensé à te demander si tu étais équipé. Enfin, c'est un peu tard maintenant, ajouta-t-il avec un coup d'œil perplexe à l'accoutrement de son cousin.

Comme ses vêtements n'étaient pas tous secs, ce dernier n'avait ni gilet ni cravate, et pour marcher plus commodément, il avait rentré son pantalon dans ses bottes de campagne.

— Mais au moins, je t'ai apporté un des meilleurs fusils de mon père. Il est excellent, tu vas voir.

L'arme datait du siècle dernier. Elle était faite pour le gros gibier, et une seule de ses balles aurait déchiqueté une perdrix. Liam remercia néanmoins courtoisement son cousin, et s'empara du fusil comme s'il s'agissait de la huitième merveille du monde.

— Ainsi tu aimes la chasse ? demanda-t-il pour dire quelque chose.

— Oh, pas plus que ça, mais il faut bien s'occuper.

Visiblement, l'héritier de la branche anglaise préférait le porto et les cartes. De toute façon, il passait ses matinées au lit et ne devait pas avoir beaucoup de problèmes d'emploi du temps avant midi.

— Bien, allons rejoindre Uckerby. Nous chassons sur ses terres, enfin celles de son père. Toi et moi, nous faisons équipe avec lui et Hingston contre quatre autres dont j'ai oublié les noms. Givens, je crois, et puis Henley, Browning et Farnsworth.

— Farnsworth ? s'étonna l'Écossais.

— Un vieux grigou qui adore jouer, et à la chasse, nous parions sur les résultats. C'est un jeu comme un autre, non ? Et puis, il est tellement avare qu'il est tout content de rapporter de quoi manger sans avoir à payer.

Le jeu, comme le lui expliqua Uckerby, consistait à parier sur le nombre de pièces que chaque équipe comptait abattre. Ceux qui avaient rempli leur contrat étaient déclarés gagnants. À son grand regret, Liam dut miser trente livres pour avoir le discutable plaisir de tirer quelques perdrix avec un vieux tromblon. Uckerby, le capitaine de leur équipe, leur enjoignit impérativement de rapporter quatre volatiles chacun. Il avait déjà chassé avec Givens, qui aurait manqué une montagne. Quant à leurs adversaires, Browning était trop timide, et Farnsworth trop myope. Ainsi étaient-ils sûrs de l'emporter, ce qui rattraperait la partie de cartes de la veille.

— Parfait, c'est un jeu d'enfant. Nous partons tous les deux, d'accord ? suggéra joyeusement Nigel.

— Avec plaisir, acquiesça Liam, puisqu'il était à Londres pour se lier avec son cousin.

Leurs débuts furent un véritable désastre. Nigel tira quatre objets volants, dont une seule perdrix, et les manqua tous. Quand Liam en visa une perchée au sommet d'un rocher, le fusil s'enraya et manqua de lui arracher la main. Mais il chassait depuis qu'il avait commencé à marcher, et il n'allait pas se laisser humilier devant une bande de poseurs parce que son cousin ne connaissait rien à la chasse. Il fabriqua un lance-pierres avec un bout de bois et un de ses bas, et abattit deux pièces en moins de deux.

Cet exploit impressionna considérablement son cousin, qui dut faire une pause pour se remettre. Ils étaient tranquillement assis dans une clairière lorsqu'ils virent Farnsworth et son compagnon venir dans leur direction. Si son propriétaire reconnut Liam, il n'en laissa rien paraître, et s'enfonça dans le sous-bois en trottinant comme à son habitude.

— Quel crétin vaniteux, grommela Nigel. Il n'y a pas plus avare non plus. Et tu n'imagines pas comme il traite sa fille.

Il avait trouvé là le bon moyen de retenir l'attention du capitaine...

— Sa fille ? répéta ce dernier. Et comment la traite-t-il.

— Comment dire ? Il la garde confinée chez lui, et ne la laisse pas voir qui que ce soit. Encore que cela peut se comprendre, après ce qui s'est passé. Tu la connais ?

— Je l'ai aperçue. C'est une très jolie femme, n'est-ce pas ?

— Ah bon ? Je n'ai pas remarqué. En tout cas, sortir lui ferait du bien. Elle en est réduite à porter les vieux vêtements de sa sœur, tu te rends compte ? C'est ce que m'a dit ma chère sœur. Je ne me souviens plus si vous vous êtes rencontrés ? Barbara est devenue une fille charmante, je t'assure. Elle a fait ses débuts dans le monde l'année dernière, et mon père a donné un grand bal en son honneur, avec quatre cents personnes, expliqua-t-il fièrement.

Liam réfléchissait à ce qu'il venait d'apprendre et se moquait comme d'une guigne de la sœur de Nigel.

— C'était l'événement de l'année, poursuivit l'autre. Les invitations étaient très courues.

Commençant à s'impatienter, Liam proposa de se remettre à l'ouvrage. Mais il n'était pas au bout de ses peines.

— Il faut absolument que tu viennes à notre bal ! s'exclama soudain Nigel avec enthousiasme.

— Un bal ? s'écria Liam, horrifié.

— Mais oui. Mon père a été si content du premier qu'il a décidé d'en donner un deuxième. Il a lieu dans quinze jours, on vient juste d'envoyer les invitations. Viens, et je te présenterai à Barbara.

Il n'en était évidemment pas question. Dans quinze jours, il serait loin. Et même s'il était encore à Londres, il faudrait le tirer à quatre chevaux plutôt que de lui faire perdre son temps en mondanités futiles.

— C'est très gentil, mais je...

— Papa sera ravi. Le mieux serait que tu passes à la maison avant pour le saluer. Tu m'as parlé d'un scandale dans la famille, n'est-ce pas ?

— Vraiment ?

— Oui, oui, je m'en souviens. Tu m'as dit que ton père et toi aviez eu un différend.

— Oui, enfin... C'est-à-dire que... Je ne veux pas dire du mal de lui, expliqua-t-il d'un air plein de sous-entendus.

— Je comprends bien ! Tout le monde se querelle avec ses parents un jour ou l'autre.

— À vrai dire, c'était plus qu'une simple dispute. La réputation des Lockhart était en jeu. Voilà, tu me fais dire ce que je ne veux pas...

— Nous sommes cousins, lui rappela Nigel en lui passant le bras autour des épaules. Il a fait quelque chose de répréhensible ? De l'espionnage, peut-être ?

— Non, il ne s'agit pas d'espionnage. Mais lui et moi n'avons pas la même conception du patriotisme. Certains sont loyaux envers leur pays, d'autres...

— C'est un rebelle, alors ?

— Je ne voudrais pas embarrasser ton père. C'est pour ça que je préfère ne pas lui rendre visite.

— C'est ridicule ! Il sera très content de te voir, je t'assure.

— Tu crois ? demanda Liam de son air le plus innocent.

— J'en suis sûr ! C'est normal d'aller saluer son oncle, après tout. Et si notre réputation est en jeu, il faut que tu lui donnes *ta* version, au cas où le scandale deviendrait public. Tu sais comme les gens sont méchants...

— Tu as sans doute raison.

— Puisque je te le dis ! Viens prendre le thé dimanche prochain. À 5 heures.

Liam eut toutes les peines du monde à réprimer un sourire triomphal. Il était parvenu à ses fins !

— Alors, c'est entendu ? insista Nigel. Je compte sur toi.

— Avec plaisir.

— Parfait ! À présent, il serait temps de nous remettre en chasse. J'ai déjà deux perdrix, il m'en manque donc deux autres, et à toi, quatre. Il n'y a pas de temps à perdre.

Le capitaine leva les yeux au ciel et lui emboîta le pas.

12

Ellen resta au jardin avec Natalie beaucoup plus longtemps qu'à l'accoutumée. Elle voulait profiter le plus possible de cette journée merveilleusement ensoleillée pour la saison et, au fond d'elle-même, espérait que le capitaine passerait par là. Depuis la veille, Liam ne quittait pas ses pensées. Pour la première fois depuis des années, son cœur débordait d'allégresse, et la maison paternelle lui semblait trop lugubre pour contenir sa joie.

Elle serait bien restée là toute la journée, mais Natalie finit par s'ennuyer et, cédant à ses prières, la jeune femme choisit d'aller se promener jusqu'à Hyde Park.

À cette heure-ci, toute la haute société s'y retrouvait, pour se montrer autant que pour prendre l'air. Regarder passer dans leurs calèches les élégantes parées de leurs plus beaux atours et de chapeaux extravagants, voir caracoler sur leurs montures de parade les messieurs en bicornes et gilets brodés ravissait la fillette. Sa mère éprouvait quant à elle des sentiments bien différents. Ce monde-là n'était plus le sien, elle n'aurait plus jamais le droit d'en faire partie, et ne voulait pas donner à la petite l'espoir d'y appartenir un jour.

Dans ces moments-là, Ellen remerciait le ciel que sa fille soit encore trop jeune pour comprendre qu'elles étaient des parias. Un jour pourtant, Natalie finirait bien par poser ces questions qu'elle redoutait tant. Comment lui apporter alors une réponse satisfaisante ? Elle lui expliquerait que jadis, elle avait aimé de tout son cœur, de toute son âme, et qu'à présent... à présent, elles étaient seules toutes les deux, recluses telles des criminelles, otages d'un père qui ne voulait ni oublier ni pardonner.

Mais elle avait encore un peu de temps devant elle. Pour le moment, la fillette ne pensait qu'à profiter de cette distraction inhabituelle. Souriant, Ellen la regarda folâtrer dans les allées, son bonnet de travers. Elle aussi ne demandait qu'à profiter de l'instant, et elle se hâta de la rejoindre.

Elles étaient tellement captivées par le pittoresque du spectacle qu'elles s'enfoncèrent profondément dans le parc, jusqu'à un petit étang entouré de verdure. Des cygnes immaculés glissaient majestueusement d'une rive à l'autre, indifférents aux rires des enfants qui s'ébattaient au bord de l'eau.

Voyant Natalie les contempler avec envie, Ellen l'encouragea à se joindre à eux. D'abord intimidée, la petite fille se décida à les aborder.

Ellen prit place sur un banc, le visage offert à la douce caresse du soleil, et ferma les yeux pour penser à Liam tout son soûl. Elle sentait encore sur son cou la douceur de sa main, dans ses cheveux la chaleur de sa bouche. D'une simple caresse, il avait réveillé ses sens endormis depuis si longtemps, et l'avait laissée pantelante, son imagination débridée ne lui accordant plus un moment de répit. Dès qu'elle fermait les paupières, c'était son visage buriné qui s'imposait à elle, ses yeux de jade, ses cheveux bruns coiffés à la diable, son sourire désarmant. En un instant, il avait bouleversé sa vie, et le brasier qu'il avait allumé n'était pas près de s'éteindre.

Elle était perdue dans sa rêverie lorsqu'une ombre la priva de la chaleur du soleil. Ouvrant brusquement les yeux, elle se crut le jouet d'une hallucination. La haute silhouette du capitaine se dressait devant elle.

— Comment m'avez-vous trouvée ? s'exclama-t-elle.

— C'est vous qui m'avez trouvé, corrigea-t-il.

C'est à ce moment qu'Ellen remarqua la bizarrerie de sa tenue. Des brindilles parsemaient sa chevelure en désordre, son manteau boutonné jusqu'au cou était maculé de boue, et il tenait à bout de bras une chemise mouillée.

— Vous avez eu un accident ? s'alarma-t-elle.

Liam éclata de rire.

— Si l'on veut. L'accident, c'est mon cousin Nigel. Il m'a invité à une partie de chasse, et nous avons eu un petit problème.

— Dans la boue, apparemment ?

— Entre autres. Je suis venu faire un peu de lessive.

— Ici ?

— Bien sûr. C'est mon lavoir favori.

Elle regarda la chemise dégoulinante. Il venait faire sa lessive au milieu du plus grand parc de Londres ? Elle n'avait jamais rien entendu de plus cocasse, ni de plus ingénieux à la fois. C'était bien de lui !

— Mais enfin, capitaine, pourquoi ne donnez-vous pas votre linge à Follifoot ?

— Ses services ne sont pas compris dans le loyer que me demande votre père, gloussa Liam.

— Vous voulez dire que vous lavez tous vos vêtements ici ? s'écria-t-elle, ébahie.

— Bien sûr que non ! rétorqua-t-il, offusqué. Je nettoie mes sous-vêtements dans la baignoire.

La jeune femme ouvrait la bouche pour répondre lorsqu'un cri perçant les fit sursauter tous les deux.

Au bord de l'étang, une petite fille et son frère avaient arraché son bonnet à Natalie et la firent tomber. Ellen se précipita vers eux, le capitaine sur ses talons. La mère des enfants, ou plutôt leur gouvernante, une grande femme sèche, accourait également à toutes jambes.

Elles arrivèrent en même temps. Ellen prit sa fille par les épaules et la releva.

— Mais qu'est-ce qui vous prend, mademoiselle Lucy ? demanda sévèrement la gouvernante en attrapant l'autre fillette par le bras.

— Elle est méchante ! pleurnicha la petite fille. Elle raconte d'horribles mensonges !

— Peu importe ce qu'elle raconte, répliqua la gouvernante. Une jeune fille comme il faut ne pousse pas une autre demoiselle !

— Mais, mademoiselle Potts, elle a dit que son père allait tuer le nôtre ! intervint le garçon.

Ellen tressaillit.

— C'est vrai ? Tu as dit une horreur pareille ? demanda-t-elle à sa fille.

Penaude, la fillette hocha la tête.

— Elle est méchante ! répéta Lucy d'un ton geignard.

— Mais tu ne voulais pas me laisser jouer avec vous ! se défendit Natalie.

— Parce que tu as dit que ton père était roi, et que tu étais princesse…

— Je voulais juste jouer, expliqua Natalie, au bord des larmes.

— Tu es une menteuse ! lança le petit. Dieu va te punir !

— C'est vrai, madame, remarqua la gouvernante. Les histoires de votre petite ont bouleversé ces enfants.

— Il me semble plutôt que ce sont *ces* enfants qui ont bouleversé ma fille, rétorqua Ellen.

— Je ne veux pas jouer avec toi ! déclara Lucy avec véhémence. Tu as une robe affreuse et tu n'es qu'une sale menteuse.

— Et toi, ma belle, tu as la langue un peu trop bien pendue. Tu sais ce qu'on fait aux enfants méchants, chez moi ? demanda Liam d'un ton menaçant.

Son intervention fit taire tout le monde. Mlle Potts et les deux garnements en restèrent bouche bée.

— On les met au cachot, au pain sec et à l'eau.

La gouvernante faillit s'étrangler d'indignation. Lucy se serra prudemment dans ses jupes, tandis que son frère, terrifié, courait se cacher derrière elles.

— Comment osez-vous proférer de telles horreurs, monsieur ?

— Ces enfants sont mal élevés, observa Liam d'un ton calme.

Ellen l'aurait embrassé, là, devant tout le monde. Quant à la nurse, à voir son regard, elle lui aurait volontiers arraché les yeux.

— J'en parlerai à lord Wesley ! jeta-t-elle en s'éloignant, les deux petits malappris blottis contre elle.

Lorsqu'ils furent hors de portée de voix, Ellen se pencha vers sa fille, l'air si courroucé que celle-ci se recroquevilla craintivement.

— Encore l'Hilaria, je suppose ? Tu as décidé d'inviter la terre entière dans ton petit royaume imaginaire, c'est ça ?

Natalie haussa les épaules et baissa les yeux sur sa robe.

— Qu'est-ce qu'elle a ma robe ? lança-t-elle pour changer de sujet.

Sa mère réprima un geste d'impatience. Sa robe n'avait rien, sinon qu'elle était vieille, retaillée dans une toilette d'Eva, et que le bas en était toujours taché. Mais là n'était pas la question.

— Cela suffit, maintenant ! Nous allons rentrer. Je suis désolée, ajouta-t-elle en se tournant vers Liam. Elle se conduit beaucoup mieux d'habitude.

— Ce n'est rien. J'aimerais vous raccompagner, mais j'ai encore à faire, s'excusa Liam, qui semblait perturbé par cette histoire.

Ellen ne pouvait l'en blâmer ; la conduite de sa fille l'avait profondément mortifiée. Qu'elle se soit si mal comportée devant le capitaine l'ennuyait beaucoup, mais de constater qu'elle était incapable de se lier avec d'autres enfants l'inquiétait davantage. Elle avait déjà constaté que Natalie se réfugiait de plus en plus fréquemment dans son monde imaginaire comme dans un cocon protecteur. Elle faisait ce qu'elle pouvait pour la ramener à la réalité, mais la fillette arrivait à un âge où elle n'était plus aussi malléable qu'autrefois.

Ellen salua Liam, et s'éloigna en hâte, pressée de se soustraire à son regard. À peine arrivées à la maison, elle envoya sa fille dans sa chambre avec interdiction d'en sortir jusqu'au dîner. Elle n'était toutefois pas certaine que la petite considère cela comme une punition.

Son enfant partait à la dérive, et elle ne savait pas quoi faire pour assurer son avenir, pour lui donner ne serait-ce qu'un espoir d'échapper un jour à ces murs entre lesquels elles s'étiolaient.

Oh, elles ne manquaient de rien sur le plan matériel ! Elles avaient un toit au-dessus de leurs têtes, Agatha et Follifoot pour s'occuper d'elles, elles étaient nourries et habillées décemment, même si on pouvait rêver mieux. Ce que son père leur avait enlevé à dessein, c'était la joie de vivre. Ellen avait commis l'impardonnable péché d'aimer, et cela méritait punition.

Mais elle ne pouvait le laisser se venger sur Natalie. La fille n'avait pas à payer pour les fautes de la mère.

Sur son secrétaire se trouvait une lettre à son amie Judith, maintes fois reprise et maintes fois abandonnée, où elle lui demandait de les accueillir Natalie et elle, pour une quinzaine de jours. Elle avait l'argent nécessaire pour le voyage, et si elle le souhaitait, elles pouvaient partir dès le lendemain. Mais ensuite, où iraient-elles ? Que deviendraient-elles ? De quoi vivraient-elles ?

Découragée, elle se laissa tomber sur le canapé pour réfléchir et tenter une fois de plus de trouver une solution.

Pendant ce temps, Liam avait plumé les deux perdrix qu'il avait arrachées, non sans mal, à son cousin. L'achat d'une gibecière avait achevé de grever son maigre budget, mais s'il devait continuer à chasser pour se nourrir, c'était un accessoire indispensable.

Il examinait maintenant d'un œil critique les vêtements de Griffin éparpillés dans la chambre. Il devait admettre qu'ils étaient dans un triste état, même s'il avait fait de son mieux pour les nettoyer. Sans hésiter, il tira vigoureusement sur le cordon de la sonnette.

— Follifoot, mon ami, que diriez-vous de monter quelques brocs d'eau bouillante ? demanda-t-il lorsque le valet apparut enfin, un bon quart d'heure plus tard. J'aurais bien besoin d'un bon bain.

Les épaules naturellement tombantes du domestique s'affaissèrent encore un peu plus, mais personne ne pouvait résister au sourire enjôleur de Liam.

Ellen aussi avait pris un bain, et choisi pour le dîner une robe en crêpe de Chine mordorée qui retombait souplement sur un jupon ivoire. C'était sa préférée, et elle la gardait depuis des mois en vue d'une grande occasion… dont elle doutait qu'elle se présentât jamais.

Elle avait fait la leçon à Natalie, qui avait fondu en larmes et avait obstinément refusé d'avaler une bouchée. Elle s'était donc couchée sans manger.

La jeune femme alla jeter un coup d'œil dans la chambre. Le visage encore rougi par les larmes, les bras étreignant l'oreiller, la petite dormait paisiblement. Ellen regagna le salon en proie à une agitation grandissante, consciente de sa solitude. Oui, elle était seule dans la grande maison silencieuse, seule avec ses rêves d'évasion.

Elle bondit lorsqu'on frappa à la porte. Après ce qui s'était passé, elle n'espérait pas de visite ce soir. Elle arrangea sa coiffure, se pinça les joues pour leur redonner un peu de couleur, fit bouffer sa robe et courut ouvrir, le cœur battant.

Se perdre dans son regard de jade, se réchauffer à son sourire… Elle en avait rêvé toute la journée, et voilà qu'il était là, devant elle. Bientôt, peut-être, elle serait dans ses bras. Mais son fier guerrier écossais portait… une jupe.

Une drôle de jupe plissée, retenue à la taille par un large ceinturon de cuir, avec un curieux petit sac de peau accroché sur le ventre. Sur une chemise d'un blanc immaculé, il avait passé une courte veste de velours. Mais le plus étrange, c'était ses chaussures, lacées jusqu'aux genoux. Des genoux qu'il avait *nus* !

— C'est un kilt, expliqua-t-il, le costume traditionnel écossais. Celui que porte le régiment des Highlands. Que dites-vous de mes médailles ?

— Ah, vous en avez… quatre, balbutia Ellen, qui eut du mal à détacher le regard des jambes de Liam. Je n'avais jamais vu de kilt. C'est très… seyant.

— Vous voilà toute rougissante. Vous n'avez jamais vu les genoux d'un homme, dites-moi ? Mais je vous dérange peut-être ?

— Oh, non, pas du tout !

— Je vous ai apporté un bon dîner. J'ai pensé que cela vous ferait plaisir.

Bien entendu, cela lui faisait plaisir. Pour un peu, elle aurait battu des mains comme une petite fille. Elle s'effaça pour le laisser entrer, dissimulant mal son impatience.

Il entra d'un pas décidé.

— Vous aimez les perdrix ? Vous savez, ces petits oiseaux bien dodus ? précisa-t-il devant son air médusé. Je les ai attrapées ce matin, ajouta-t-il en sortant d'une sacoche deux volatiles parés et ficelés.

— Elles sont vidées ?

— Bien entendu. Ce petit étang ne sert pas que pour la lessive !

Ellen l'imagina en train de vider le gibier en plein milieu de Hyde Park, sa chemise séchant à côté d'un tas de plumes.

Liam la considéra un instant, et sourit.

— Ellie, vous ne croyez tout de même pas que vous allez être obligée de les manger crues ! Je vais vous les faire cuire.

— Mais où cela ? s'écria-t-elle, complètement perdue.

— Vous avez bien une cheminée ?

— Euh… oui… bien sûr… Mais je n'ai aucun ustensile de cuisine !

— Il suffit de se montrer un peu inventif, Ellie, fit-il avec un clin d'œil. Comme votre petite Natalie.

Elle n'était pas arrivée au bout de ses surprises. Il s'approcha du feu, tira d'un de ses bas un long poignard effilé, y embrocha les oiseaux et, tout en sifflotant, cala le tout au-dessus des flammes.

13

L'odeur appétissante des perdrix suffit à venir à bout des doutes d'Ellen. Elle approcha une ottomane de la cheminée et s'y installa en laissant juste ce qu'il fallait de place pour Liam. Ce fut du moins ainsi qu'il interpréta son geste. Assis côte à côte, ils se relayèrent pour tourner les oiseaux au-dessus du feu. De temps en temps, le genou du capitaine effleurait la jambe de la jeune femme, et il faisait de son mieux pour dissimuler son trouble.

— On dirait que vous avez fait ça toute votre vie, remarqua Ellen tandis qu'il lui montrait comment rôtir les perdrix sans que la graisse coule sur les flammes.

— Quand on est soldat, on se débrouille avec les moyens du bord pour se nourrir, expliqua-t-il.

— J'imagine mal la vie d'une armée en campagne, commenta-t-elle, songeuse. Les journaux n'évoquent que les batailles, mais ce qu'il y a derrière reste très abstrait.

— C'est aussi bien ainsi. Je ne vois aucune raison de raconter à une femme les réalités de la guerre ; c'est trop affreux, déclara-t-il avec une véhémence qui venait du cœur. J'en fais encore des cauchemars.

— Et vous n'éprouvez jamais le besoin d'en parler à quelqu'un ? hasarda-t-elle. Parfois, j'ai l'impression que les… les contrariétés m'étouffent, que je vais éclater, et que cela me soulagerait de me confier. Pas vous ?

Le capitaine n'avait jamais imaginé qu'une dame puisse étouffer sous le poids des tracas. Était-il possible que la vie d'Ellen soit aussi difficile et compliquée que la sienne ?

— J'avoue que non. Je n'ai aucune envie d'évoquer mes ennuis, passés ou présents, encore moins de les infliger à mon prochain. Je préfère les oublier.

— Mais vous y parvenez ? Vous pouvez *vraiment* oublier ce qui vous tourmente ?

— Bien sûr, se vanta-t-il avec aplomb tout en examinant les perdrix. Elles sont presque cuites.

Elle n'insista pas, et ils s'absorbèrent dans la contemplation des flammes. Liam se perdait en conjectures. Il aurait tout donné pour savoir quelles contrariétés pouvaient bien accabler la jeune femme assise à ses côtés. Il aurait tant voulu être son unique préoccupation, qu'elle ne pense plus qu'à lui, comme lui était obsédé par elle, sans une minute de répit.

Il allait devenir fou, il le sentait, fou de désir.

— Si je puis me permettre, c'est votre fille qui vous donne du souci ? demanda-t-il quand le silence lui parut intolérable.

— Vous faites allusion aux histoires qu'elle invente, je suppose, répliqua Ellen, immédiatement sur ses gardes. J'ai l'impression qu'elle ne peut pas s'en empêcher, que c'est son imagination qui l'emporte. Vous comprenez, elle n'a pas de camarades de son âge, ni de véritable occupation. Je fais de mon mieux pour lui donner une éducation, mais je ne suis pas gouvernante. Je l'encourage à lire, à…

— Je ne voulais pas vous bouleverser, l'interrompit Liam avec douceur. Natalie est une enfant adorable. Je me suis vraiment attaché à cette petite diablesse.

Ces paroles ramenèrent le sourire sur le visage tendu d'Ellie.

— Je n'ai rien de plus précieux au monde, murmura-t-elle en fixant les flammes. Vous ne pouvez pas savoir à quel point elle est intelligente et généreuse. Mais ici, nous sommes pratiquement comme des bibelots dans une vitrine. J'ai l'impression que, depuis quelque temps, elle commence à se prendre à son propre jeu, à croire à ses fables. Cela m'inquiète vraiment.

— Des bibelots dans une vitrine ? Que voulez-vous dire ?

— Notre situation n'est pas... Ô mon Dieu, les perdrix brûlent !

Il était tellement captivé par les confidences de sa compagne qu'il en avait complètement oublié leur dîner. Il retira prestement du feu les oiseaux et souleva délicatement un morceau de peau noirci. Dessous, la chair était restée blanche et tendre.

— Notre repas est sauvé ! annonça-t-il. Au fait, où est la petite ?

— Elle dort. Hmm, que cela sent bon ! s'exclama Ellen. Attendez, j'ai exactement ce qu'il nous faut pour accompagner ce festin.

Elle disparut et revint, tout sourire, une bouteille de vin à la main et une couverture de soie brochée sous le bras.

— La couverture appartenait à ma mère, et le vin est encore un cadeau d'Agatha. J'ai pensé que nous pourrions faire un petit pique-nique, comme à la campagne.

Liam se demanda avec curiosité quelle idée elle se faisait d'un repas campagnard. Lorsqu'il la vit repousser l'ottomane et étendre la couverture devant la cheminée, il se sentit immédiatement l'âme campagnarde. Ellie disposa ensuite sur la nappe improvisée deux assiettes, deux verres en cristal, deux serviettes brodées, et un ramequin en argent rempli d'eau dont le capitaine ne comprit pas immédiatement l'usage.

Ils s'assirent à même le sol, et il étala soigneusement son kilt sur ses genoux, ce qui était fort pratique pour dissimuler l'ardeur de son désir. Cette façon de s'installer pour dîner lui parut des plus originales, et il n'était pas certain que sa mère l'aurait approuvée. Quoi qu'il en soit, le spectacle d'une dame de l'aristocratie anglaise mangeant une perdrix avec les doigts en compagnie d'un vieux soudard de son espèce était des plus incongrus. Après chaque bouchée, Ellen avait une façon de sucer le bout de ses doigts qui donnait au capitaine des idées parfaitement déplacées.

Il s'empressa de chercher un sujet de conversation sans danger, et choisit de questionner Ellie sur sa mère.

— Elle est morte il y a deux ans, en Cornouailles, lui apprit-elle. Elle me manque beaucoup. Natalie et moi étions bien plus heureuses là-bas, je vous assure, encore que maman ne se plaisait pas beaucoup à la campagne. Elle préférait Londres.

— Alors, la petite princesse est une provinciale, murmura distraitement Liam en s'efforçant de ne pas regarder le décolleté de la jeune femme.

— Oui, elle est née là-bas.

Une ombre furtive passa sur le visage d'Ellen.

— Et votre famille ? reprit-elle. Vous avez encore vos parents ?

— Oui, et j'ai aussi un frère et une sœur plus jeunes.

— Ils vivent tous en Écosse ?

— Naturellement. Où voudriez-vous qu'ils vivent ?

— En Écosse, *naturellement*, le taquina Ellen en imitant son accent. Vous devez leur manquer. Mais dites-moi, que pensez-vous de Londres ?

Horrible, noir et malodorant…

— C'est une ville merveilleuse, mais pas autant que vous.

Ellen baissa les yeux, toute rougissante.

— Et vos affaires familiales vont comme vous voulez ? s'enquit-elle sans pouvoir s'empêcher de sourire.

— Pas exactement. Mon cousin Nigel n'est pas désagréable, mais il est insaisissable. Vous le connaissez peut-être ? Nigel Lockhart, de Mayfair.

— Son nom me dit quelque chose, mais je ne pense pas l'avoir jamais rencontré.

Elle avait bien de la chance.

— Ce vieux Nigel, soupira-t-il. Il est incroyable ! Nous nous sommes rencontrés pendant mon premier séjour à Londres, quand j'étais à l'école militaire. Je l'ai tout de suite reconnu, mais il a eu plus de mal à se souvenir de moi. Il est un peu porté sur la bouteille, ajouta-t-il d'un air entendu. Enfin, maintenant, il s'est entiché de moi. Il veut me présenter à son père et m'a invité pour le thé dimanche.

— C'est très gentil de sa part. Ainsi, vous aurez l'occasion de leur demander ce qui vous appartient.

Visiblement, elle se rappelait leur dernière conversation en détail, y compris ce qu'il aurait préféré qu'elle oublie.

— Je ne suis pas très porté sur les mondanités, et je ne sais pas trop comment me comporter, avoua-t-il en haussant les épaules. Et puis, franchement, il faudra plus qu'une malheureuse tasse de thé pour venir à bout de cette affaire.

— Je ne comprends pas. Vous m'avez dit que vous étiez venu pour chercher un bien. Vous aurez certainement la possibilité d'en discuter dimanche. C'est à cela que servent les thés, à parler de tout et de rien. C'est l'occasion rêvée.

— Vous croyez ? marmonna Liam, visiblement sceptique.

Il ne savait comment répondre à l'interrogation muette d'Ellie. Il mourait d'envie de se confier à elle, mais son instinct, affûté par des années de guerre et d'espionnage, lui soufflait de n'en rien faire.

Ne te fie à personne, ne fais jamais de confidences, la moindre de tes paroles peut être utilisée contre toi.

Ellen lui sourit pour l'encourager, et ce sourire aurait fait fondre un glacier. Si elle avait soutenu Napoléon pendant la guerre, il aurait volontiers trahi l'Angleterre et vendu son pays pour ses beaux yeux.

— En fait, c'est un bibelot que je veux, commença-t-il d'un ton neutre. Il appartient à ma famille, et à vrai dire mes cousins ne savent peut-être même pas qu'il est en leur possession. Je suis venu le récupérer.

— Vous avez fait tout ce chemin pour un bibelot ? Mais il suffisait de leur écrire et de le leur demander !

— Il s'agit d'une statuette très précieuse, en or massif, qui représente une sorte de monstre animal. Les yeux, la bouche et la queue sont incrustés de rubis. Vous voyez, ce n'est pas le genre de babiole dont on se sépare facilement.

Et sans même y penser, il lui raconta l'histoire de ses ancêtres, la légende de la dame de Lockhart, et lui expliqua la situation pathétique des siens. Cet objet valait plusieurs milliers de livres et constituait leur dernier espoir.

— Je comprends mieux pourquoi cette invitation est si importante pour vous, commenta-t-elle après l'avoir écouté avec attention.

— Toute la famille compte sur moi.

— Ils doivent être vraiment fiers de vous, pour avoir mis tous leurs espoirs en leur beau et brave soldat.

— Si vous me trouvez beau, c'est que vous avez trop bu, observa Liam, ironique.

Elle éclata de rire, puis considéra la cicatrice qui lui barrait le visage, et sous ce regard d'azur Liam sentit la tête lui tourner. Sans prévenir, elle se pencha vers lui et, instinctivement, il leva la main pour dissimuler sa balafre.

— Non, murmura Ellen.

Repoussant sa main, elle lui effleura la joue avec une infinie douceur, et il se sentit plus atteint par cette caresse que par le coup de sabre qui l'avait blessé. Le sang bouillonnait dans ses veines, il perdait pied, comme si les doigts délicats de la jeune femme le poussaient inexorablement vers un précipice où il allait s'abîmer. Du bout de l'index, elle suivit la marque rouge qui partait de la tempe et s'arrêtait au milieu de la joue, puis elle remonta lentement jusqu'à la racine de ses cheveux.

— Ça vous a fait très mal ? demanda-t-elle en plongeant son regard dans le sien.

— Non, fit-il d'une voix rauque. Beaucoup moins que vous.

— Comment puis-je vous faire mal, Liam ?

— Parce que je vous désire, Ellie, confessa-t-il. Je vous veux comme jamais je n'ai rien voulu sur terre, et ça me fait souffrir comme un damné.

Sans un mot, elle traça une ligne de la cicatrice jusqu'au coin de la bouche.

Impulsivement, Liam s'empara de sa main et écrasa ses lèvres contre sa paume. Malgré l'ardeur qui le consumait, il n'osait pas aller plus loin. Jamais, même au cœur de la bataille la plus sanglante, il n'avait été aussi effrayé.

Lorsqu'elle se dégagea pour lui caresser doucement le visage, il fut incapable de se contenir plus longtemps.

Il l'attira contre lui, l'écrasa contre sa poitrine et pressa fiévreusement sa bouche sur le front, les joues et les lèvres gonflées comme un fruit mûr de la jeune femme.

— Vous me désirez vraiment, Liam ? dit-elle dans un souffle.

Lorsque la langue d'Ellie s'insinua entre ses lèvres, le capitaine se sentit perdre conscience, emporté par un tourbillon impétueux auquel il était incapable de résister.

Ils roulèrent sur le sol, étroitement enlacés, leurs souffles mêlés jusqu'à l'ivresse. L'une des mains de Liam descendit fiévreusement le long du cou d'ivoire, glissa sur une épaule, se faufila sous la mousseline du corsage pour s'arrêter sur la rondeur d'un sein.

Sous ses doigts impatients, la chevelure bien ordonnée d'Ellen se défit, ondulant comme les blés mûrs sous un orage d'été. Grisé par son parfum capiteux, insensible à tout ce qui n'était pas la douceur voluptueuse de son corps, il pressa plus étroitement la jeune femme contre lui tandis que sa bouche se perdait au creux de la gorge satinée.

— Moi aussi, je vous désire... lui murmura-t-elle à l'oreille.

La main si légère d'Ellie s'attarda sur sa nuque, lui caressa les cheveux, descendit le long de son dos, soulevant en lui la vague impétueuse de son ardente virilité. Un désir brûlant le dévorait, la soif d'être en elle le consumait tout entier.

Un craquement à l'extérieur arrêta son élan et le ramena brutalement sur terre.

Ellen aussi avait entendu. Pantelante, elle échappa à son étreinte et, le souffle court telle une biche aux abois, scruta l'entrée d'un regard affolé. Un autre bruit, plus proche, cette fois. Elle se releva d'un bond, remit un semblant d'ordre dans sa toilette.

Quelqu'un gravissait l'escalier. Liam se leva sans bruit et tendit l'oreille. Il reconnut immédiatement le sautillement inimitable de Farnsworth.

— C'est mon père, chuchota Ellen, au bord de la panique.

La vision de sa précieuse Ellie blême et tremblant de terreur fit naître en Liam une colère froide. Le moment était mal choisi pour lui dire son fait, mais il ne laisserait pas ce ridicule nabot la terroriser ainsi. Il enlaça tendrement la taille de la jeune femme et l'attira contre lui pour l'embrasser avec passion. Il voulait qu'elle sache à quel point il avait envie d'elle. Comme elle s'efforçait de le repousser, il lui prit le menton et déposa avec tendresse un dernier baiser sur ses lèvres tremblantes.

— Ne craignez rien, murmura-t-il.

Les pas étaient tout près maintenant. Il bondit jusqu'à la fenêtre, souleva le lourd châssis et enjamba la balustrade. Ce n'était assurément pas la façon la plus courtoise de faire ses adieux à la dame de ses pensées, mais il n'avait pas le choix.

— Fermez derrière moi, dit-il dans un sourire, avant de s'élancer dans le vide.

14

Le cœur battant, Ellen referma la fenêtre derrière le capitaine. Le pas de Farnsworth résonnait à présent sur le palier. En principe, il ne montait jamais jusqu'ici sans une bonne raison. S'il avait trouvé l'Écossais dans ses appartements... Elle n'osait même pas imaginer ce qui se serait passé.

Elle se hâta de faire disparaître la bouteille et les verres, jeta les carcasses de perdrix dans la cheminée, et poussa sous le canapé la nappe, les assiettes et la gibecière que Liam avait oubliée. Elle était devenue folle ! Qu'est-ce qui lui avait pris ? Et si Natalie s'était réveillée ?

Pourtant, elle refusait de toutes ses forces de céder à la culpabilité. Elle avait vingt-huit ans, et n'avait aucune raison de se cacher comme une gamine.

Quand on frappa à la porte, elle inspecta rapidement la pièce, repoussa un bout de tissu qui dépassait, puis alla ouvrir.

— Bonsoir, père, fit-elle en s'efforçant de faire bonne figure.

— Qu'est-ce qui se passe dans cette maison ? siffla-t-il en la dévisageant d'un air soupçonneux, comme à son habitude.

Elle se sentit défaillir. Follifoot ! Le valet de chambre avait dû apercevoir Liam, le signaler à...

— Si je te fais demander, c'est que j'ai à te parler, et j'entends que tu viennes immédiatement, fulmina-t-il. Je n'ai pas l'habitude de rechercher ta compagnie par plaisir, Ellen !

— Vous m'avez demandée, père ?

— J'ai laissé des instructions demandant que tu sois dans mon bureau à 7 heures précises ! Il est déjà 8 heures passées !

— Mais je n'ai pas été informée de votre requête...

— Ne compte pas sur moi pour faire le pied de grue comme un amoureux transi !

— Je vous assure que j'ignorais que vous souhaitiez me voir ! se défendit-elle. Sinon, je serais venue, cela va de soi.

Sans prêter la moindre attention à ses dénégations, il se pencha de côté pour scruter la pièce.

— Qu'est-ce que tu mijotes encore ? rugit-il en l'écartant.

Glacée d'anxiété, la jeune femme le regarda ajuster son monocle avant de faire le tour du salon, les mains derrière le dos.

Le cœur battant, elle alla se poster devant le canapé, au cas où un morceau de nappe ou un objet compromettant en dépasserait.

— Où est la gamine ? gronda-t-il en se retournant si soudainement qu'elle sursauta.

— Elle est couchée.

— Déjà ? J'irais bien vérifier...

— Mais je vous en prie. C'est par ici, répliqua-t-elle en indiquant le couloir.

— Qu'est-ce que c'est que cette odeur ? aboya-t-il.

— Quelle odeur ? balbutia la jeune femme, plus morte que vive.

— Ça empeste le graillon et la nourriture bon marché ! Où as-tu trouvé une viande d'aussi piètre qualité ?

Les perdrix !

Étrangement, cette remarque la blessa plus que toutes les méchancetés et les mesquineries qu'il lui avait réservées au long des deux dernières années. Son propre père la traitait à peine mieux qu'une prisonnière, les nourrissait de rebuts, elle et sa petite fille, et il avait l'audace de lui demander où elle achetait la *viande !*

— S'il y a ici de la viande de piètre qualité, elle ne peut venir que de vos cuisines ! rétorqua-t-elle, les joues en feu.

— Épargne-moi ton persiflage, je te prie !

— Je n'ironise pas, je me contente d'énoncer un fait !

— Je ne tolérerai pas une telle impertinence de ta part, Ellen, je te préviens !

La jeune femme sentit la moutarde lui monter au nez. Elle ne supportait plus de se voir traitée comme une gamine qui a volé des confitures. La plupart du temps, Farnsworth les ignorait, Natalie et elle, et quand il daignait se souvenir de leur existence, c'était pour les humilier comme les dernières des filles de rien.

Jusqu'à présent, elle avait tout supporté sans broncher parce qu'elle pensait protéger la petite. Mais elle n'en pouvait plus d'être ainsi rabaissée en permanence. Après tout, elle était sa fille, même s'il paraissait l'avoir oublié ! Quoi qu'elle ait à se reprocher, elle ne méritait pas ces rebuffades continuelles.

— Mais dites-moi donc, père, demanda-t-elle en insistant sur le mot, ce qui me vaut l'honneur de votre visite.

— Tu tiens vraiment à me mettre en colère ? Si tu étais descendue comme je te l'avais demandé...

— Je n'ai pas été informée de votre demande. Sinon, vous pensez bien que je serais venue plutôt que de vous voir faire irruption dans mon salon.

— Et pourquoi n'aurais-je pas le droit de venir dans tes appartements si cela me chante ? Je suis ici chez moi, je te rappelle.

— Je ne risque pas de l'oublier, vous me le répétez assez souvent.

— Je veux simplement m'assurer que tu ne me caches rien.

— Et que pourrais-je bien vous cacher ? répliqua-t-elle, à bout de patience. Je n'ai pas un sou, je ne vois personne, je ne connais personne d'ailleurs. Je n'ai rien, à part ma fille ! Dites-moi ce que je pourrais bien cacher, je vous prie !

Farnsworth fut tellement surpris par la violence de cette repartie qu'il en perdit son monocle. Soulagée, Ellen, croisa les bras, se préparant aux représailles qui n'allaient pas manquer de suivre.

— Comment oses-tu me parler sur ce ton ? s'emporta-t-il. J'ai parfaitement le droit de te rejeter, de te déshériter, après ce que tu as fait ! Et tu as le front de venir te plaindre ?

— Pour l'amour du ciel, père, c'était il y a dix ans ! J'ai fait une erreur, une *seule* erreur !

— Tu n'as pas à me donner des leçons ! tonna-t-il. Tu as déshonoré notre famille, et je ne te le pardonnerai jamais. Tu crois que cela me fait plaisir d'abriter sous mon toit une catin et sa bâtarde ? Si je pouvais me débarrasser de vous comme des ordures, je l'aurais fait depuis longtemps, tu peux me croire !

Ces paroles lui firent l'effet d'une gifle. Elles la ramenaient des années en arrière, lorsqu'à dix-neuf ans elle avait vu naître et s'enraciner la haine paternelle, et qu'elle avait essayé d'en protéger l'enfant qu'elle portait.

Ce n'était qu'un vœu pieux, et la violence de cette haine devait être contagieuse, elle avait dû infecter Natalie dans son ventre. La jeune femme avait appris à mépriser son père. Elle avait beau chercher dans ses souvenirs, elle était incapable de se remémorer un geste de tendresse ou même de simple bienveillance. En fait, il la détestait déjà bien avant qu'elle ne rencontre Daniel et que ce cauchemar ne commence.

Mais elle n'était plus une débutante au seuil de l'âge adulte, et elle allait le lui prouver.

— Vous m'avez clairement fait comprendre que nous étions indésirables dans cette maison, Natalie et moi, déclara-t-elle posément. Ne craignez rien, nous ne risquons pas de l'oublier, et si j'en avais les moyens, je quitterais cette maison pour ne plus jamais revenir. Mais comme vous avez toujours refusé de me les donner, nous n'avons nulle part où aller, toutes les deux. Je suis donc obligée d'en conclure que vous vous plaisez à nous retenir prisonnières ici.

— Ne sois pas stupide, Ellen, siffla-t-il. Tu sais très bien que si ta mère vivait encore, je vous aurais laissées pourrir en Cornouailles. Mais elle est morte, et je n'ai eu d'autre choix que de vous amener ici. Je ne te pardonnerai jamais, et je ne te laisserai pas salir mon nom ni la réputation d'Eva plus que tu ne l'as déjà fait. Car s'il y a une chose dont je suis sûr, c'est qu'une catin reste toujours une catin !

Il n'était pas nécessaire de répondre, rien ne pouvait plus atteindre la jeune femme, désormais.

— Ne vous faites pas de souci, père. Vous nous avez si bien isolées du reste du monde que je ne vois pas comment je pourrais vous déshonorer de nouveau. Après tout, il faut être deux !

Farnsworth manqua s'étrangler, mais elle avait déjà tourné les talons. Telle une somnambule, elle marcha jusqu'à la porte, souhaitant de tout son cœur – Dieu lui pardonne ! – que son père tombe raide mort à ses pieds.

— Au fait, que vouliez-vous me dire, à part ces amabilités ? demanda-t-elle, la main sur la poignée.

— Je pars dimanche matin pour une quinzaine de jours, cracha-t-il, livide de rage. Agatha te gardera à l'œil. Ne te fais pas d'illusions. Si tu me caches quelque chose, je finirai bien par le découvrir, et tu en paieras le prix. Je me suis bien fait comprendre ?

— On ne peut mieux, riposta Ellen d'un ton acerbe en ouvrant la porte.

Son père traversa la pièce, s'arrêta devant elle et se pencha si près qu'elle sentit son souffle sur son visage. Elle contint à grand-peine un mouvement de recul.

— Encore une fois, n'essaie pas de jouer au plus fin avec moi. Et veille à ce que ta petite bâtarde n'ennuie pas mon locataire ! Si ta fille n'est pas plus capable que toi de se conduire convenablement, je vous le ferai payer très cher, crois-moi.

Sans daigner répondre, la jeune femme attendit que son père ait franchi le seuil, puis elle claqua la porte derrière lui. Elle écouta le bruit de ses pas décroître dans l'escalier, et à ce moment-là seulement, se sentit délivrée du fardeau qui lui écrasait la poitrine. Elle se laissa aller contre le battant, anéantie par tant de cruauté, et laissa libre cours à ses larmes.

Elle devait quitter cette maison, à n'importe quel prix ! Elle n'avait plus le choix.

Du fond de son désespoir, une idée commença à germer dans son esprit. Une idée absurde, ridicule... mais c'était mieux que rien. Elle s'approcha à pas lents de son secrétaire, sortit du sous-main la lettre à Judith commencée depuis si longtemps. Elle n'avait pas besoin de la relire, elle la connaissait par cœur. Prenant une profonde inspiration, elle s'assit et trempa sa plume dans l'encrier.

Le lendemain, elle envoya Natalie explorer l'appartement du capitaine, avec pour mission de rapporter tous les habits froissés qu'elle trouverait. Elle avait emprunté à Agatha son fer à repasser sous un prétexte futile, et ce malgré les protestations de la gouvernante, qui ne comprenait pas pourquoi sa maîtresse se chargerait elle-même d'une tâche aussi triviale.

Après que la fillette fut remontée avec une brassée de linge froissé, elle remplit soigneusement le fer de braises, comme la femme de charge le lui avait montré, et s'attaqua à un gilet. Mais elle avait si bien chauffé l'instrument qu'elle brûla la soie délicate. Décidément, elle n'était bonne à rien, et ne pourrait même pas proposer ses services comme femme de chambre ! Très ennuyée, elle monta au dernier étage où étaient entreposées des malles et des caisses remplies de vêtements ayant appartenu à toute la famille.

Elle dénicha rapidement ce qu'elle cherchait : un coffre plein de vêtements masculins. Une carte de visite au nom de lord Richard Farnsworth tomba d'une poche de pantalon. Son oncle paternel était mort quelques années plus tôt d'une chute de cheval. C'était un homme charmant, tout l'opposé de son père, au physique comme au moral. Il était grand, bien bâti, et l'un des gentlemen les plus élégants de Londres. Au milieu des tenues de chasse et de campagne, elle finit par trouver un gilet délicatement brodé, en soie verte. Exactement la couleur des yeux de Liam...

Un peu avant 5 heures, elle se posta à la fenêtre et, quelques minutes plus tard, elle vit son père s'éloigner en trottinant. Elle retourna terminer en hâte le dernier pantalon du capitaine, le plia soigneusement et l'ajouta à la pile de vêtements qu'elle avait réussi à ne pas brûler.

Satisfaite, elle partit se changer. Elle opta pour une tenue toute simple, blanche brodée de boutons de roses, qui tranchait dans la garde-robe d'Eva, d'ordinaire plutôt ostentatoire. Elle attachait à son cou le seul bijou qui lui restait de sa mère, un collier de grenats qu'elle n'avait jamais pu se résoudre à vendre, lorsqu'elle entendit la voix de Natalie.

— Tu manges vraiment beaucoup de chou !

— Oui, ma mignonne, je préfère cela à un pudding mal cuit ! Et je n'ai pas besoin qu'un prince vienne à mon secours.

Tout cela n'avait aucun sens, pensa-t-elle en rectifiant sa coiffure.

— De toute façon, il ne se dérangerait pas pour toi. Tu n'es pas une princesse, toi, tu es capitaine. Mais il viendra secourir ma maman, si tu ne le fais pas !

Ellen n'eut pas besoin d'en entendre davantage. Elle se rua dans le salon avant que sa fille ne la mette dans l'embarras. S'immobilisant sur le seuil, elle croisa le regard de Liam, et sentit une onde de chaleur la submerger. Sa présence suffisait à lui faire oublier tous ses soucis. Cet homme l'avait positivement ensorcelée !

— Je suis si heureuse que vous soyez venu ! s'écria-t-elle avec un sourire radieux.

— Je ne sais quoi dire, je ne suis pas habitué à être accueilli aussi gentiment, avoua-t-il en balançant à bout de bras un gros bouquet visiblement chapardé. Ce que je sais, en revanche, c'est que rien ni personne n'aurait pu m'empêcher de venir.

— Je suppose que ces fleurs sont pour nous ? fit-elle en rougissant sous le compliment.

— Bien entendu. Je les ai cueillies dans le jardin du voisin, pour ne pas faire de scandale au parc. Vos compatriotes m'ont l'air de tenir beaucoup à leurs parterres.

— Elles sont magnifiques. Natalie, sois gentille, mets-les dans un vase.

Ils attendirent que la petite ait emporté le bouquet pour poursuivre la conversation. Le capitaine ne pouvait détacher les yeux du visage d'Ellie.

— Je ne pense qu'à vous du matin au soir, souffla-t-il. Dès que je vous vois sourire, je ne peux m'empêcher de me demander si ce sourire m'est bien destiné, avec ma figure couturée et mes manières provinciales. Et quand je comprends qu'il m'est bien adressé, je me sens défaillir.

— Oh, Liam…

— Vous êtes un ange descendu du ciel, Ellie, et notre rencontre restera le plus beau jour de ma vie. J'ai un talisman pour vous, *leannan*, poursuivit-il en fouillant dans la poche de son pantalon. Ça vient du torrent qui traverse nos terres, en Écosse. Je l'ai toujours sur moi.

Il ouvrit sa large main, et Ellen découvrit un petit galet lisse et rond, veiné de vert et de noir. Elle crut sentir tous les parfums de la lande et de la montagne qu'il lui avait décrites le premier soir.

— Il signifie beaucoup à mes yeux, expliqua-t-il en le lui mettant dans la main.

La jeune femme caressa du bout du doigt la surface polie et fraîche. Quel genre d'homme pouvait attacher tant d'importance à une petite pierre ? Un être simple, droit, loyal. *Si différent de Daniel…*

— Ça n'a pas l'air de vous faire plaisir, fit-il, visiblement déçu. Ce n'est qu'un stupide caillou, je sais, mais…

— Oh, non, Liam, vous vous trompez ! Cela me touche beaucoup, au contraire... mais je ne suis pas sûre de le mériter. C'est le plus beau cadeau qu'on m'ait jamais fait, et je le garderai précieusement, assura-t-elle avec un sourire qui venait du fond du cœur.

— C'est vrai ?

De nouveau, il avait l'air d'un gamin grandi trop vite, comme lors de sa première visite.

La jeune femme enveloppa avec soin le galet dans son mouchoir et le glissa dans sa poche.

— Nous avons eu la même idée, cher monsieur. Moi aussi, j'ai un présent pour vous.

— On va lui donner la surprise ? s'écria Natalie qui revenait avec les fleurs.

— Il faut d'abord que je vous prévienne, j'ai provoqué de petits dégâts, expliqua-t-elle en échangeant un regard entendu avec sa fille. J'ai bien peur que votre gilet ne soit bon à faire des chiffons !

— Bon sang, c'est une catastrophe ! s'écria Liam. Mon frère va me tuer !

— Je peux aller chercher la surprise, maman ?

Sur un signe affirmatif de sa mère, la petite partit comme une flèche, et revint peu après en brandissant triomphalement un paquet qu'elle tendit à Liam.

— C'est pour vous, ouvrez-le, l'encouragea Ellen.

— Vous savez, je suis un soldat. Je n'aime pas trop les surprises.

Il défit néanmoins le ruban tandis que l'enfant tournait autour de lui en gloussant et en battant des mains.

— Doux Jésus ! s'exclama-t-il en dépliant le gilet.

— N'est-ce pas qu'il te plaît ? s'enquit la fillette.

— Euh... Oui, bien sûr. Il me plaît beaucoup, mais c'est beaucoup trop élégant pour moi. Vous n'auriez pas dû faire de telles dépenses, ajouta-t-il en se tournant vers Ellen.

— Nous ne l'avons pas acheté, nous l'avons trouvé, expliqua-t-elle joyeusement. Il appartenait à mon oncle, et je pense qu'il devrait vous aller à la perfection. Tenez-le devant vous, s'il vous plaît.

— Oh, mais je suis sûr que ça ira.

— S'il vous plaît, tenez-le devant vous. C'est exactement ce qu'il vous fallait ! s'exclama-t-elle en riant tandis qu'il s'exécutait à contrecœur.

La question vestimentaire réglée, la jeune femme envoya Natalie se coucher, et ils restèrent à bavarder comme deux vieux amis, à se raconter leurs souvenirs d'enfance et leurs vies passées. Chacun évitant soigneusement d'aborder les zones d'ombres et les questions gênantes.

Ellen demanda des détails sur la statuette, et Liam lui raconta toutes les légendes qui s'y rapportaient, comment les Lockhart écossais et anglais se l'étaient disputée au cours des siècles, et l'animosité qui en avait résulté. Ils se perdirent en conjectures sur l'endroit où ses cousins devaient la garder. Ellie soutenait qu'elle devait être exposée dans une pièce de réception, tandis que Liam affirmait qu'elle devait au contraire être bien cachée.

— Elle mesure une trentaine de centimètres et représente un monstre hideux. D'après les descriptions que j'ai lues, elle est vraiment très laide.

— Quelle est sa valeur, à votre avis ?

— C'est de l'or pur, incrusté de rubis à la place des yeux et de la bouche, ainsi que sur la queue… Plusieurs milliers de livres, je pense.

Il ne tenait pas à en dire plus, et la conversation roula sur l'invitation du dimanche suivant. Ellen lui expliqua le protocole qui présidait à ce genre de réunions, ce qui ne manqua pas de susciter une certaine exaspération chez le capitaine.

— Que d'histoires pour une boisson aussi fade !

La jeune femme ne pouvait pas lui donner tout à fait tort.

La soirée était déjà bien avancée, ils commençaient à épuiser les charmes de la conversation.

Liam prit Ellie dans ses bras, la couvrit de baisers, auxquels elle répondit avec ardeur. Il ne lui laissa rien ignorer du désir qui le consumait et, visiblement, elle le partageait entièrement. Sous ses caresses, elle se sentait renaître à la vie. Tout son corps retrouvait des sensations oubliées depuis longtemps, comme s'il se réveillait d'un long sommeil.

Elle avait soif de lui, de sa chaleur et de sa virilité. Elle avait besoin de le toucher, de le caresser, de le sentir contre elle, en elle. Dans les bras du capitaine, elle oubliait toute crainte, toute fausse pudeur. Elle prenait sa revanche sur cette société hypocrite qui l'avait rejetée.

Sans plus de résistance, elle s'abandonna volontiers au tourbillon qui l'emportait, et y sombra avec volupté.

Jamais elle n'avait connu une telle ivresse.

15

Le dimanche suivant, Liam arriva chez ses cousins à 5 heures précises, portant l'élégant gilet brodé qu'Ellen lui avait offert. Un majordome aussi raide que la Justice l'introduisit dans le grand salon, qui méritait bien son nom, et le pria de patienter. Apparemment, Nigel tardait à se réveiller de sa sieste dominicale.

Liam n'en fut d'ailleurs pas mécontent. La somptuosité des lieux l'impressionnait, et il avait besoin d'un petit moment pour s'y habituer. Si les Lockhart d'Écosse s'enfonçaient chaque jour un peu plus dans la gêne, la branche anglaise, elle, nageait visiblement dans l'opulence. Les splendides tapis d'Aubusson qui recouvraient le parquet au point de Hongrie, les meubles d'acajou marqueté, les lourds brocards de soie qui encadraient les hautes baies vitrées, les immenses lustres de cristal qu'on venait d'allumer, étaient dignes d'une résidence royale.

Liam parcourut la pièce dans toute sa longueur. Il admira les tableaux de maîtres, les boiseries sculptées et les porcelaines de Chine, et en profita pour examiner avec attention chacun des précieux bibelots disséminés sur les guéridons et les consoles ouvragées. Aucun ne ressemblait à la monstrueuse statuette.

Tandis que l'imagination du capitaine battait la campagne, Nigel daigna enfin faire son entrée, accompagné de son père, dont il avait hérité la robuste constitution et, comme Liam ne tarda pas à s'en rendre compte, le manque de logique et de suite dans les idées.

— Ainsi, vous êtes un cousin ? demanda le vieil homme, une fois les présentations faites. Je ne savais pas qu'il y avait des Lockhart jusqu'en Écosse. Et toi ?

— Oh, c'est très au nord. Ce sont donc des collatéraux éloignés, répliqua son fils avec emphase.

— Tu crois ? Je pensais que « parents éloignés » faisait référence au degré de parenté, pas à la distance, s'interrogea lord Lockhart.

— Une légende explique comment les deux branches de notre famille se sont séparées. Vous ne la connaissez pas ? remarqua innocemment Liam, bien décidé à prendre son mal en patience.

— Tu veux dire, sur les ancêtres dont nous sommes issus ? demanda niaisement Nigel.

Réprimant un soupir, le capitaine leur raconta comment, à la mort de lord Douglas, les deux rameaux s'étaient affrontés et avaient fini par se séparer. Il omit de préciser à quel point les ancêtres de ses cousins s'étaient montrés lâches et sans scrupules.

— C'est passionnant, mais je ne comprends pas le rapport entre notre famille et ce Douglas, remarqua avec perplexité le vieux lord.

Visiblement, la chronique de leurs origines ne faisait pas partie des préoccupations de ses cousins londoniens. Mais pourquoi diable se seraient-ils souciés de ces vieilles histoires ? Dépenser leur argent devait les occuper à plein temps.

— Vous avez raison, mon oncle, il n'y a pas grand-chose à dire sur les Douglas, ni sur les Lockhart de cette époque, expliqua-t-il en mordant de bon cœur dans un sandwich au concombre. C'étaient des montagnards fidèles à leur clan.

— Qu'est-ce que c'est qu'un clan ?

Liam entreprit de brosser à leur intention un tableau effrayant des Écossais en général et des Lockhart en particulier, les dépeignant comme des sauvages attardés, plus proches des hommes des cavernes que de la civilisation britannique. Il leur expliqua sans sourciller que sa famille obéissait à une morale rétrograde et refusait de parler anglais comme tout le monde, leur laissa entendre qu'ils réglaient leurs différends à coups de massue, ou d'épée pour les plus raffinés, qu'ils se nourrissaient de racines. Le but de ce beau discours étant, bien entendu, de montrer à quel point lui-même était différent, pour rendre plus crédible la querelle avec son père.

Il y réussit au-delà de ses espérances. Nigel et l'auteur de ses jours étaient suspendus à ses lèvres. Assis au bord de leurs sièges, ils buvaient littéralement ses paroles, manifestant de temps en temps leur approbation et leur sympathie par des hochements de tête pénétrés et des sourires de commisération.

— Vous comprenez mon dilemme, conclut-il.

— Bien sûr que nous comprenons ! déclara Nigel avec une énergie inaccoutumée. Tu ne dois retourner là-bas sous aucun prétexte !

— J'ai bien peur d'y être obligé. Voyez-vous, mon père s'est laissé entraîner dans... Enfin, je préfère ne pas en parler.

— Nous sommes en famille, nous pouvons tout nous dire ! s'exclamèrent en chœur le vieux et le jeune Lockhart.

— Eh bien, c'est-à-dire... Ce n'est pas facile d'en parler. On ne sait jamais quelles seront les conséquences...

— *Les conséquences ?* couina l'héritier de la branche anglaise.

— Elles peuvent être terribles, poursuivit Liam, l'air sinistre, en baissant la voix.

— Il n'a rien fait d'illégal, au moins ? s'alarma son oncle.

Sans répondre, le capitaine prit un air de circonstance, que ses cousins pouvaient interpréter comme bon leur semblait, c'est-à-dire de la pire façon.

— C'est donc si grave ?

— Je ne pourrai jamais lui pardonner. Vous comprenez, je suis un soldat de Sa Majesté...

Il s'interrompit lorsque le majordome fit son entrée et vint se pencher à l'oreille de son maître.

— Je vous demande pardon, milord, mais lady Lockhart s'apprête à partir à la campagne. Elle vous attend dans son petit salon.

— Elle ne peut pas patienter un peu ? grogna le vieux lord.

— Elle insiste, milord.

— Bon, bon. Excusez-moi, ajouta Lockart père à l'adresse de Liam. Vous me raconterez le fin mot de l'histoire la prochaine fois, cher cousin. J'ai pris beaucoup d'intérêt à cette conversation. Vous reviendrez bientôt, j'espère ?

— J'en serais très honoré.

— Naturellement, vous serez des nôtres pour le bal que nous donnons mercredi !

— Euh... mais, milord... bégaya Liam que le simple mot de « bal » faisait frémir.

— Il n'y a pas de « mais » qui tienne ! Un refus m'offenserait. Nous allons vous présenter à tous nos amis.

— Dans ce cas, grommela le capitaine à contrecœur.

— Ne vous inquiétez pas, tenta de le rassurer son oncle en lui tapotant le bras comme il aurait flatté son chien, nous allons nous occuper de vous. Personne ne devinera que vous êtes écossais !

— Nous allons faire le nécessaire ! renchérit Nigel. Bye bye, lança-t-il en emboîtant le pas à son géniteur.

Liam attendit que le majordome les ait imités avant de partir en reconnaissance.

Tandis que Liam explorait le rez-de-chaussée de la maison Lockhart, Ellen brodait les initiales enlacées de sa sœur et de son beau-frère sur des serviettes de table. Observant sa cadette assise en face d'elle, elle se demandait comment deux femmes nées des mêmes parents pouvaient être aussi différentes.

Pendant plus d'une heure, Eva lui avait raconté en détail son dîner de la veille. Elle lui avait abondamment commenté le potage de cresson (absolument parfait, avec juste un soupçon de crème), le gigot au romarin et aux pommes de terre (personnellement, elle ne tenait pas aux pommes de terre), le vin (un millésime décevant, mais elle avait oublié lequel), et lui avait longuement expliqué pourquoi ils dînaient toujours à 8 heures précises, même si malheureusement, la veille, un importun avait retardé Willard, ce qui les avait obligés à patienter jusqu'à 8 h 15. Elle en était enfin arrivée aux serviettes de table. Son mari les trouvait banales, et elle avait pensé que le mieux serait de les orner de leurs initiales.

Tout en tirant l'aiguille, Ellen laissa vagabonder son esprit loin de cet univers compassé, vers cet étrange Écossais qui, en l'espace de quelques jours avait complètement bouleversé sa vie. À la pensée du bouquet volé dans le jardin si ordonné de leur voisin, elle ne put se retenir de pouffer. Elle tâta discrètement le galet poli au fond de sa poche et se sentit immédiatement réconfortée.

— Rappelle-moi que j'ai deux robes à te donner avant de partir, dit soudain Eva. Elles datent de l'année passée, personne ne les remarquera.

— Sans doute, répondit machinalement la jeune femme.

En effet, qui aurait pu faire attention à ce qu'elle portait ? Elle n'allait jamais dans le monde, et quand il lui arrivait de sortir, elle avait l'impression d'être invisible, comme le fantôme d'elle-même.

— J'ai aussi une robe pour Natalie – elle appartenait à la fille de ma gouvernante –, mais je suis tellement furieuse contre elle que je ne la lui donnerai pas.

— Ah oui ? Et qu'as-tu à lui reprocher ? demanda Ellen, s'attendant à un léger manquement au protocole sur lequel Eva était tellement à cheval.

— Elle raconte à Frédéric des histoires abominables qui lui donnent des cauchemars, répondit Eva avec humeur. La conduite et l'imagination de cette enfant sont inadmissibles. Tu dois absolument faire quelque chose !

Et quoi ? Si sa sœur avait des suggestions, elles étaient les bienvenues. Ce qui était inadmissible, c'était qu'elles n'aient nulle part où aller, et qu'elles soient obligées de demeurer dans une maison où elles étaient indésirables.

— Il se fait tard, déclara Ellen d'un ton pincé. Je terminerai cette serviette à la maison. Allons voir ces robes.

La remarque de sa sœur l'avait piquée au vif. Sur un point au moins, Eva avait raison. Depuis quelque temps, la fillette se laissait aller à son imagination de façon inquiétante. Chaque fois qu'elle essayait d'en parler avec elle, la petite, contrite, jurait de s'amender, mais recommençait le lendemain avec une histoire encore plus extravagante que celle de la veille. Ellen était de plus en plus préoccupée. Tant qu'elles demeureraient dans cette maison, qu'elles ne mèneraient pas une vie normale, la jeune femme était convaincue que la situation ne ferait qu'empirer.

— As-tu raconté des histoires à Frédéric ? demanda-t-elle sur le chemin du retour.

La fillette lui glissa un coup d'œil de biais, et secoua la tête.

— J'en déduis donc que tu ne lui as rien dit qui puisse l'effrayer, n'est-ce pas ?

Natalie baissa les yeux, mais se garda bien de répondre, et elles poursuivirent leur chemin en silence.

Dans ces moments-là, Ellen se sentait plus seule que jamais. Personne d'autre qu'elle n'avait conscience de la détresse de sa fille. Personne ne se souciait de leur existence, elles vivaient comme des parias et, au cœur de cette cité débordante de vie, Natalie s'abîmait dans un monde imaginaire où même sa mère ne pouvait pas l'atteindre.

Elles devaient partir, s'échapper, elle le savait. Il n'y avait pas d'autre issue.

Quand elles atteignirent la maison, elle était tellement absorbée dans ses pensées qu'elle passa devant Liam sans le remarquer. Elle poussa un cri de surprise lorsqu'il lui saisit le bras.

— Vous ne m'avez pas vu, Ellie ? s'étonna-t-il. Je ne peux pas le croire, j'étais juste devant vous !

Il portait une redingote noire, une chemise immaculée (l'une de celles qu'elle avait repassées) et, bien entendu, le fameux gilet brodé. Dans ce costume élégant, il paraissait un autre homme. Et il était très beau garçon… Pourtant, elle préférait l'autre Liam. Le soldat. Celui qui écrasait les souris et faisait rôtir des perdrix dans la cheminée du salon.

— Ne me dites pas que vous m'avez déjà oublié ! s'exclama-t-il avec un petit rire nerveux.

— Moi, je ne t'ai pas oublié, intervint Natalie.

— Oh, de ça j'en suis sûr, aussi sûr que le soleil se lèvera demain matin !

— Je vous demande pardon, mais je ne vous avais pas vu. Je ne suis pas habituée... Vous n'êtes pas... balbutia Ellen en désignant le costume élégant.

— C'est bien ce que je craignais, je suis ridicule, grommela-t-il. J'ai l'air d'un gandin.

— Ne craignez rien, capitaine, vous n'aurez *jamais* l'air d'un gandin, le rassura-t-elle en riant. Vous partiez ?

— Je rentrais. Je viens de faire la connaissance de mon oncle Lockhart, expliqua-t-il en lui faisant signe de se remettre en marche.

— Et comment l'avez-vous trouvé ? Sympathique ?

— Il n'a pas l'air d'un méchant homme, répondit Liam avec un sourire ironique. Mais je trouve que les Lockhart d'Angleterre ne sont pas du même bois que la branche écossaise.

Ellen n'avait aucun mal à le croire.

— Et vous êtes satisfait de votre visite ?

— Le thé était amer, et je n'ai pas vu trace de la statuette. Je vais devoir y retourner, expliqua-t-il comme s'il parlait de descendre aux enfers. Le vieux Lockart m'a invité. Il a beaucoup insisté, je ne vais pas pouvoir y couper.

— Il vous a invité... à dîner ?

— Non, à un *bal* ! soupira Liam. Vous vous rendez compte ?

— Un bal ! s'exclama la petite en sautant de joie. Maman, on pourra y aller aussi ?

— Bien sûr que non, ma chérie, nous ne sommes pas invitées.

— Ça n'a rien de réjouissant, mignonne, assura Liam, l'air lugubre, en ouvrant la porte de la maison. C'est même une horrible épreuve !

— Et pourquoi donc ? intervint Ellie. Natalie a raison. Une réception à Mayfair, c'est une occasion à ne pas manquer.

— Un soldat n'a rien à faire dans ce genre de mondanités, à Mayfair ou ailleurs.

— Mais, Liam, beaucoup de militaires vont dans les soirées ! Vous n'ignorez pas que les uniformes font s'emballer le cœur des demoiselles.

— Je ne tiens pas à faire s'emballer le cœur des demoiselles, répliqua-t-il énergiquement. Et je ne sais pas danser !

— Allons donc !

— Je vous assure ! On dirait que j'ai deux pieds gauches.

— Mademoiselle Farnsworth, vous dînerez, ce soir ?

Ils tournèrent un regard surpris vers Agatha qu'ils n'avaient pas entendue arriver.

— Personnellement, je vous le déconseille, plaisanta Liam, s'attirant un regard noir de la gouvernante.

— Nous dînerons, Agatha, répondit gentiment Ellen sans paraître prêter attention aux facéties de l'officier. À l'heure habituelle.

— Très bien, fit froidement la gouvernante en tendant la main à Natalie. Venez, mademoiselle, ajouta-t-elle, il est l'heure de prendre votre bain.

La jeune femme regarda la fillette grimper l'escalier derrière Agatha, et une affreuse tristesse l'envahit.

— Que se passe-t-il ? demanda Liam avec douceur. Vous semblez soucieuse, tout à coup.

— Ce n'est rien, dit-elle en s'efforçant de sourire. Ma fille grandit trop vite, voilà tout. Quant à *vous*, capitaine, il va vous falloir apprendre à danser. C'est très facile, vous verrez.

— Oh, non ! s'écria-t-il en reculant. Là vous m'en demandez trop.

— Si vous n'allez pas à ce bal, vous risquez de ne jamais récupérer votre statuette. Et si vous y allez, vous devez passer inaperçu, et donc danser comme tout le monde. Vous me suivez ?

— Trop bien, marmonna-t-il avec la mine enjouée d'un condamné à mort.

Il avait accepté, quoique à contrecœur, d'apprendre à danser, et dès que Follifoot se fut éclipsé après lui avoir apporté ce qu'il appelait pompeusement du « gigot », il gravit quatre à quatre les deux étages.

Il avait auparavant écrit une lettre à sa mère :

Ma chère mère,

Le temps ne s'améliore pas, le gibier est famélique, et je crains d'être obligé d'assister au bal que donne notre cher cousin.

Affectueusement,

Ton fils L.

Une fois la lettre cachetée, il endossa un costume civilisé, autrement dit son kilt, son tartan et sa sporran, et rejoignit Ellie.

En son honneur, elle avait revêtu une robe particulièrement élégante. Natalie, dont la tenue était exceptionnellement habillée, courut à sa rencontre pour l'informer qu'elle aussi allait apprendre à danser.

Comme elle le lui fit remarquer, sa mère avait déjà poussé le divan pour faire de la place.

La jeune femme commença par leur montrer les pas de base du quadrille, de la polka, et pour finir, le fin du fin, de la valse. Liam fut bien forcé d'admettre que la fillette était beaucoup plus douée que lui. Elle paraissait avoir fait cela toute sa vie, tandis que lui ne savait jamais quel pied avancer.

Pourtant, à mesure que les figures se compliquaient, l'enfant commença elle aussi à s'emmêler les pieds, si bien que tous trois furent pris d'un fou rire irrépressible. Ellen avait les joues rosies d'excitation, et jamais le capitaine ne l'avait trouvée aussi belle.

Quand vint l'heure d'envoyer Natalie se coucher, celle-ci ne protesta pas. Et lorsque sa mère revint, quelques minutes plus tard, un doux sourire flottant sur les lèvres, Liam songea qu'il aimerait voir ce sourire jour après jour.

— Venez avec moi, j'ai quelque chose à vous montrer, lui confia Ellen en lui prenant la main.

Alors qu'elle ouvrait la porte et l'entraînait le long du couloir, il s'immobilisa.

— Ellie, vous ne craignez pas de vous attirer des ennuis avec votre père ?

— Il est parti pour quinze jours, le rassura-t-elle en le tirant à sa suite.

Quinze jours ! Liam n'avait pas appris une aussi bonne nouvelle depuis une éternité. Saisi d'une véritable euphorie, il lui emboîta allègrement le pas, mais s'arrêta au pied d'un escalier.

— Et Follifoot ?

— Il dort comme un loir, avec tout le whisky qu'il ingurgite. Agatha est rentrée chez elle depuis longtemps, et il ne reste plus qu'une fille de cuisine qui couche à l'entresol. Nous sommes quasiment seuls dans cette maison, Liam. Vous voulez bien me suivre, ou vous préférez regagner vos appartements ? conclut-elle en le gratifiant d'un sourire coquin.

Sans répondre, il lui entoura la taille du bras, et ils gravirent les marches quatre à quatre.

16

Le dernier étage de la maison était inoccupé depuis des années. Une épaisse couche de poussière recouvrait le mobilier et les boiseries, des toiles d'araignées pendaient aux chambranles, et il y flottait une tenace odeur de renfermé. La première fois qu'elle y était montée, Ellen avait méthodiquement fouillé chaque pièce dans l'espoir de dénicher quelque bibelot dont elle pourrait tirer un peu d'argent. Malheureusement, les meubles et les malles ne contenaient que des souvenirs de famille, de vieux vêtements et des objets sans valeur.

Décidément, elle n'avait jamais eu de chance.

Il y avait, en revanche, des choses susceptibles d'intéresser Liam. Elle l'entraîna dans la pièce du fond et alluma le chandelier qu'elle y avait laissé lors de sa précédente visite. Aussitôt, la lueur chaleureuse des bougies illumina des piles de coffres et de cantines, des tableaux protégés par de vieux draps, des fauteuils défoncés et un canapé tout de guingois sur ses pieds cassés.

— C'est pour réparer tout ce bric-à-brac que vous m'avez amené ici ? s'enquit-il.

— Bien sûr que non ! fit Ellie en éclatant de rire. C'est juste que j'ai pensé que vous n'aviez rien à mettre pour le bal. À moins que vous ne comptiez y aller en jupe…

— Ce n'est pas une jupe, c'est un *kilt !*

— Je vous demande pardon, s'excusa-t-elle, connaissant sa susceptibilité sur le sujet. Vous ne comptez pas porter votre *kilt* pour aller au bal ?

— Non, mais j'ai aussi des pantalons et des vêtements de ville.

— Je sais bien, capitaine, mais je doute que vous ayez un habit de soirée.

— Et ça consiste en quoi, exactement ?

— Une redingote à queue-de-pie avec le gilet et la cravate assortis. Et des souliers à boucle.

— J'aurais l'air d'une dinde de Noël ! s'exclama-t-il, offusqué. Mes vêtements ordinaires feront parfaitement l'affaire.

— Jetez au moins un coup d'œil, ça ne coûte rien, insista-t-elle gentiment en se dirigeant vers une grande malle.

Liam hésita, puis la rejoignit et regarda à l'intérieur de la malle qu'elle venait d'ouvrir.

— Ce sont toujours les affaires de votre oncle ?

— Et d'autres avant lui.

— D'accord, voyons cela, accepta-t-il avec un soupir résigné.

Ravie, la jeune femme posa le candélabre sur une petite bibliothèque et commença à inventorier la pile de vêtements soigneusement pliés. Tels deux enfants se préparant pour Mardi Gras, ils donnaient leur avis en riant des modes passées. Ils finirent cependant par trouver deux tenues de soirée et un gilet de soie blanche broché d'argent avec la cravate assortie.

— Vous serez beau comme un prince ! s'écria Ellen en tenant le gilet devant lui.

— Le prince des cacatoès, oui, grommela-t-il.

— Ne faites pas votre mauvaise tête, capitaine, ce sont les usages du grand monde.

— Ce sont peut-être les usages du grand monde, mais je vais avoir l'air ridicule, à sautiller en mesure habillé comme un perroquet. Pourvu que je ne m'étale pas, par-dessus le marché !

— Ne craignez rien, vous vous êtes fort bien débrouillé, tout à l'heure. Venez, ajouta-t-elle en lui tendant la main, nous allons nous entraîner un peu.

— Non, je...

— Je vous retiendrai si vous tombez, ne vous inquiétez pas.

— Vous me promettez de ne pas rire ?

— Je ne vous promets rien du tout, pouffa-t-elle en l'attirant fermement au centre de la pièce. Voulez-vous me faire l'honneur de m'accorder cette danse, cher monsieur ? demanda-t-elle en plongeant dans une révérence.

— Je vous ai déjà dit que oui.

— Mais il faut que vous m'aidiez à me relever, lança-t-elle, gardant les yeux baissés.

Il tendit sa grande patte, la tira un peu rudement, et resta planté devant elle, sans plus savoir quoi faire.

— Vous pouvez baiser la main de votre cavalière, suggéra-t-elle doucement.

Les yeux rivés à ceux d'Ellen, il porta ses doigts fins à ses lèvres. La jeune femme sentit ses joues s'enflammer aussitôt.

— Et maintenant, supposons que la dame ait accepté l'invitation d'un hurluberlu de mon espèce, murmura-t-il. Quelle danse a-t-elle choisie ?

— La valse, proposa-t-elle, légèrement haletante. Vous vous souvenez ?

— Si je m'en souviens !

Il l'attira contre lui, enlaça sa taille mince et plongea son regard dans le sien. Ellen se sentait soudain étrangement sans défense, comme s'il pouvait lire en elle, jusqu'au fond de son âme, et deviner tout, son passé, son présent, son avenir.

La première, elle détourna la tête.

— Qu'y a-t-il ? Vous avez oublié la valse ? souffla-t-il. Si je ne m'abuse, on commence ainsi. Un, deux, trois... Un, deux, trois. C'est vous le professeur, Ellie, c'est à vous de me dire comment faire.

Mais elle était incapable d'articuler une parole. Une musique oubliée tournoyait dans sa tête et dans son cœur, faisant vaciller sa raison, la ramenant à la lointaine époque où un autre bras masculin lui entourait la taille, et où rire et danser était tout naturel.

Il y avait des années de cela, des siècles... C'était dans une autre vie... Depuis, jamais plus la main d'un homme ne s'était posée sur elle, et elle avait oublié cette allégresse, cette sensation d'immortalité qu'on éprouvait dans ces moments-là.

Liam fredonnait un air entraînant en la faisant virevolter à travers la pièce, de plus en plus rapidement, avec une aisance toujours plus grande.

— Eh bien, Ellie, est-ce que je suis un bon élève ?

Elle se risqua à lever les yeux sur le visage balafré, croisa son regard de tigre. Et songea qu'elle n'avait jamais rencontré d'homme plus séduisant. Son prince était enfin venu.

— Un excellent élève.

— Vous êtes très indulgente.

Il resserra son étreinte, et ce fut comme si une bourrasque la soulevait et l'emportait loin du monde réel. Sa robe tourbillonnant autour d'elle, elle ressentait de nouveau cette légèreté et cette griserie oubliées depuis si longtemps. Elle ferma les yeux et, la tête inclinée en arrière, s'abandonna tout entière à l'ivresse de la valse.

Liam était parfaitement à l'aise à présent. Il se montrait même assez bon danseur, si bien qu'elle n'avait qu'à se laisser guider. Elle retrouvait ce bonheur de vivre qu'elle avait goûté si brièvement, s'alanguissait entre ses bras vigoureux tandis qu'il la serrait toujours plus étroitement. Leurs deux corps ne faisaient plus qu'un, elle sentait contre elle sa force virile sous l'épais lainage du kilt, et elle brûlait de se fondre en lui.

Comme s'il avait lu dans ses pensées, il se pencha vers elle, lui effleura le cou de ses lèvres, remonta jusqu'au creux de son oreille, se fit plus insistant à mesure qu'il redescendait vers sa gorge.

Elle rêvait qu'elle dansait. Libre et légère, elle se sentait transportée, éprouvait un vertige grisant. Comme dans un songe, sans cesser de valser, elle attira à elle le visage de son cavalier.

Sauf qu'elle n'était pas dans les bras de Daniel, mais dans ceux de Liam.

Il ne broncha pas lorsqu'elle l'embrassa, se contenta de la soulever, puis la laissa doucement glisser sur le divan cassé. Tandis qu'elle effleurait de la langue la cicatrice sur sa joue, elle sentait contre elle le sexe dressé de son compagnon, en devinait toute la chaleur et la rude douceur. *Cela faisait si longtemps*... Elle tremblait de tout son corps ; chaque caresse allumait sur sa peau des dizaines de brasiers incandescents, chaque fois que les lèvres de Liam la touchaient, elle sombrait dans un abîme voluptueux où elle ne demandait qu'à se perdre.

— Dieu me pardonne, Ellie, je te veux tout de suite, souffla-t-il. Je veux te faire l'amour ici, maintenant, te montrer à quel point je t'adore.

— Oui, Liam, balbutia-t-elle, fais-moi l'amour...

Lentement, il se pencha sur elle. Avec une infinie douceur, il commença à l'embrasser. Ses lèvres se posaient sur sa peau de soie, tandis que ses mains fébriles s'égaraient sur son corps, glissaient de son cou à ses épaules, puis sur les rondeurs de sa poitrine. Du doigt, il dessina le contour de ses seins, la vallée qui les séparait.

— Je t'en supplie, ne t'arrête pas, l'implora-t-elle, les paupières closes, haletante.

Sans hésitation ni remords, elle s'abandonnait tout entière au désir dévorant qui la submergeait. Elle dérivait aux frontières de la conscience, ne s'appartenait plus. Seules comptaient ces mains calleuses et cette bouche fiévreuse sur sa chair qui ramenaient à la vie son corps assoupi depuis tant d'années.

Elle saisit entre ses mains le visage de Liam et le couvrit de baisers, mêlant leurs souffles et leurs langues dans un élan de passion brûlante. Il lui rendit ses étreintes avec plus d'ardeur encore, la pressant contre lui à la briser. Chacune des caresses de son compagnon la précipitait dans un maelström d'émotions irrésistibles. Elle sentait contre son ventre son sexe durci, tel un brandon incandescent prêt à allumer un brasier au creux de ses reins.

Il dégrafa son corsage, emprisonna les globes neigeux de ses seins au creux de ses mains, y écrasa les lèvres, les suça, les aspira, dévora les pointes roses orgueilleusement dressées. Affolée sous ces assauts furieux, Ellen se livrait sans pudeur à cette torture délicieuse.

— Laisse-moi te regarder, ma mie, murmura-t-il d'une voix sourde en commençant de la dévêtir. Je veux voir ta beauté.

Telle une somnambule, elle l'aida tant bien que mal et, lorsqu'il fut parvenu à ses fins, le laissa contempler sa nudité. Le regard de Liam s'égara sur ses seins gonflés qui réclamaient ses caresses, au creux de son ventre lisse, jusqu'au buisson soyeux entre ses cuisses fuselées.

Avec impatience, il se débarrassa de sa chemise, déboucla son large ceinturon, délaça ses chaussures et déroula solennellement son kilt. À présent nus l'un et l'autre, ils se regardèrent émerveillés, tels Adam et Eve au premier jour de la création.

Il se tenait devant elle comme un Apollon antique, les muscles déliés, les hanches étroites, son sexe fièrement dressé.

— Tu vois à quel point je te désire, *leannan* ? chuchota-t-il d'une voix rauque.

Il déploya son tartan qu'il étendit sur le sol, prit Ellie par la main, l'attira contre lui et glissa doucement sur le plaid avec elle. À la lueur dansante des chandelles qui se reflétaient dans les yeux de jade, elle distinguait les larges épaules de son compagnon, sa silhouette puissante qui se découpaient dans la pénombre.

Légères, les mains de Liam parcoururent son corps, ses bras, ses jambes, sa taille, son ventre. Une onde brûlante se répandait en elle à chaque caresse. Elle fondait sous ses doigts, sous sa bouche avide, un nectar musqué inondait son sexe.

Elle referma les doigts autour de sa virilité, arrachant au jeune homme un gémissement d'extase, et remonta lentement sur toute sa longueur.

Elle allait et venait, découvrant et recouvrant délicatement le mât velouté qui durcissait encore sous sa main. Le souffle de Liam se fit plus rauque, plus précipité. Elle poursuivit ses caresses, lentement d'abord, puis avec de plus en plus d'ardeur, s'enflammant au contact de sa chair palpitante.

— Attends ! fit-il en lui attrapant le poignet. Ça va trop vite…

Écartant la main enjôleuse d'Ellie, il reprit son exploration fébrile du corps de la jeune femme. Sa bouche descendit du creux de la paume le long du bras gracile, joua avec les pointes dressées de ses seins, s'attarda au creux de son ventre, puis se perdit dans le nid mousseux entre ses cuisses.

Sous les assauts de sa langue qui s'insinuait dans les replis secrets de son intimité, Ellen perdit toute retenue. Elle agrippa le pied d'un meuble, le corps tendu comme un arc, et cambra les reins pour venir à sa rencontre. Lui empoignant les hanches, il prolongea à dessein le tourment délicieux de l'attente. Il explorait tranquillement les doux pétales, sans égard pour l'impatience d'Ellen. Lorsqu'elle crut défaillir, il referma les lèvres sur le bouton palpitant d'un désir tenu en bride depuis des années.

Il le taquina, l'agaça, le goûta et amena doucement la jeune femme au bord d'un gouffre béant où elle ne demandait qu'à se perdre. Elle se tordait furieusement, gémissant sous la douceur de ses attaques, incapable de supporter plus longtemps ce supplice trop voluptueux, trop intense, prête à demander grâce. Mais Liam n'était pas encore rassasié, il refusait de lui accorder merci, et elle n'était pas de taille à lutter.

Enfin, il se releva, l'embrassa fougueusement, passionnément, et s'insinua entre ses cuisses offertes.

— Je n'ai jamais désiré une femme comme je te désire, murmura-t-il contre ses lèvres.

Il lui caressa les cheveux et, doucement, entra en elle. Tout le corps d'Ellie se crispa. Avec patience, il attendit qu'elle soit prête à l'accueillir.

— Aime-moi, Liam, souffla-t-elle.

Elle s'ouvrit lentement, et, peu à peu, se laissa entraîner dans une danse charnelle au rythme ancestral. Il allait et venait d'un mouvement fluide, se retirant presque entièrement pour mieux revenir, de plus en plus vite, de plus en plus fort. Elle le suivait, ils n'étaient plus qu'un seul corps, un seul souffle, emportés par la même frénésie. Ensemble, ils plongèrent avec délices dans l'abîme de volupté qui menait à l'extase.

Ils demeurèrent longtemps enlacés, pantelants, rassasiés, jusqu'à ce que le froid les tire de leur douce torpeur. Liam rabattit sur eux les pans du tartan, nicha la tête d'Ellen au creux de son épaule et ferma les yeux. Elle le contempla entre ses longs cils, caressant sa chevelure. Elle avait cru sa vie finie, ensevelie sous le poids de la souffrance et de la trahison, mais Liam l'avait ramenée à la vie, lui avait rendu sa jeunesse et redonné l'envie d'aimer.

Il écarta une mèche soyeuse et déposa un baiser sur le nez de la jeune femme.

— Ma mie, murmura-t-il en effleurant ses lèvres, j'aurais voulu te rencontrer plus tôt, avant... que nos chemins soient déjà tracés.

Elle aussi. Mais elle ne voulait pas gâcher la perfection de l'instant avec de tristes pensées. Le passé était le passé, et on ne pouvait rien y changer.

Lorsque le froid se fit trop mordant, ils décidèrent à regret de quitter la pièce. Ils s'habillèrent, puis, main dans la main, descendirent à tâtons l'escalier.

Lorsqu'ils atteignirent la porte d'Ellen, Liam prit la jeune femme dans ses bras et l'embrassa longuement avant de se résoudre à la laisser. Elle attendit pour rentrer chez elle que le bruit de ses pas se soit éteint, refusant d'écouter la petite voix têtue qui, au fond d'elle-même, l'alertait du danger que courait son cœur.

Son cœur, qui ne demandait qu'à battre de nouveau.

17

Liam ne s'était jamais senti aussi désarmé, aussi vulnérable. Rien de pire n'aurait pu lui arriver. Il aurait dû fuir à toutes jambes, se cacher en attendant le bal de ses cousins, mais il ne pouvait s'empêcher de revenir sans cesse sur les lieux de son délicieux supplice.

Il était avant tout un soldat, tout entier dévoué au service de son pays et de son roi, et jamais, au grand jamais, il n'aurait cru possible de tomber amoureux.

Et c'était pourtant ce qui lui était arrivé. Il ne s'appartenait plus, était incapable de se raisonner, n'avait plus aucune volonté propre. Mais comment résister ? Comment renoncer à pareille félicité ? Comment ne pas succomber aux charmes d'une femme comme Ellie, même s'il savait qu'une fois sa mission accomplie, il devrait retourner en Écosse.

Il lui fallait aussi penser à sa carrière. On lui avait proposé le commandement d'une compagnie dans le prestigieux régiment de Gordon, et il n'avait pas encore donné sa réponse. S'il acceptait, son départ ne serait qu'une affaire de mois, de semaines peut-être. Il devait également songer à sa famille. S'il ne parvenait pas à s'emparer de la statuette, ils seraient obligés de vendre Talla Dileas. Le sort des siens reposait sur ses épaules, et il ne voulait pas les décevoir. Et maintenant, il y avait Ellie, sa douce, sa divine Ellie, aussi délicate que les roses qu'il allait cueillir à Hyde Park. Une citadine, une Anglaise de la haute société, élevée dans le luxe et les plaisirs, à mille lieues de la vie qui était celle d'un soldat.

Non, cette incroyable passion, cette tendresse irrépressible qu'il n'avait jamais éprouvées envers un autre être humain ne pouvaient déboucher sur rien de durable. Il ne pouvait bâtir aucun projet d'avenir, et il valait mieux ne plus y penser, vivre au jour le jour. Il aviserait le moment venu.

Farnsworth absent, Agatha n'ayant aucun soupçon, et Follifoot neutralisé avec une pièce d'or, Ellen et Liam furent libres de passer le plus clair de leur temps ensemble, et de s'abandonner à leur amour tout neuf sans se préoccuper des conséquences.

Ils se retrouvaient tous les matins à Hyde Park et se promenaient comme n'importe quel couple, Natalie gambadant autour d'eux. Ils parlaient de tout et de rien, riaient des ridicules de certains promeneurs, admiraient les chevaux et les chiens de race, commentaient les dernières modes.

Tous les soirs, Liam attendait le départ de la gouvernante pour grimper quatre à quatre jusqu'à l'appartement d'Ellie avec le produit de sa chasse du jour. Pendant que la petite dessinait ou jouait à la poupée, ils faisaient rôtir la viande. Au cours du dîner, ils échangeaient des regards et des sourires complices en s'efforçant de répondre de leur mieux au babil de la fillette. Il va sans dire que le moment préféré de Liam, c'était lorsque Natalie, une fois couchée, il se retrouvait seul avec Ellie.

Non pas qu'il ne pensât qu'à *cela* – du moins pas constamment. Il appréciait la compagnie d'Ellie, tout simplement. Ils s'accordaient parfaitement, étaient curieux de tout, découvraient qu'ils partageaient le même amour de la nature, plaisantaient et riaient des mêmes choses. Il lui arrivait de penser que, dans sa grande sagesse, Dieu leur avait donné des caractères et des goûts aussi bien assortis parce qu'il les destinait l'un à l'autre. Mais par-dessus tout, il se réjouissait de découvrir chez sa bien-aimée un penchant pour les plaisirs des sens qu'il n'aurait pas soupçonné.

C'était pour lui un sujet d'étonnement sans nom. Il n'avait jamais eu de relations avec une femme du monde, mais il avait à maintes reprises entendu d'autres officiers discuter de leur vie conjugale et se plaindre de la pruderie de leur épouse. Dans ces conditions, l'intérêt du mariage lui paraissait rien moins qu'évident, et il aurait quant à lui préféré satisfaire seul ses appétits virils.

Il professait qu'il était sain, et même indispensable, d'assouvir les besoins de la chair afin de pouvoir ensuite observer la discipline indispensable à un soldat. Rencontrer une compagne qui paraissait partager cette soif lui semblait donc un miracle extraordinaire. Or, non seulement Ellen était toute disposée à assouvir ses fantasmes, mais elle prenait elle-même des initiatives érotiques qui l'enchantaient.

Ils faisaient l'amour sans retenue, sans fausse pudeur, et toujours avec tendresse. Il aimait Ellie de tout son être, et il voulait garder d'elle autant de souvenirs que son cœur pouvait en contenir.

Il allait de soi que sa compagne partageait ces dispositions. Mais parfois, lorsqu'il la surprenait en train de contempler le feu en silence, perdue dans ses pensées, il lui semblait ne pas la connaître du tout. C'était sans doute le soldat entraîné à rester en permanence sur ses gardes qui se réveillait en lui. Pour la première fois de sa vie, il se prenait à détester cette part de lui-même qui refusait de donner sa confiance. Il devait accepter la jeune femme telle qu'elle était, étouffer cette petite graine de méfiance avant qu'elle n'empoisonne leur relation.

Il se demandait d'ailleurs s'il ne devrait pas y mettre fin, et cesser de voir Ellie, pour lui épargner la douleur de son départ, mais il n'en avait pas la force. Il avait beau se mépriser pour sa faiblesse, il suffisait d'un regard, d'un sourire d'Ellie pour ranimer le brasier qui le dévorait et lui faire oublier tous ses scrupules.

Ce fut dans un de ces moments de félicité d'après l'amour, la veille du bal, qu'il lui demanda de lui raconter son histoire. Il avait gardé le souvenir de sa légèreté quand ils dansaient, de la facilité avec laquelle elle se laissait conduire, et il l'imaginait volontiers virevoltant au bras d'élégants cavaliers au cours de douzaines de réceptions toutes plus somptueuses les unes que les autres. Quand il lui avait proposé de l'accompagner chez ses cousins, elle avait refusé aimablement, mais avec une fermeté qui l'avait intrigué.

— Je ne peux pas laisser Natalie seule. Et puis, venir sans être invitée serait de mauvais goût.

Liam s'était alors rendu compte qu'elle ne sortait jamais, ne voyait personne, n'avait pas de visites. Jusque-là, il avait mis cela sur le compte de son veuvage, mais à présent il voulait en savoir plus : ce qui lui était arrivé, et surtout, ce qu'était devenu le père de la petite.

— Ainsi, tu veux connaître mon passé ? fit-elle. Et pourquoi te le raconterais-je ? Cela changera-t-il quelque chose ?

— Certainement pas ! s'exclama-t-il avec véhémence. Jamais rien ne changera ce que j'éprouve pour toi.

— Ma vie n'a rien d'un conte de fées, l'avertit-elle d'un ton faussement badin.

— Je l'avais déjà deviné, mais tout ce qui te concerne m'intéresse.

— Tu en es vraiment sûr. C'est assez triste, insista-t-elle, ses longs cheveux d'or balayant la peau nue de Liam.

— Si je pouvais pénétrer dans ta jolie petite tête, mon cœur, j'irais explorer les recoins de ta mémoire jusqu'à ce que je sache tout de toi.

— C'est bon, céda-t-elle en riant. Mais je te préviens, tu ne me verras peut-être plus sous un jour aussi favorable ensuite.

S'enveloppant dans le plaid, elle se blottit contre lui.

— Les déboires d'Ellen Frances Farnsworth commencent l'été de ses dix-huit ans. J'étais l'une des débutantes les plus en vue de Londres, expliqua-t-elle sans aucune vanité. On m'invitait à tant de garden-parties, de bals et de soupers que je n'avais pas le temps de respirer. J'étais très courtisée, et j'accueillais d'un bon œil tous les hommages, mais aucun jeune homme ne m'attirait plus qu'un autre. J'aimais la vie, les fêtes et les toilettes, tout simplement.

Le capitaine imaginait sans peine cette jeune Ellie, virevoltant de réception en réception, traînant à sa suite une cohorte de soupirants.

— Cette année, mes cousins Malcolm et Lettie étaient venus à Londres pour la Saison. Je les connaissais peu, car mon père n'était pas en bons termes avec leurs parents, je ne sais plus pourquoi. Ils avaient amené un ami, un certain Daniel Goodman, de Cambridge.

Son beau visage était impassible, mais Liam avait perçu un infime tremblement dans sa voix.

— M. Goodman avait... beaucoup de charme, poursuivit-elle, le regard lointain. C'était le fils d'un savant, et il voyageait beaucoup. Il avait étudié à l'étranger, connaissait le monde alors que je n'avais jamais dépassé la Cornouailles. Il aimait rire, était toujours gai, et dansait à merveille. Il était très beau garçon, toutes les jeunes filles en étaient éprises. À peine avons-nous été présentés que nous avons été irrésistiblement attirés l'un par l'autre.

Liam ne voyait rien d'extraordinaire à cela. À moins d'être le dernier des imbéciles, comment ne pas tomber amoureux d'Ellen au premier regard ? Mais d'entendre de la bouche de sa compagne qu'elle n'était pas restée insensible elle non plus le mettait très mal à l'aise.

— Nous avons commencé à nous voir beaucoup. Nous étions toujours invités aux mêmes réceptions, et nous dansions ensemble le plus souvent possible. J'étais folle de lui, et je croyais qu'il m'aimait.

Le capitaine détestait déjà de toutes ses forces le beau Daniel Goodman. Il lui aurait volontiers tordu le cou s'il l'avait eu sous la main. Et se serait giflé par la même occasion pour avoir voulu connaître la vérité. Pire, les paroles de la jeune femme résonnaient avec une désagréable familiarité à ses oreilles. *J'étais folle de lui, et je croyais qu'il m'aimait...*

— Nous étions tellement épris que nous avons commencé à nous échapper discrètement des fêtes et des bals où nous nous rencontrions. Il se montrait très ingénieux, et fort persuasif. Je ne pouvais rien lui refuser, j'accédais à tous ses désirs avec la fougue et l'ingénuité de mes dix-huit ans. Et... tu penseras ce que tu voudras, mais nous sommes devenus amants.

La voix d'Ellie n'était plus qu'un murmure à peine audible. Une bouffée de jalousie intense submergea Liam. Certes, il n'ignorait pas qu'elle avait eu un homme dans sa vie avant lui, mais il s'était plu à croire qu'il s'agissait d'une relation superficielle, et n'avait jamais imaginé qu'elle ait pu vivre un véritable amour.

— J'étais si naïve, poursuivit-elle. Je voyais le monde à travers ses yeux, je ne pensais plus qu'à lui, je comptais les heures entre nos rencontres. Quand il entrait dans une pièce, j'avais l'impression que le soleil se levait. Je n'imaginais pas mon avenir sans lui, je croyais que nous passerions notre vie ensemble. Sinon, je n'aurais pas été aussi… imprudente.

— Il t'a fait du mal ? Ce sale type t'a…

— *Liam*, murmura-t-elle en une main apaisante sur la sienne. Il ne plaisait pas à mes parents, poursuivit-elle. Mon père ne trouvait pas sa famille assez bien, sans parler de ses revenus… Quant à ma mère, je crois qu'elle ne lui a jamais fait confiance. Je pensais qu'elle ne voulait pas contredire mon père, mais avec le recul, je me rends compte qu'elle avait vu plus clair que moi.

Liam avait déjà deviné la suite, mais il la laissa continuer.

— Malgré les prières de ma mère et les remontrances de mon père, je me refusais obstinément à rompre avec Daniel. Un beau jour, mes parents m'annoncèrent que nous partions à la campagne. Maman ne me cacha pas qu'il s'agissait de nous séparer, et que nous resterions là-bas le temps nécessaire.

» Mais leur plan échoua lamentablement. Je ne mangeais rien, je dormais à peine, je ne pensais qu'à lui du matin au soir. Assise dans ma chambre, je fixais les aiguilles de la pendule en comptant les heures et les minutes. Oh, je faisais bonne figure afin que mes parents n'aient aucun soupçon. Je jouais au croquet, je prenais part à la conversation, même si j'avais l'esprit ailleurs, je jouais du piano, je dansais et chantais après le dîner. Enfin, je faisais tout ce qu'on attendait de moi si bien qu'au bout d'une quinzaine de jours, mes parents décidèrent que j'étais guérie et que nous pouvions rentrer à Londres. Dès notre arrivée, je me précipitais dans ma chambre. Une pile de lettres m'y attendait et, bien entendu, je cherchais d'abord celles de Daniel. Il y en avait une, effectivement, et je m'empressais de la décacheter.

Ses yeux s'emplirent de larmes, et elle dut faire une pause avant de reprendre son récit.

— Mais ce n'était pas la lettre que j'espérais. Il m'expliquait posément que son père était malade et qu'il partait en Belgique pour une durée indéterminée. Il ne disait rien de son amour, ne paraissait pas désespéré, ne montrait aucune intention de mourir à petit feu en attendant de me retrouver.

— Mais... et Nattie ? souffla le capitaine.

Un sanglot secoua Ellen qui fondit brusquement en larmes.

— Comment t'expliquer ? Je ne découvris ma grossesse que deux ou trois semaines après notre retour à Londres. J'essayai par tous les moyens de retrouver Daniel, mais il semblait s'être évaporé. Mon cousin Malcolm ne savait pas où il était. Tout ce qu'il put me dire, c'est qu'il avait quitté Londres brusquement, et n'avait pas donné de nouvelles depuis. J'ai écrit des dizaines de lettres à Cambridge en espérant qu'il finirait par en recevoir une. En vain.

— Tu veux dire que... qu'il n'a jamais su que vous aviez un enfant ?

Ellen secoua la tête.

— Je ne l'ai jamais revu. Je n'ai pas la moindre idée de ce qu'il est devenu.

Liam avait certes compris que Natalie ne connaissait pas son père, mais il avait supposé que celui-ci était mort. Jamais il ne lui était venu à l'esprit qu'Ellie avait eu une liaison illicite et que la petite était une enfant naturelle. Cette révélation le déconcertait, mais elle n'altérait en rien les sentiments qu'il portait à Ellen. En revanche, la piètre opinion qu'il avait des Anglais s'en trouvait confortée.

— Le salaud ! L'ignoble lâche ! s'écria-t-il en bondissant du lit pour arpenter la pièce à grands pas sans se soucier de sa nudité. Si je pouvais lui couper ce qui fait sa virilité... Comment un homme digne de ce nom peut-il compromettre une jeune fille et l'abandonner du jour au lendemain, sachant qu'elle risque d'être enceinte de ses œuvres ?

Évitant son regard, Ellen demeura silencieuse.

— Ellie, ma chérie, je te vengerai, déclara-t-il en s'agenouillant près d'elle. Je jure sur la tombe de mes aïeux que je tuerai de mes mains quiconque t'a fait souffrir !

— Ne rejette pas toute la faute sur lui, Liam, fit-elle à travers ses larmes. Nous étions deux. J'étais consentante, et je ne dois qu'à ma propre stupidité de vivre comme une prisonnière dans la maison de mon père.

— Tu n'es pas une prisonnière ! s'insurgea-t-il.

— Tu vois la vie que je mène ! Tu as bien dû te rendre compte que je n'ai pas d'amis, que je ne vois personne, honnis ma sœur, que je ne vais nulle part. Mon père ne m'a pas pardonné et ne me pardonnera jamais !

Certes, il avait remarqué son isolement, mais sans en comprendre la raison. Seigneur ! Son seul crime était d'avoir aimé un homme qui n'en était pas digne. Elle lui avait fait confiance et s'était donnée à lui. Cette idée le transperça comme un poignard. Il lui prit la main et pressa son front contre son genou.

— Lorsque j'ai compris ce qui m'arrivait, reprit Ellen en lui caressant les cheveux, la Saison battait son plein, et mes parents s'étaient mis en devoir de me trouver un mari à la hauteur des ambitions qu'ils avaient pour moi. Il a bien fallu que je leur avoue la vérité. Mon père est entré dans une colère noire et a déclaré qu'il me reniait, que désormais, je n'étais plus sa fille. Ma mère était anéantie. Elle avait tellement honte qu'elle osait à peine me regarder. Après deux jours d'âpres discussions, mon père m'annonça que le scandale étant trop grand pour que je reste à Londres, j'irais en Cornouailles avec maman. Je protestai avec véhémence. Elle n'aimait pas la campagne, et il n'y avait aucune raison qu'elle supporte les conséquences de ma faute, mais mon père se montra intraitable. Il m'expliqua sans détour qu'il ne me laisserait plus jamais la possibilité de courir la prétentaine avec le premier venu. À partir de ce jour, mes parents n'ont plus jamais partagé la même maison. Natalie est née en Cornouailles, et nous y avons vécu jusqu'à la mort de ma mère. Eva est restée à Londres, mais mon père s'est empressé de la marier au premier prétendant convenable. Elle ne me l'a jamais pardonné, elle non plus.

— S'il te hait à ce point, pourquoi t'oblige-t-il à vivre ici ?

— Je n'en sais rien. Quand maman est morte, il m'a fait venir ici. J'espérais qu'avec le temps, sa colère se serait apaisée, mais je me trompais ; sa rancune était encore plus vive. Il me hait de toute son âme, Liam, et s'il ne me jette pas à la rue, c'est uniquement par peur du qu'en-dira-t-on. Il préfère supporter ma présence plutôt que courir le risque que… que je le déshonore de nouveau. Et ma pauvre petite fille… Tu as vu ce qu'elle devient, sanglota-t-elle.

— Tu es adulte, Ellie. Pourquoi ne pas partir ?

— C'est bien ce que je compte faire. Un jour… Mon père me donne à peine de quoi vivre, et je n'ai aucun revenu personnel. J'économise sou après sou, et dès que j'en aurai assez, j'emmènerai Natalie dans un endroit où elle pourra vivre normalement sans avoir à payer pour mes fautes passées ! En attendant…

S'il en avait eu les moyens, Liam aurait mis le monde à ses pieds. Mais il n'était qu'un soldat, et sa maigre solde était immédiatement engloutie par les dettes familiales. Tout ce qu'il pouvait faire, c'était la prendre dans ses bras.

Ils finirent par s'endormir, enlacés, perdus dans leurs soucis respectifs.

Il se réveilla un peu avant l'aube, seul.

18

Cette évocation du passé avait épuisé Ellen. Depuis des années, elle remâchait ses souvenirs et se confier, même à Liam, lui avait coûté plus qu'elle ne s'y attendait. Elle l'avait laissé profondément endormi pour regagner ses appartements, et s'était effondrée sur son lit, sombrant dans un sommeil sans rêve jusqu'à ce que Natalie fasse irruption dans sa chambre.

— Maman, tu n'es pas encore levée ! se plaignit la petite.

— Je ne me sentais pas très bien, expliqua-t-elle, et ce n'était pas un mensonge. Tourne-toi, ta robe est boutonnée de travers.

— Mais tu vas mieux, maintenant ? Le capitaine Lockhart est monté prévenir qu'il nous emmenait en pique-nique. Et il va m'apprendre à pêcher !

— Voyez-vous ça !

— Il dit que les poissons ne sont pas aussi gros qu'en Écosse, et qu'ici ils nagent tous en surface, alors ce ne sera pas difficile, mais on s'amusera quand même. Il faut traverser les jardins de Vauxhall.

— Cela fait des années que je ne suis pas retournée là-bas. Va vite enfiler tes souliers, tu ne peux pas aller à la pêche en pantoufles ! Attends-moi dans ta chambre, ajouta-t-elle tandis que sa fille se ruait vers la porte. Je viendrai te chercher dès que je serai prête.

La fillette acquiesça et sortit en chantonnant. Ragaillardie par la gaieté de sa fille, Ellen ouvrit les rideaux et offrit son visage à l'éclatant soleil d'automne. Liam avait le don d'égayer chacune de ses journées, de lui communiquer sa chaleur, sa combativité et son énergie ! Elle ne regrettait pas de lui avoir confié le secret de la naissance de Natalie. S'il y avait une personne au monde à qui elle pouvait se fier, c'était bien lui.

C'était un noble cœur, et un véritable gentleman. Elle avait craint qu'il ne la rejette, qu'il la considère comme une traînée, mais il n'était pas homme à juger sur les apparences, ni à se soucier des conventions.

Elle avait volontairement couru le risque de le perdre, sans bien comprendre pourquoi, mais elle tenait par-dessus tout à se montrer telle qu'elle était, à ne rien lui cacher de ses sentiments, passés ou présents, ni de ses désirs. Il était trop tard pour revenir en arrière, à présent, mais il lui avait paru plus compatissant que choqué, et il venait de les inviter à un pique-nique.

Il n'y avait rien de mieux qu'une promenade par une belle journée pour chasser les démons du passé.

Le capitaine les attendait au coin de Belgrave Square. La fillette se précipita à sa rencontre pour lui montrer ses bottes fourrées. Il s'extasia comme il fallait, mais son sourire s'élargit encore à l'arrivée d'Ellie, et ses yeux verts s'illuminèrent.

— Tu es ravissante ! déclara-t-il. Tu ferais perdre la tête au plus rigide des puritains.

À vrai dire, elle avait choisi sa tenue de ville la plus élégante, même si elle datait de l'année passée : un manteau de velours marron à broderies vieil or avec un col de fourrure. Liam lui offrit le bras, et tendit la main à la petite.

— Eh bien, il n'y a pas un homme au monde mieux accompagné que moi, déclara-t-il avec entrain.

Cette remarque acheva de rassurer Ellen. Effectivement, il n'aurait pas semblé plus fier s'il avait escorté la reine d'Angleterre et la princesse de Galles.

Ils parcoururent longuement les allées de Vauxhall Gardens. Natalie courait en avant, revenait périodiquement s'assurer qu'ils suivaient bien, avant de repartir comme une flèche. Il faisait un temps splendide, juste assez frais pour donner des couleurs aux nombreux promeneurs.

— Venez voir, venez voir ! s'écria la fillette, hors d'haleine, en accourant à toutes jambes.

Elle s'empara de la main de Liam et les entraîna vers une pelouse un peu à l'écart. Au milieu se dressait une sorte d'épouvantail, à la tête faite d'une citrouille. Sur son vieil habit était épinglé un cœur de tissu rouge. Un grand escogriffe vêtu d'un manteau vert discutait, à grand renfort de gesticulations, avec quatre messieurs élégants, tandis qu'une petite foule commençait à s'assembler. L'homme en vert compta trente pas à partir de l'épouvantail et fit une marque sur le sol, où vinrent se placer les quatre messieurs.

— Que font-ils ? demanda Ellen avec curiosité.

— C'est un jeu d'adresse, expliqua Liam en indiquant le poignard que le bateleur brandissait vers l'assistance.

— On peut aller regarder ? supplia Natalie tandis que le forain passait dans la foule en tendant son chapeau.

— Le vainqueur partage les gains avec l'homme au manteau vert, reprit le capitaine tandis qu'ils s'approchaient.

Le premier des concurrents se planta face à l'épouvantail, le poignard à la main. Mais il manqua largement son but, sous les quolibets des spectateurs.

— Ils sont trop loin de la cible, commenta Liam. Ils manqueraient un éléphant à cette distance.

Il avait raison, aucun des trois autres postulants ne put faire mieux. Le saltimbanque se mit en quête d'autres candidats, tandis qu'un vendeur proposait des rafraîchissements.

L'homme en vert empocha la recette et fit de nouveau circuler le chapeau. Un jeune homme se jeta à l'eau avant d'échouer lamentablement.

— Alors, personne ne veut plus tenter l'aventure ? Vous, monsieur, vous m'avez l'air capable d'abattre un moineau à trente pas ! s'écria-t-il en avisant Liam.

— Bien sûr, que j'en suis capable, rétorqua le capitaine. Encore faudrait-il une récompense qui en vaille la peine.

— Moitié-moitié, mon prince ! déclara l'homme en vert en faisant tinter le chapeau. Il y a là plus de trente livres !

— C'est une belle somme, admit Liam, mais ce n'est pas suffisant.

La foule s'écartait déjà pour les laisser face à face.

— Ça ne vous suffit pas ? Que voulez-vous de plus, mon bon monsieur ?

— C'est un beau prix, mais ce n'est pas le plus beau. Il faut le baiser d'une dame pour récompenser un défi aussi difficile.

La foule applaudit avec enthousiasme, tandis qu'Ellen rabattait prudemment son chapeau pour cacher son visage.

— Liam, qu'est-ce qui te prend ? chuchota-t-elle.

— Je veux gagner ton cœur, ma mie.

— Qu'est-ce que vous en dites, mademoiselle ? demanda l'habit vert, la main sur le cœur.

— Oh, maman, dis « oui » ! supplia Natalie, aux anges.

La jeune femme glissa un regard oblique à son compagnon. Il lui adressa un sourire enjôleur, et elle se sentit aussitôt d'humeur badine. L'air taquin, elle se tapota le menton, comme si elle pesait le pour et le contre.

— Et si vous échouez, qu'est-ce que je gagnerais, moi ?

— Voilà une excellente question, rétorqua Liam, une lueur diabolique dansant au fond de ses yeux verts. Si je manque la cible, je vous donnerai la médaille que j'ai gagnée sur le champ de bataille.

La foule, ravie, hurla son approbation. Il n'y avait plus moyen de reculer.

— Marché conclu, acquiesça Ellen en lui tendant la main. Si vous réussissez, je vous devrai un baiser.

Tandis que le capitaine s'approchait de la cible, les spectateurs lui emboîtèrent le pas. Ellen les imita, tout en jetant un coup d'œil à sa fille qui trépignait d'excitation. Elle s'amusait comme une folle, et sa mère aussi. Elle ne s'était pas sentie aussi gaie, ni aussi libre depuis des années. Sans plus réfléchir, elle s'empara du poignard et, rose de confusion sous les applaudissements, le tendit à l'officier après une profonde révérence.

— Tu vas voir comment s'y prend un Écossais pour gagner le cœur de sa belle.

Il leva lentement le bras puis, vif comme l'éclair, lança le couteau, qui se ficha en plein cœur de la cible.

L'assistance cria sa joie et, sur l'air des lampions, réclama le baiser promis. La petite n'était pas la moins véhémente.

Avec un sourire triomphal, Liam se tourna vers Ellie.

— Je… je ne pensais pas que tu y arriverais, balbutia-t-elle en reculant d'un pas.

— Je sais bien !

Sans lui laisser le temps de s'écarter, il lui prit le poignet, l'attira à lui et l'embrassa avec toute la fougue d'un vainqueur, sous les vivats des spectateurs. Au bout d'une éternité, il la relâcha enfin, la laissant tout étourdie.

— *Ellen ?*

La jeune femme pivota vivement, et se retrouva nez à nez avec sa sœur, flanquée de son fils et de son mari, tous trois bouche bée.

— Ellen, que fais-tu ? siffla Eva en lorgnant Liam, qui empochait ses quinze livres.

— Je… Nous sommes venus pique-niquer, bégaya-t-elle, d'une voix tremblante qui trahissait son affolement.

— Qui est ce *nous* ? répliqua sa sœur d'un ton impérieux.

— Natalie et moi, bien sûr. Et le capitaine Lockhart.

— Je te demande pardon, mais est-ce que nous avons déjà eu l'occasion de rencontrer le capitaine Lockhart ?

— Je ne pense pas avoir eu le plaisir de faire votre connaissance, madame, déclara Liam en posant une main protectrice sur l'épaule de la petite.

— Vous êtes *écossais* ? s'étrangla Eva, comme s'il s'agissait d'une maladie honteuse.

— Mais oui, du loch Chon, précisa-t-il aimablement.

— Le capitaine ne m'a effectivement jamais été présenté, lâcha la péronnelle avec un regard meurtrier pour sa sœur.

C'était incroyable, proprement impensable ! En l'absence de leur père, sa cadette se croyait autorisée à la surveiller, à la juger, à lui dicter sa conduite, à la morigéner comme une gamine ! Ellen s'enfonça les ongles dans la paume pour maîtriser sa colère.

— Permets-moi de te présenter le capitaine Lockhart. Capitaine, puis-je vous présenter lord et lady Diffley. Ma sœur.

— Enchanté de faire votre connaissance, fit Liam en s'inclinant.

— Et où vous êtes-vous rencontrés ? demanda Eva sans répondre à son salut.

— Père a loué un appartement au capitaine.

— *Un locataire ?* s'exclama lady Diffley. Mais tu as perdu l'esprit ?

— Je ne comprends pas ce que tu veux dire...

— Vraiment ? aboya Eva en cherchant assistance du côté de son mari, qui tenait prudemment leur fils à l'écart. Nous parlerons de cela une autre fois, c'est préférable. Au revoir, monsieur, ajouta-t-elle sèchement à l'adresse de Liam.

Bouillant de rage, Ellen regarda sa cadette s'éloigner, drapée dans sa dignité.

— Si je peux me permettre, Ellie, ta sœur m'a tout l'air d'une pimbêche.

C'était peu dire. La jeune femme sentit une chape de plomb s'abattre sur ses épaules. Il lui restait exactement une semaine pour trouver une solution. Dès le retour de Farnsworth, Eva n'aurait rien de plus pressé que de lui raconter leur rencontre, et il les chasserait sur-le-champ, cela ne faisait aucun doute.

Comment ses jambes la portèrent sur le chemin du retour, elle l'ignora. La déception de Natalie, qui ne comprenait pas pourquoi ils avaient dû renoncer à leur partie de pêche, ne fit qu'ajouter à sa détresse.

Par chance, le capitaine s'était abstenu de tout commentaire, mais il attendait visiblement de plus amples explications. Il n'y avait, hélas, pas grand-chose à dire, sinon que de toutes les femmes qui paradaient en ville pour exhiber leur tenue ridicule, Eva était la plus prétentieuse, la plus collet monté, la plus hypocrite, et la plus sotte. Non, décidément, elle n'allait pas se laisser traiter comme une gamine. Du reste, de quel droit sa cadette s'érigeait-elle en censeur des usages et des bonnes mœurs ? Ellen avait repris goût à la vie, et elle n'était pas prête à y renoncer. Elle n'avait rien fait de mal, après tout.

Le pauvre Liam ne savait comment lui redonner le sourire. Une fois arrivés à Belgrave Square, il se retira à regret dans ses appartements afin de se préparer pour le bal.

Si Ellen était encore trop furieuse pour songer à lui souhaiter bonne chance, elle remarqua néanmoins son regard perplexe avant de gravir les marches avec sa fille.

S'il n'avait été pressé par le temps, Liam aurait insisté pour avoir des explications sur la scène qui venait de se dérouler sous ses yeux. Mais il avait d'autres chats à fouetter. Il avait un bal sur les bras, et c'était une corvée sans nom.

Se préparer sans l'aide d'Ellie ne fut pas une mince affaire, même avec la collaboration maladroite de Follifoot. Mais une fois en route, après avoir eu droit à un sourire approbateur du valet de chambre, il eut hâte d'en finir.

Pour gagner du temps, il se permit de prendre un fiacre. La couronne qu'il donna au cocher fut accompagnée d'une grimace douloureuse, mais au moins il n'avait pas sali ses souliers vernis.

Une fois arrivé chez ses cousins, il tendit son invitation au valet de pied, imitant les autres invités. Il attendait qu'on veuille bien l'annoncer lorsqu'un boulet de canon surgit sur sa droite.

— Cousin ! s'exclama Nigel. Viens avec moi, il faut absolument que tu fasses la connaissance de ma sœur Barbara !

Visiblement, il avait déjà fait honneur aux boissons du buffet, et lui emboîter le pas était encore le meilleur moyen pour Liam de ne pas se faire remarquer. Et puis, on ne faisait pas attendre une demoiselle Lockhart, surtout de la branche anglaise ! Entraîné par son parent, il fendit la foule compacte. Trois cents personnes au bas mot se pressaient dans les salons, et la vaste demeure lui parut beaucoup moins spacieuse que lors de sa précédente visite.

Tranchant sur les habits sombres des messieurs, les tenues des dames resplendissaient. Les broderies d'or et d'argent des corsages et du bas des jupes étincelaient sur les soies et les satins pastel. Les longues écharpes de mousseline aérienne virevoltaient tels des papillons sur les épaules découvertes. Les coiffures aux boucles compliquées s'entremêlaient de perles, de plumes, de rubans tressés. Même les délicats escarpins qui chaussaient les pieds minuscules s'enrichissaient de perles ou de paillettes. Liam craignit d'écraser ces fragiles souliers, et il se promit d'éviter de danser, la valse en particulier.

Les hommes portaient tous le même costume que le sien, redingote à queue-de-pie, gilets blancs et cravates assorties, si serrées que leurs têtes semblaient prêtes à sauter comme des bouchons de champagne. Il était reconnaissant à Ellie de lui avoir fait endosser les vieux habits de son oncle, même s'ils le serraient un peu. Ainsi, il passait inaperçu.

Son cousin le conduisit d'un pas incertain jusqu'au salon où ils avaient pris le thé. On avait repoussé les meubles le long des murs et dressé de petites tables rondes autour desquelles les convives dégustaient gaiement un breuvage brun-rouge.

— Veux-tu un punch pour te mettre en train ? proposa Nigel.

Liam n'avait pas la moindre idée de ce que contenait cette boisson, mais il avait appris à se méfier des spécialités anglaises, et il refusa poliment.

— Tu as raison, approuva son cousin. Il faut se réserver pour les choses sérieuses. Bon sang, où est donc ma sœur ? Elle a hâte de faire ta connaissance, tu sais.

Liam avait une bonne tête de plus que les autres, ce qui lui permit de repérer bien avant son parent un groupe de jeunes filles où il reconnut la demoiselle Lockhart sans difficulté. La malheureuse ressemblait à son frère comme deux gouttes d'eau ; elle avait à peu près la même corpulence et le même nez en pied de marmite.

— Babs, mon chou ! fit Nigel, qui avait réussi à se frayer un chemin jusqu'à sa sœur. Laisse-moi te présenter notre cousin, le capitaine Liam Lockhart.

Barbara tendit sa main gantée jusqu'au coude, où brillait un diamant gros comme un œuf de pigeon. Liam s'inclina cérémonieusement en déclarant que c'était un réel plaisir de faire sa connaissance.

La cousine accueillit le compliment avec un gloussement flatté et plongea dans une révérence aussi profonde que le lui permettait son tour de taille.

— Je suis ravie de vous rencontrer enfin, roucoula-t-elle en battant des cils et de l'éventail. Mon frère ne cesse de chanter vos louanges !

— Il est trop aimable.

— Nigel, mon trésor, je suis certaine que tu meurs de soif. Va donc te désaltérer, je me ferai un plaisir de m'occuper de notre cousin, intima-t-elle en glissant sa main potelée sous le bras de l'officier. Je sais que votre famille s'est conduite d'une façon inqualifiable, mon frère m'a tout raconté, chuchota-t-elle après s'être assurée que personne ne les écoutait. Mais il ne vous a pas vraiment rendu justice.

— Je vous demande pardon ?

— Il ne m'avait pas dit que vous étiez aussi beau garçon ! s'exclama-t-elle en lui assenant sur le bras un coup d'éventail tellement sec qu'il sursauta.

À son corps défendant, Liam se sentit rougir.

— Oooh, mais c'est que vous êtes timide ! gloussa Barbara, aux anges.

Au grand dam du capitaine, sa cousine mit un point d'honneur à l'escorter et à le présenter à toutes ses amies. Tous ces jolis visages se superposaient dans une sorte de brume confuse. La plupart de ces demoiselles parurent effrayées par son visage balafré, à l'exception notable d'une jolie brune aux grands yeux ambrés. Elle fut d'ailleurs la seule à paraître s'alarmer de la sollicitude de sa cousine.

— Vraiment, ma chère, votre cousin semble épuisé. Vous devriez lui accorder un peu de répit après ce tourbillon de présentations que vous lui avez imposé, remarqua-t-elle tranquillement en dévisageant Liam sans la moindre gêne.

— Je vous remercie de votre sollicitude, rétorqua Barbara, dressée sur ses ergots, mais je peux vous assurer que le capitaine est *enchanté* des rencontres qu'il a eu la bonne fortune de faire ce soir.

Mais Anna Addison, la jeune fille brune en robe vert amande, n'était pas fille à se laisser démonter facilement.

— Je vous avoue, capitaine Lockart, que je n'ai jamais vu un homme « enchanté » avoir l'air aussi mal à l'aise.

— Vraiment, mademoiselle ? fit Liam, qui ne savait plus où se mettre.

— Ainsi vous êtes écossais ! Dieu que c'est exotique ! ironisa-t-elle avant de rejoindre un groupe d'amies.

Il était temps pour lui de s'arracher aux attentions de sa cousine, avant de devenir la risée de l'assistance tout entière. Il cherchait le moyen de s'esquiver lorsque résonnèrent les premières mesures d'un quadrille.

— Oh, quelle chance ! Je vais ouvrir le bal avec mon cher cousin ! s'exclama Barbara suffisamment haut pour que tout le monde l'entende.

Décidément, cette réception ne promettait au capitaine Liam Carson Lockhart que des humiliations. Du moins le croyait-il.

Il détestait le quadrille, et il savait qu'il avait toutes les chances de se retrouver les quatre fers en l'air sur le parquet ciré, pour contempler à son aise les visages hilares de ces maudits Anglais. Il ne lui resterait plus qu'à armer son pistolet et à les tuer tous. Malheureusement, il n'avait pas pensé à emporter son arme.

Mais il possédait des ressources qu'il était loin de soupçonner.

Comme par miracle, dès qu'il se fut incliné devant Barbara, ses pieds se mirent en mouvement d'eux-mêmes, et il tournoya, plongea, virevolta autour des dames comme s'il avait fait cela toute sa vie. Plus étonnant encore, sa cousine demanda grâce à la fin de la danse. Ravi, Liam l'escorta jusqu'à un siège où elle s'effondra, à bout de souffle. Il poussa la sollicitude jusqu'à lui apporter un rafraîchissement, et parvint enfin à s'échapper… pour pratiquement tomber dans les bras de Mlle Addison, qui lui barrait le passage.

— Vous vouliez sans doute savoir si mon carnet de bal était plein, suggéra-t-elle d'un air narquois.

Il y avait au moins deux douzaines de candidats au bord de la piste de danse. Pourquoi lui ?

— Si vos pieds vous démangent, soupira-t-il d'un ton résigné.

Cette invitation rien moins qu'enthousiaste fit hausser les sourcils à la jeune fille, mais elle lui tendit néanmoins sa main gantée.

Il la conduisit sur la piste où l'on attaquait une polka et se tira sans trop de mal des premières figures, mais la surveillance sourcilleuse de sa cavalière l'empêchait de se concentrer si bien qu'il fit quelques faux pas.

— Vous n'avez pas dansé depuis longtemps, n'est-ce pas ? remarqua-t-elle.

— En effet.

— Je me méfie toujours un peu des hommes qui ne dansent pas, avoua-t-elle en virevoltant gracieusement. J'en arrive à me demander s'ils ne vivent pas dans une caverne pour ne faire à ce point aucun cas de la société.

— Ah, oui ? Eh bien, moi, je me méfie des femmes qui parlent trop. Un babil incessant trahit souvent une tête vide.

— Votre conversation est pleine de charme et d'amabilité, répondit-elle avec un sourire gracieux. Où vous êtes-vous fait cette cicatrice ?

— Dans ma caverne.

Anna Addison rit de bon cœur à cette repartie bien sentie et, à la fin de la danse, Liam était parvenu à la conclusion que les mondanités ennuyaient la jeune fille autant que lui, et qu'elle ne cherchait qu'à se distraire. Elle avait besoin de goûter à la *vraie* vie, songea-t-il. Pas à la vie de salon.

Après avoir ramené sa cavalière auprès de ses amies, Liam dansa encore deux valses et un autre quadrille avant de réussir à échapper aux débutantes qui faisaient cercle autour de lui et à se frayer un chemin hors de la salle de bal.

Le couloir était envahi de petits groupes en grande conversation, de couples et de jeunes femmes à la recherche de cavaliers.

Beaucoup, surtout les hommes, n'hésitaient pas à le dévisager, intrigués par sa cicatrice. Calquant son attitude sur ce qui semblait l'usage local, il croisa les mains derrière le dos, et se dirigea vers l'escalier d'un pas désinvolte. Il avait parcouru toutes les pièces du rez-de-chaussée avec sa cousine, et avait pu constater que la statuette ne s'y trouvait pas.

Restaient à explorer les étages supérieurs. Mais comment s'y rendre sans attirer l'attention ? Que faire si on l'arrêtait ou si on lui posait des questions ? Mieux valait peut-être essayer d'entrer par une fenêtre. Un treillage, un arbre, ou même une haie lui suffiraient. Il était plongé dans ses réflexions quand on lui frôla le bras. Flanquée de deux autres jeunes filles, Mlle Addison le considérait d'un œil ironique.

— Vous semblez fort perplexe, capitaine.

— Vraiment ? fit-il, laconique, priant le ciel qu'elle consente à le laisser tranquille.

— Nous nous rendions aux lavabos. Peut-être cherchiez-vous ceux des messieurs ? hasarda-t-elle. Je vous montre le chemin, si vous le souhaitez.

Ses compagnes sursautèrent devant une telle audace, mais cela n'était pas pour déplaire à Liam. Et surtout, l'idée que la demoiselle allait le conduire à l'étage le séduisit immédiatement.

— Ce serait très aimable de votre part, fit-il avec un large sourire.

— Dans ce cas, suivez-nous, c'est à côté de notre vestiaire, déclara-t-elle en s'engageant d'un pas décidé dans l'escalier.

Ses amies montèrent à sa suite en jetant des regards timides à Liam par-dessus leur épaule.

Il leur emboîta le pas, s'arrêta devant la porte qu'Anna lui désigna, la remercia d'un sourire et attendit que toutes trois aient disparu dans la pièce réservée aux dames pour poursuivre son chemin, l'air de rien.

Il entrebâilla sans bruit une à une toutes les portes, mais les pièces étaient plongées dans la pénombre si bien qu'il ne vit rien. Il disposait d'un quart d'heure tout au plus avant que sa cousine ou son encombrante amie s'inquiètent de sa disparition. Cela lui laissait peu de temps pour fouiller une douzaine de pièces obscures.

Après s'être assuré que le couloir était désert, il se glissa discrètement dans la chambre du fond. Il faisait noir comme dans un four. À tâtons, Liam finit par mettre la main sur un bougeoir et un briquet. Un secrétaire marqueté, une méridienne et des fauteuils moelleux meublaient une sorte de boudoir surchargé de moulures et de girandoles. Décidément, la branche anglaise avait un goût prononcé pour les fanfreluches et le luxe tapageur.

Il inventoria rapidement les bibelots disposés çà et là, mais ne trouva nulle trace de la statuette tant convoitée. Une porte de communication était dissimulée dans la tapisserie. Il y colla l'oreille et, jugeant que la voie était libre, pénétra dans un deuxième boudoir. Les Anglaises de la bonne société devaient décidément beaucoup bouder.

Levant bien haut sa bougie, il parcourut la pièce du regard, mais ne trouva rien d'intéressant. Le décor était moins chargé ici, les meubles plus sobres. Il s'apprêtait à sortir lorsqu'il entendit des voix dans le corridor. Le cœur battant, il les écoutait s'éloigner lorsqu'il remarqua un cabinet chinois. Nulle part dans la maison il n'avait vu ce genre de bahut. Il tourna la poignée, en vain. Il était verrouillé.

Étouffant un juron, il sortit de son bas la dague qui ne le quittait jamais. Aucune serrure ne pouvait lui résister, et celle-ci céda si facilement qu'il sursauta quand la porte s'ouvrit en grand.

Elle était là, devant lui.

Sa face bestiale brillait d'un éclat sauvage à la flamme tremblotante de la chandelle, au milieu d'autres objets d'un goût douteux. C'était bien la statuette qu'il avait si souvent contemplée dans les vieux livres ancestraux. Les yeux et la bouche de rubis, démesurés pour un si petit objet, étincelaient d'une lueur sanglante. Les pattes griffues, repliées sur la poitrine, semblaient menacer d'une mort atroce celui qui oserait s'en emparer.

— Qu'avez-vous trouvé de si intéressant ? Vous paraissez absolument fasciné.

Par miracle, Liam réussit à ne pas lâcher la bougie. Il glissa prestement son poignard dans sa manche avant de pivoter sur ses talons pour décocher un sourire enjôleur à Anna Addison.

— Vous n'imaginez pas à quel point.

19

Dans le fiacre qui le ramenait à Belgrave Square, Liam se félicita de sa présence d'esprit. Il ne pouvait nier qu'il avait éprouvé un instant de panique en découvrant Anna Addison dans l'encadrement de la porte, mais il s'était vite ressaisi. Il avait si bien embobiné la jeune fille qu'elle n'avait pas pu remarquer le cabinet grand ouvert, il en était certain.

C'était la seule chose qui le chiffonnait. Il n'avait pas eu le temps de le refermer. Enfin, inutile d'en faire une montagne. Quand on s'en apercevrait, il y aurait plus de trois cents suspects, à supposer qu'on ne mette pas cette négligence sur le compte d'un domestique. Et comme rien ne manquait, l'incident serait vite oublié. Ainsi, lorsqu'il aurait accompli sa mission, si jamais on s'apercevait de l'absence de la statuette, ce dont il doutait fort, il n'y avait qu'une chance extrêmement mince pour que Mlle Addison, au cas fort improbable où on lui demanderait quoi que ce soit, se souvienne d'avoir vu l'armoire béante.

En fait, il était convaincu qu'elle ne se souviendrait de rien, en dehors du baiser qu'il lui avait donné. Il ne s'était jamais considéré comme un don Juan, mais la surprise combinée à l'incongruité d'embrasser dans le noir une jeune fille qu'il venait à peine de rencontrer, alors que le Tout-Londres se pressait dans la maison, les avaient laissés tous deux un peu haletants.

L'insolence pleine de bravade de Mlle Addison avait fait place à une douce rêverie. Afin de la garder dans ces bonnes dispositions, il l'avait prestement emmenée dans la salle de bal et entraînée dans une valse langoureuse, admirant dans un chuchotement son sourire ensorcelant et l'éclat de son regard d'opale. « Votre peau a la blancheur du lait maternel », était-il allé jusqu'à murmurer. Il était particulièrement fier de cette comparaison, qui lui paraissait très poétique, même s'il ne savait pas exactement ce qu'il avait voulu dire. En tout cas, elle avait paru très flattée du compliment. Si après tout ça elle n'avait pas complètement oublié le cabinet laqué, il voulait bien être pendu.

Prendre congé n'avait pas été chose facile, mais heureusement, Nigel avait eu la bonne idée d'emmener ses amis faire la tournée des clubs, et il s'était joint à leur petit groupe. Il avait laissé sa cousine Barbara et Anna lui souriant tendrement, chacune à un bout de la salle de bal.

Une fois dehors, il avait discrètement bifurqué au coin de la rue pour chercher la fenêtre du boudoir au cabinet chinois. Visiblement, la chance était avec lui, car un solide treillage s'élevait le long du mur de brique. Il n'aurait pas été plus heureux si on lui avait dressé une échelle jusqu'au premier étage...

Il arriva à Belgrave Square d'excellente humeur. La maison, aussi sombre et silencieuse qu'un mausolée, paraissait encore plus triste après la gaieté de la réception. Dans ses appartements, il se défit en hâte de ces habits de cérémonie qui l'engonçaient, enfila une chemise et une culotte de peau, et entreprit d'écrire à sa famille.

Chère mère,

J'ai assisté au bal donné par nos cousins. Il y avait un monde fou, ce qui n'est pas idéal pour la santé, mais c'est l'usage chez les Anglais. J'ai les yeux rouge rubis à cause de la fumée, et je suis impatient de rentrer afin de retrouver l'air pur des Highlands.

Affectueusement,

L.

Il cacheta la lettre en fredonnant et consulta sa montre. Il était 2 heures du matin, mais il était trop excité par toutes ces aventures pour envisager de dormir. Son expédition touchait à sa fin, il ne lui restait plus qu'à trouver le moment opportun pour s'introduire chez ses cousins et s'emparer de la statuette. Ce qui ne serait pas bien difficile.

Sauf que l'exécution de sa mission signifiait aussi son départ. À cette pensée, sa bonne humeur s'évanouit d'un coup.

Il lui faudrait aussi quitter Ellie...

Il l'aimait, comme il n'avait jamais aimé personne avant elle. En sa compagnie, il avait l'impression de toucher au port, d'avoir trouvé la place qui lui était destinée. Jamais il n'avait éprouvé un tel bonheur, une telle légèreté. Rien que de penser à elle, son cœur se mettait à chanter.

Oui, il l'aimait de toute son âme, mais l'emmener avec lui était une autre histoire. Comment imaginer qu'elle allait faire ses malles et le suivre Dieu seul savait où, selon les aléas de sa carrière militaire ? Que faire en cas de guerre ? Elle ne pouvait pas le suivre sur les champs de bataille ! Et il ne pouvait lui offrir à Talla

Dileas le confort auquel elle était habituée, malgré la vie ascétique que lui imposait Farnsworth.

Il ne pouvait pourtant pas non plus l'abandonner aux mains de ce père indigne qui la haïssait. Si seulement il avait un peu d'argent à lui ! Mais il envoyait l'intégralité de sa solde à sa famille, qui en avait bien besoin. Lorsqu'ils auraient vendu la statuette, il pourrait peut-être envoyer de l'argent à Ellen, mais ça ne serait pas suffisant pour lui offrir cette liberté dont elle rêvait.

Il ne savait comment résoudre ce dilemme, et décida qu'il s'y attaquerait le moment venu. En attendant, il mourait d'envie de raconter sa découverte à sa bien-aimée.

Elle dormait profondément, bien entendu. Liam demeura un long moment au pied du lit, à écouter sa respiration régulière, à admirer sa longue chevelure dorée et l'ovale délicat de son visage. Les lèvres entrouvertes dans une ébauche de sourire, elle paraissait perdue dans un songe apaisant. Pauvre amour, il aurait tellement voulu réaliser tous ses rêves.

Doucement, il s'agenouilla près d'elle pour caresser sa joue veloutée. Elle sourit dans son sommeil et s'étira langoureusement.

— Ellie, réveille-toi, murmura-t-il en déposant un baiser sur son front.

— Liam ? fit-elle d'une voix ensommeillée. Que fais-tu ici ? Tu n'es pas au bal ? Tu devais danser, ajouta-t-elle en refermant les yeux.

Il s'allongea à ses côtés et lui caressa les cheveux.

— J'ai beaucoup dansé, et très bien, tu aurais été fière de moi. Je ne pouvais pas attendre demain pour te raconter, poursuivit-il d'une voix fébrile.

— Raconter quoi ?

— J'ai trouvé la statuette !

Cette fois-ci, la jeune femme se réveilla pour de bon. Elle ouvrit grands les yeux et s'appuya sur le coude.

— Tu l'as trouvée ? répéta-t-elle, sidérée.

Liam s'installa confortablement, les mains croisées sous la nuque, ménageant ses effets.

— Alors ? le pressa-t-elle. Raconte-moi ! Où était-elle ?

— Dans un salon du premier étage.

— Posée sur un meuble, tout simplement ?

— Non, quand même pas. Elle était dans un cabinet chinois fermé à clé.

— Et ensuite ?

— Comment ça, ensuite ?

— À quoi ressemble-t-elle ?

— Elle est affreuse. Je n'ai jamais rien vu d'aussi laid, je t'assure !

— Et les rubis ?

— Ils y sont tous.

— Tu crois qu'ils ont de la valeur ?

— Bien sûr. Et plus que nous l'espérions, je parie.

— Elle est facile à transporter ?

— Elle mesure une vingtaine de centimètres tout au plus.

Ellen sauta à bas du lit et se mit à arpenter la chambre de long en large en se tapotant pensivement le menton.

— Il faut réfléchir soigneusement. Maintenant que tu sais où elle est, comment s'en emparer ?

— Ne t'inquiète pas, fit Liam en riant de la voir aussi excitée. Je sais comment m'y prendre.

— Mais comment comptes-tu entrer ?

— Il y a un treillage juste sous la fenêtre. Et elle est située sur le côté de la maison, si bien qu'on ne me verra pas.

— Et si la fenêtre est fermée de l'intérieur ?

— C'est trop haut. Personne ne se donne la peine de verrouiller les fenêtres dans les étages. Et ne te fais pas de souci pour le cabinet chinois, le forcer a été un jeu d'enfant.

— Comment as-tu fait ?

— J'ai un peu farfouillé avec la pointe de mon poignard, et la porte s'est ouverte toute seule. C'est une vieille serrure, tu sais.

Ellie détourna un instant les yeux, l'air soudain lointain. Lorsqu'elle regarda de nouveau Liam, son expression était si sombre qu'il en frissonna.

— À quoi penses-tu ? demanda-t-il doucement.

— Dès que tu auras récupéré cette statuette, tu partiras, murmura-t-elle.

Sans répondre, il lui tendit la main.

Elle vint s'allonger à côté de lui. Une vague de désespoir les submergea, les séparant plus sûrement que n'importe quel océan. Enfin, Ellie se pencha vers lui pour couvrir son visage et son cou de baisers, avec une telle ardeur et une telle tendresse que Liam se sentit comme ensorcelé, le corps vibrant de passion.

C'est alors qu'Ellen lui mordit la lèvre. Si brutalement qu'il en sursauta.

L'attrapant par les épaules, il la plaqua sur le lit. Elle ne feignit même pas d'être contrite. Bien au contraire, avec un sourire triomphal, elle cueillit du bout du doigt la goutte de sang qui perlait sur la bouche meurtrie de Liam, et la lui montra.

— Ça mérite une punition, chuchota-t-elle.

Ces paroles allumèrent un brasier en lui. La chevauchant, il lui attrapa les poignets et les cloua sur le lit, au-dessus de sa tête.

— Qu'as-tu dit ? s'enquit-il, l'écrasant de tout son poids.

— J'ai dit, cher capitaine, que je méritais une punition, répondit-elle avec une œillade des plus suggestives.

Eh bien, si elle y tenait tant, il ne demandait qu'à la satisfaire. Avec un rire rauque, il s'écarta d'elle, la tira sans ménagement pour l'allonger à plat ventre sur ses genoux et releva prestement sa chemise de nuit.

— Tu veux être punie ? interrogea-t-il sévèrement.

— Oui, acquiesça-t-elle d'une voix suppliante en se retenant de rire.

Elle se souleva légèrement pour lui permettre de glisser la main entre ses cuisses.

— Si tu veux être corrigée, objecta-t-il en introduisant le doigt dans son intimité, il faut me le demander gentiment.

— Punis-moi, s'il te plaît, gémit Ellen en se soulevant pour s'offrir davantage à l'audacieuse caresse. Fais-moi regretter d'avoir été méchante et de t'avoir mordu, haleta-t-elle en s'ouvrant tout grand.

Ce petit jeu avait éveillé la concupiscence de Liam. Il pressa contre lui le ventre d'Ellie, pour bien lui faire sentir que le glaive de la vengeance était prêt. La jeune femme se frotta avec volupté contre l'instrument de son châtiment, tandis qu'il pétrissait avec ardeur sa croupe tendue. Elle ondulait les hanches pour lui signifier silencieusement que, loin de demander grâce, elle en exigeait plus encore, jusqu'à ce que Liam, fou de désir, la pousse à genoux sur le lit en désordre. Tandis qu'il déboutonnait en hâte son pantalon, elle rabattit sa chemise de nuit, lui offrant ses fesses nues, rougies par ses fougueuses caresses. Sans prendre la peine d'achever de se déshabiller, il s'enfonça d'un coup de reins dans sa douce moiteur.

— Implore ma pitié, maintenant, lui souffla-t-il à l'oreille.

— Plus profond, souffla Ellie en se cambrant.

20

Ellen avait fait découvrir à Liam un univers de volupté inconnu de lui. Leur nuit d'amour le laissa épuisé mais grisé, ses désirs les plus secrets pleinement assouvis. Il flottait sur un nuage de félicité, ivre de bonheur… C'était un homme d'action, et il n'avait pas l'habitude de se laisser aller à la rêverie, mais il devait bien reconnaître qu'il trouvait l'état amoureux extrêmement plaisant. Ses pensées revenaient sans cesse à leurs ébats de la nuit passée, ce qui amenait immanquablement sur ses lèvres un sourire béat.

Le seul fait de contempler sa belle, sa sensuelle Ellie le transportait.

Ils passaient le plus de temps possible ensemble. De manière fort prévisible, Nigel se remettait difficilement de ses beuveries, si bien qu'il devait garder le lit quelques jours. Le capitaine aurait pu lui rendre visite, mais l'idée de rencontrer Barbara suffit à l'en dissuader. Il profitait du reste de cette liberté imprévue pour se consacrer à sa bien-aimée. Ils se promenaient dans Hyde Park, allaient prendre le thé, regardaient les boutiques élégantes. Ils osèrent même retourner à Vauxhall Gardens, et Liam offrit à la mère et à la fille un bouquet de violettes pour leur corsage. Ses maigres économies fondaient à vue d'œil, mais il ne s'en souciait guère, puisqu'il n'allait pas tarder à quitter Londres.

Par un accord tacite, ils évitaient d'aborder ce sujet épineux. Ellen y faisait parfois allusion, mais uniquement pour l'interroger sur la façon dont il comptait récupérer la statuette. Cela paraissait beaucoup la préoccuper, et il lui répondait de bonne grâce, avant de changer de sujet. Il ne tenait pas à affronter les incertitudes de l'avenir, et préférait profiter de l'instant présent. Il voulait vivre pleinement leur amour pendant qu'il en était temps. Il avait entrevu le paradis, et n'était pas prêt à redescendre sur terre.

Comme le passé n'avait rien de réjouissant non plus, il ne leur restait comme sujets de conversation que leurs goûts respectifs, et des bavardages sans conséquence. Ils s'entretenaient longuement de tous les livres dont Ellie avait occupé sa solitude, et qui lui venaient pour la plupart de sa mère, grande lectrice elle aussi. Elle lui rapportait les commérages, souvent datés, concernant les personnes rencontrées par Liam chez ses cousins.

En retour, il lui parlait de l'Écosse et de son histoire mouvementée, lui décrivait les paysages des Highlands et le domaine ancestral. Il lui dépeignait les membres de sa famille, l'affection indéfectible de ses parents, lui faisait part de ses soupçons au sujet de Payton Douglas et de Mared, du désir de Griffin de vivre en ville et de faire carrière. Il évoquait affectueusement leurs chiens, leurs chevaux et, bien entendu, le vieux château, berceau des Lockhart.

Quand ils n'étaient pas absorbés par leurs conversations, qu'ils n'étaient pas occupés à jouer avec Natalie ou à préparer une nourriture mangeable, ils faisaient l'amour. Ils y mettaient toute la tendresse qu'ils éprouvaient l'un pour l'autre. Mais si pour Liam c'était une félicité céleste, c'était aussi la plus périlleuse des voluptés. Car ils n'étaient jamais rassasiés.

Regardant un jour Ellie deviser gaiement avec sa fille, le capitaine se demanda soudain avec inquiétude où le mènerait cette passion dévorante. Car plus il voyait la jeune femme, moins il pouvait se passer d'elle. Chaque minute loin d'elle était une véritable torture, et il ne pouvait imaginer une seconde être séparé d'elle à jamais. Il aurait donné un empire pour ne pas avoir découvert la statuette, mais d'un autre côté, il souhaitait s'en emparer au plus vite, et en finir une bonne fois pour toutes.

Une rencontre avec Nigel, maintenant complètement remis de ses excès, rompit cette parenthèse enchantée. Ce dernier entraîna Liam à son club pour une partie de cartes et, au cours de la conversation, mentionna son départ imminent.

— Où vas-tu ? s'enquit le capitaine.

— Je vais passer quelques jours à Bath pendant que ma mère est à la campagne. Tu sais, prendre les eaux et tout le tintouin.

Non, Liam ne savait pas. Personne ne « prenait » les eaux sur les rives du loch Chon.

— Et tu vas prendre ces eaux combien de temps ?

— Mais voyons, d'où sors-tu ? s'esclaffa Nigel. On dit que la cure est très bénéfique, mais tu ne t'imagines quand même pas que j'y vais pour boire de l'eau ! Je vais profiter du paysage…

— C'est si joli que ça ?

Nigel éclata de rire.

— Liam ! Quand je parle du paysage, je fais référence à ces reliefs féminins qui font frétiller le sergent Popaul.

Le capitaine avait l'habitude des propos de corps de garde, mais il ne s'attendait pas à ce genre de vocabulaire dans la bouche de son cousin. Décidément, les Anglais n'avaient qu'un vernis de distinction.

— Tu devrais venir avec nous, mon vieux, poursuivit l'héritier de la branche anglaise en battant les cartes. Nous ne resterons que quelques jours. Nous partons avec Uckerby, sa voiture est assez grande, si tu veux te joindre à nous.

— Ton père va devoir se passer de toi pour ses affaires.

— Mais non, il vient aussi. Enfin lui, c'est pour sa santé...

Liam dressa l'oreille, n'osant croire à sa bonne fortune. C'était là une occasion qui ne se reproduirait pas de sitôt. Si son oncle partait aussi, il ne resterait donc plus que...

— Mais vous ne laissez pas ta sœur seule en ville ?

— Pourquoi, elle t'intéresse, cousin ? remarqua Nigel avec un sourire entendu. Ne t'inquiète pas, elle n'a plus besoin de nourrice.

Quel dommage !

— Mais comme elle n'aime pas la solitude, elle va s'installer chez notre tante Elisa.

Liam n'en croyait pas ses oreilles. La demeure de ses cousins allait être déserte ! Ce n'était plus qu'une affaire de quelques jours avant qu'il ne s'empare de la statuette.

— Et quand pars-tu ? demanda-t-il d'un air détaché en coupant le jeu.

— Cet après-midi, vers 4 heures. Uckerby veut dîner à Ascot. Alors, tu viens avec nous ?

— Désolé, mais je ne peux pas. J'ai un rendez-vous important demain matin. Avec mon banquier, précisa-t-il avec une grimace de circonstance.

— Pourquoi ne pas le reporter ?

— Impossible. Tu connais mes difficultés familiales.

— Nous y retournerons certainement avant l'hiver. J'espère que tu nous accompagneras.

Ils retournèrent à leur partie de cartes. Liam feignit de s'y intéresser, mais il avait la tête ailleurs. Il laissa son cousin remporter deux plis, puis consulta sa montre.

— Il est déjà 2 heures. Je n'ai pas vu le temps passer.

— Bon sang, il faut que je file ! s'exclama Nigel en bondissant de sa chaise. Uckerby est un garçon charmant, mais il ne supporte pas le moindre retard. J'espère que ton rendez-vous se passera bien. Nous nous verrons à mon retour. D'ici là, porte-toi bien.

— À bientôt, murmura Liam.

Il patienta un quart d'heure, puis se dirigea d'un pas tranquille de promeneur désœuvré vers la demeure des Lockhart, qui était à deux pas. Il observa discrètement la disposition des fenêtres, la solidité du treillage, et passa mentalement en revue la disposition des pièces. Il explora ensuite différents chemins pour retourner à Belgrave Square afin de déterminer le plus court et le plus discret. Il prit soin d'en mémoriser chaque détail au cas où la nuit serait sombre, comme il l'espérait.

Sur le chemin du retour, il s'appliqua à ne pas penser à Ellie et s'efforça de se concentrer sur la tâche à accomplir. Il fallait d'abord s'emparer de la statuette. Ensuite, et ensuite seulement, il réfléchirait à la conduite à tenir. Il avait trois jours avant le retour de son cousin.

Trois jours pour décider du cours de sa destinée.

Assise sur un banc, sa fille à ses côtés, Ellen songeait que les belles journées d'automne touchaient à leur fin. Déjà l'air était plus frais, le vent plus vif. Des nuages s'amoncelaient à l'horizon, et un frisson la parcourut tout entière. Elle serrait frileusement son manteau autour d'elle quand elle aperçut la haute silhouette qui se dirigeait à grandes enjambées vers la maison. Liam arborait un air sérieux auquel elle n'était pas accoutumée, ce qui éveilla sa curiosité.

— Natalie, rattrape donc le capitaine Lockhart, et propose-lui de venir s'asseoir avec nous un instant.

La fillette leva les yeux de la couronne de feuilles qu'elle tressait avec application.

— Il n'a pas l'air de bonne humeur, remarqua-t-elle avant d'obéir à sa mère.

La jeune femme le vit sursauter lorsque la petite le tira par la manche. Aussitôt, il tourna les yeux vers le banc où Ellen était assise.

Elle comprit tout de suite. Même à cette distance, rien qu'à le voir si raide, si compassé, elle devina tout. Son cœur bondit dans sa poitrine. Le moment tant redouté, qui allait déterminer leur avenir à tous les deux, était finalement arrivé. Pourquoi, mais pourquoi, était-elle tombée amoureuse une deuxième fois ? Elle n'avait donc rien appris durant toutes ces années de solitude ? Elle connaissait pourtant les conséquences de l'amour, elle aurait dû savoir dès le premier baiser que l'ivresse laisserait bientôt place au chagrin et à la solitude.

Et maintenant, elle ne pouvait plus imaginer la vie sans Liam.

Tremblante, elle parvint cependant à se lever à son approche. Il se planta devant elle, et la dévisagea d'un air sombre.

— Tu es plus belle que jamais, Ellie, fit-il d'un ton abrupt, comme s'il lui en voulait.

— C'est gentil de t'arrêter. Tu avais l'air particulièrement pressé, observa-t-elle avec un pauvre sourire. Il y a… du nouveau ?

— Les Lockhart partent à Bath, répondit-il simplement.

— Tous ?

— Ma cousine Barbara reste à Londres, mais elle va chez une tante. Mon oncle et mon cousin s'en vont.

— Mais c'est une excellente nouvelle !

— Ellie, je...

— Il faut fêter ça ! l'interrompit-elle, craignant les mots fatals qui l'anéantiraient. Agatha nous a apporté un gâteau. Tu veux prendre le thé avec nous ?

— Oh, oui, s'il te plaît ! Viens ! renchérit Natalie.

— Un baba au rhum, précisa sa mère, chancelant devant le visage indéchiffrable de Liam. Rassemble tes affaires, ma chérie, nous allons manger un morceau de gâteau. N'est-ce pas, capitaine ?

Il n'avait pas le choix, et suivit en silence la jeune femme, qui semblait marcher au supplice.

Ellen faisait de son mieux pour dissimuler son désespoir. Dans deux jours, son père serait de retour, et Liam probablement déjà loin. Que lui resterait-il alors ? Dans quel abîme sa vie allait-elle sombrer ? Elle serait vraiment seule au monde, sans espoir d'assurer à sa fille un avenir décent.

Liam passa dans son appartement chercher une babiole pour la petite, puis ils s'installèrent au salon comme si de rien n'était, mais la tension entre eux était palpable. N'en pouvant plus, Ellie finit par envoyer la fillette jouer dans sa chambre.

— Tu vas y aller cette nuit, je suppose ? lâcha-t-elle tout à trac.

— Il m'a vraiment pris de court. Je ne m'attendais pas que l'occasion se présente si vite, confessa-t-il en se levant pour arpenter la pièce d'un pas nerveux.

— C'est un cadeau du ciel, murmura-t-elle.

— Mais...

Il fit une pause et la regarda d'un air impuissant.

— Tu dois faire ce pour quoi tu es venu ici, Liam. Il n'y a aucune raison de tergiverser.

— Oui, soupira-t-il en se passant la main dans les cheveux. Ma famille compte sur moi, je ne peux pas les décevoir. Mais... il y a beaucoup de questions en suspens entre nous Ellie, et je n'ai pas l'intention de les esquiver... Seulement... je ne peux pas te donner de réponses maintenant. Tant que je ne serai pas en possession de cette statuette, je ne saurais pas de quoi demain sera fait. Je veux dire... pour nous deux. Ce n'était pas prévu. Mais c'est arrivé, et... et il faut que je réfléchisse.

Ce n'était pas prévu. Bien sûr que non.

— Je ne te demande pas de réponses, murmura Ellen en se levant à son tour. Je te comprends. J'espère simplement que tu me comprendras, toi aussi.

Il posa sur elle un regard curieux.

— Bien sûr que je te comprends, fit-il en l'attirant dans ses bras. Tu ne me l'as jamais dit, mais je sais que tu m'aimes. Je le sens.

Elle ne répondit pas, mais s'abandonna à la douceur de cette étreinte, sachant que ce serait la dernière.

Il ne s'attarda pas, car il devait préparer son expédition. Ellen proposa de l'aider, mais il refusa tout net. Si jamais l'affaire tournait mal, il ne voulait à aucun prix qu'elle soit compromise.

La jeune femme s'attaqua donc à ses propres préparatifs, ou du moins le peu qu'il lui restait à faire. Deux petites heures avant le départ de Liam, quand minuit sonna, elle s'assura que Natalie était endormie, enfila une longue pelisse et descendit, ses chaussures à la main. Elle suivit à tâtons le couloir menant à l'appartement du capitaine, le cœur plus lourd à chaque pas.

Prenant son courage à deux mains, elle frappa à la porte et ouvrit sans attendre la réponse. À la lueur incertaine de la chandelle, elle aperçut l'officier allongé sur son lit, vêtu de son kilt.

— Ellie ! Je n'osais espérer ta venue.

Elle se glissa dans la chambre et s'appuya contre le battant. Mon Dieu, comme elle l'aimait ! Elle avait pourtant juré que plus jamais elle ne donnerait son cœur à quiconque. Et voilà que, par on ne sait quelle ironie du sort, elle avait laissé se refermer sur elle le même piège qu'autrefois. Elle l'aimait désespérément, de toute son âme. Et elle allait le perdre.

— Viens, l'invita-t-il en s'asseyant au bord du lit.

Elle posa ses chaussures et déboutonna lentement sa pelisse, révélant peu à peu ce qu'elle portait dessous. C'était une robe de batiste arachnéenne qu'une de ses aïeules avait dû jadis pudiquement arborer pour prendre son bain. Avec un sourire à damner un saint, elle laissa tomber le manteau à ses pieds, sûre de ses effets.

— Tu m'apportes un trésor, *leannan*, murmura admirativement Liam en se levant. Je te le jure, je n'ai jamais vu femme plus belle que toi. Jamais.

Le cœur battant, Ellen le regarda venir à elle. Mais dès qu'il la toucha, elle le repoussa en riant.

— Qu'est-ce que ça veut dire ? Tu viens m'aguicher pour me rejeter ensuite ?

— Est-ce que tu mérites de me toucher ? lança-t-elle d'un ton enjoué en le forçant à reculer encore.

— Je ne sais pas si je le mérite, mais j'en meurs d'envie. Tu ne devrais pas provoquer un homme qui te désire autant, c'est dangereux.

Elle s'écarta en prenant bien soin de se placer devant la lumière, afin de ne rien lui cacher de son anatomie, puis elle s'approcha de la table où étaient alignés la sporran, les poignards, les médailles militaires. Elle en fit lentement le tour et, s'y appuyant, souleva ses seins.

— Tu as envie de les toucher ? demanda-t-elle.

Pour toute réponse, il fit un pas en avant.

— Tu veux les embrasser ? continua-t-elle en en caressant les pointes.

Il s'approcha avec un sourire carnassier, mais la jeune femme mit prestement la table entre eux. Il se pencha et tendit la main par-dessus en riant.

— Ce n'est pas prudent de se moquer d'un homme après l'avoir mis dans un tel état, tu sais. À jouer avec le feu, tu risques de te brûler.

— C'est possible, répliqua-t-elle en se penchant à son tour, découvrant généreusement sa poitrine. Mais pour gagner, il faut d'abord jouer.

Liam fit un pas vers la droite, elle en fit un vers la gauche pour se mettre hors de portée.

Le sourire de Liam s'évanouit.

— Allons, Ellie, tu t'es assez amusée.

— Tu crois ?

Elle s'élança vers une des fenêtres et défit en un tournemain les cordons qui retenaient les rideaux.

— Tu veux que j'ouvre pour montrer à tout le monde de quelle façon tu me poursuis pour m'infliger Dieu sait quelle torture ?

— C'est exactement ce que je compte faire, te tourmenter.

Ellen bondit vers l'autre fenêtre, en défit également le cordon et le jeta sur le lit. Liam ne la quittait pas des yeux. Il la suivait pas à pas, tel un tigre guettant sa proie.

— Il va falloir payer pour tes gamineries, tu sais. Et je ne suis pas disposé à l'indulgence.

— Je ne crois pas t'avoir demandé d'être indulgent… Encore faut-il que tu m'attrapes.

Il plongea en avant, mais elle esquiva de nouveau, et se réfugia près de la cheminée, haletante.

— Pourquoi me fais-tu languir ainsi ? demanda-t-il, le souffle court. C'est une bonne punition que tu veux ?

Ellen se caressa langoureusement le ventre, les hanches, les seins, passa la langue sur ses lèvres. Liam la dévorait des yeux. Elle aussi détaillait avidement son corps, son torse puissant, sa taille mince... le renflement sous son kilt.

— Tu vois l'effet que tu me fais ? demanda-t-il d'une voix sourde.

— Cela m'amuse beaucoup de te faire souffrir.

— Alors viens ici, et torture-moi, *leannan,* fit-il en se débarrassant de sa chemise.

Ellen secoua la tête, et il se rua vers elle. Éclatant de rire, elle bondit vers le lit et, cette fois, se laissa rattraper. Enlacés, ils roulèrent sur la couche. Il l'immobilisa sous lui, lui emprisonna les bras d'une poigne de fer, puis coinça ses jambes entre les siennes. De sa main libre, il déboucla son ceinturon.

— Tu comptes me fouetter ou m'attacher ? haleta-t-elle, tremblante d'anticipation.

Liam n'y avait visiblement pas pensé, mais l'idée dut lui paraître intéressante, car il plaqua le bras d'Ellie contre la tête du lit et enroula sa ceinture autour.

— Je veux bien être ta prisonnière d'amour, souffla-t-elle, mais ne serre pas trop fort.

— J'ai fait un nœud très lâche, répliqua-t-il en cherchant sa bouche.

Ellen se tortilla sous lui.

— C'est trop serré, Liam, je t'assure. Mets ta main avec la mienne, tu verras.

Il s'exécuta de bonne grâce, croyant à un nouveau jeu, et glissa la main dans la boucle.

— Tu vois, c'est assez lâche.

— Tu ne sais vraiment pas t'y prendre, susurra-t-elle en lui titillant l'épaule du bout de la langue. Tu veux que je te montre comment traiter une prisonnière et satisfaire tes fantaisies ?

Il ferma les yeux et acquiesça silencieusement. Ellen libéra sa main, se dégagea de son étreinte, et s'installa à califourchon sur lui. Elle releva sa fine chemise et pressa son intimité contre le ventre de Liam, que la chute du kilt avait découvert. Il laissa échapper un gémissement.

— Ça ne va pas, déclara Ellie avec un sourire canaille.

Attrapant le cordon de rideau qu'elle avait jeté sur le lit, elle en entoura prestement le poignet de Liam et le noua solidement au montant du lit.

— Maintenant que tu m'as attaché, que me réserves-tu ? demanda-t-il en ouvrant les yeux.

Elle se pencha, promena ses lèvres sur la poitrine et le ventre de Liam, puis se cambra pour frotter son sexe moite sur le mât impatiemment dressé.

— Ça ne me suffit pas encore.

— Je t'en prie, je suis à ta merci ! Cesse de me torturer !

— Au contraire, c'est ce que j'ai l'intention de faire.

Elle sauta à bas du lit, laissa tomber la chemise de batiste et, nue comme Eve au jardin des délices, alla ramasser le second cordon de rideau. Elle l'enroula autour de son cou comme un boa et revint vers lui en ondulant des hanches. Il la contemplait d'un regard brûlant de convoitise.

— Tu veux savoir ce que j'ai l'intention de faire ? murmura-t-elle en l'enfourchant de nouveau. Je vais te ligoter solidement, ensuite, je goûterai chaque centimètre de ton corps, poursuivit-elle en lui attachant l'autre main.

— Si tu tiens à me tourmenter, il faut que tu ailles jusqu'au bout, et que tu m'achèves, la défia-t-il avec un sourire provocant.

Visiblement, il s'était pris au jeu, et en jouissait pleinement. Il s'abandonnait sans aucune arrière-pensée.

La gorge serrée, elle détourna les yeux et acheva de nouer le cordon autour de son poignet. « Ça s'appelle le nœud des amants, parce qu'on ne peut pas le défaire », lui avait-il expliqué un jour.

— Ne crains rien, ma belle. Je ne m'échapperai pas avant que tu aies fini tout ce que tu as à faire, s'esclaffa-t-il.

L'ignorant, Ellen vérifia les liens. Ils étaient solides, il n'y avait aucun risque qu'il s'échappe.

— Viens, maintenant. Tu m'as attaché si serré que je ne peux pas bouger les mains.

Le cœur de la jeune femme battait à tout rompre, à présent. Elle caressa doucement le torse de Liam, s'inclina sur lui et embrassa tendrement la bouche offerte, puis elle glissa à bas du lit, tira à elle le kilt défait et le laissa tomber sur le sol. Il tourna la tête pour suivre ses gestes, échauffé par ces préliminaires insolites, et brûlant de mener à son terme ce jeu délicieux.

— Que fais-tu encore ? Viens vite, je t'en prie !

Elle était incapable d'articuler une parole. La gorge nouée, les larmes aux yeux, elle ramassa la chemise de Liam et l'enfila.

— Qu'est-ce que tu fais ? répéta-t-il. Ellie ! Qu'est-ce que ça veut dire ?

Surtout, ne pas répondre. Il avait compris qu'il ne s'agissait plus d'un jeu.

Évitant de le regarder, Ellen attrapa la culotte de daim abandonnée sur une chaise et la passa. Elle flottait dedans. Prise de panique, elle s'empara du ceinturon et, d'une main tremblante, parvint à l'ajuster dans les passants.

— Détache-moi tout de suite, Ellie !

Il lui fallait dissimuler sa silhouette. Comment n'avait-elle pas pensé à prendre un manteau ?

— Nom d'un chien, Ellie, détache-moi ! Je te jure que je t'écorcherai vive si tu ne me détaches pas immédiatement ! gronda-t-il en tirant de toutes ses forces sur ses liens.

Le kilt ! Il était resté au pied du lit où Liam se débattait comme un beau diable. Elle risqua un coup d'œil dans cette direction et osa enfin affronter le regard furieux du capitaine. Il avait deviné ce qu'elle avait en tête, et il était livide de rage. Elle demeura clouée sur place.

Elle ne pouvait pas lui faire ça. Non, c'était impossible.

— Je ne sais pas ce que tu médites, mais si tu t'imagines que je vais rester attaché comme un brave toutou, tu te trompes !

— Je n'ai pas le choix, s'écria-t-elle.

L'assurance de sa voix la surprit elle-même. Lentement, elle s'approcha du lit et tendit une main prudente vers le kilt, sans quitter une seconde Liam du regard. Il grondait comme un chien enragé, ses yeux verts lançaient des éclairs. Lorsqu'elle saisit un coin du tartan, il tenta de se libérer d'une secousse brutale, mais retomba sur la couche, impuissant.

— Espèce de petite garce ! Tu te crois capable d'escalader un treillage ? De forcer une fenêtre, de crocheter une serrure ? Et Farnsworth, que penses-tu qu'il fera quand il saura que tu t'es fait prendre en train de cambrioler une maison ? Écoute-moi, Ellen, sois raisonnable. Nous pouvons y aller ensemble !

Elle s'attendait à cette réaction.

— Je n'ai pas d'autre solution. Tu ne sauras jamais à quel point cela me coûte, mais je n'ai pas le choix. Je suis désolée, mais je ne peux pas faire autrement, lâcha-t-elle dans un sanglot.

Elle s'enfuit avant de fondre en larmes, priant le diable pour que Follifoot ait ingurgité tout le whisky qu'elle lui avait donné, et n'entende pas les rugissements de Liam.

21

À sa grande surprise, Ellen rencontra moins de difficultés qu'elle le craignait. Certes, l'expédition ne fut pas exactement une promenade d'agrément, mais elle avait eu si peur de manquer de courage ou d'habileté, et de revenir bredouille…

Et elle avait réussi !

Elle avait trouvé la maison sans peine et, à son grand soulagement, avait constaté qu'aucune lumière ne brillait à l'exception de deux veilleuses à l'arrière, probablement à l'entrée de service. Le treillage que Liam lui avait décrit semblait posé tout exprès pour faciliter l'ascension. Il n'y avait qu'un inconvénient, mais de taille. Comment ferait-elle pour redescendre avec la statuette à la main ? Elle aviserait le moment venu. Chaque chose en son temps. Pour l'heure, il s'agissait d'atteindre le premier étage.

Par bonheur, elle avait les pieds suffisamment petits pour les passer dans le treillage. Toute son enfance, elle avait grimpé aux arbres, et il lui en restait une bonne technique. Mais elle n'avait plus la même agilité. À mi-chemin, une crampe la prit, et elle crut qu'elle serait incapable de continuer. Elle parvint enfin à agripper le rebord de la fenêtre et à s'y hisser. Liam avait vu juste, la croisée n'était pas verrouillée. Elle était même entrebâillée. En un rien de temps, elle se glissa à l'intérieur. Le tout ne lui avait pas pris dix minutes.

Une fois dans le boudoir, elle reprit péniblement son souffle, l'oreille tendue, guettant le moindre bruit. Le silence était aussi profond que dans une tombe. Le palais de la Belle au Bois dormant n'était pas plus calme, mais par précaution, elle ôta ses chaussures. Une fois habituée à l'obscurité, elle repéra la porte qui menait au boudoir aux meubles laqués, et alla y coller l'oreille. Pas un bruit. Prudemment, elle tourna la poignée.

Il faisait encore plus sombre que dans la première pièce.

Ellen entra à pas feutrés. Les lourds rideaux étaient tirés, et on n'y voyait goutte. Elle se dirigea à tâtons vers la fenêtre et écarta les tentures. Un faible clair de lune lui permit de distinguer les formes sombres des obstacles qu'elle risquait de heurter.

Elle finit par entrevoir les contours du cabinet que Liam lui avait décrit. Évitant de justesse une méridienne, elle en chercha la poignée. La porte était verrouillée. *Seigneur !* Elle avait oublié d'emporter le poignard ! se rendit-elle compte, au bord des larmes. Comment crocheter un meuble fermé à clef ?

Elle n'allait pas renoncer si près du but. La liberté était au fond de cette armoire, et pareille occasion ne se représenterait jamais. C'était son ultime chance.

Elle chercha sur un secrétaire un coupe-papier ou n'importe quel objet pointu susceptible de l'aider. Rien ! Luttant contre la panique qui menaçait de la submerger, elle s'efforça de réfléchir. Ces Lockhart devaient être vraiment cupides pour enfermer à double tour quelques misérables bibelots alors qu'ils étaient si riches !

Comme son père...

Elle se souvint soudain qu'il avait, lui aussi, un meuble du même genre. Il cachait la clef au-dessus. Se haussant sur la pointe des pieds, elle passa la main sur le haut du cabinet, et sentit un objet métallique... La clef !

Du bout des doigts, elle l'amena vers le bord, mais la fit malencontreusement tomber. À genoux, elle tâtonna autour d'elle, sous les meubles, sur le tapis... Elle commençait à désespérer lorsqu'elle la trouva enfin. Elle se hâta d'ouvrir avant que ses nerfs ne la trahissent.

Même dans la pénombre, l'or de la statuette brillait d'un éclat sinistre.

Liam était en dessous de la vérité lorsqu'il la lui avait décrite. Jamais elle n'avait vu un objet aussi grotesquement hideux. On comprenait tout de suite pourquoi ses propriétaires le gardaient au fond d'un placard. Ils ne tenaient pas à terroriser les enfants et les vieilles dames. Le plus étrange était qu'on ait créé une telle horreur, et qu'un amant l'ait offerte à sa belle.

Ellen la posa pour refermer la porte, puis elle jeta la clef derrière le cabinet, ce qui retarderait certainement la découverte du larcin. Elle ramassa le monstre, qui pesait son poids, referma les rideaux et rebroussa chemin. Tandis qu'elle enfilait ses chaussures, elle réfléchit au meilleur moyen de redescendre avec la statuette. Elle avait besoin de ses deux mains, et son pantalon n'avait pas de poche.

Elle se pencha par la fenêtre. Une étroite bande de gazon courait le long de la maison. Elle enveloppa vivement le bibelot dans le tartan de Liam et le lâcha dans le vide, le tenant à bout de bras pour qu'il ne touche pas le mur. La statuette heurta le sol avec un bruit sourd qui parut tonitruant aux oreilles d'Ellen. Haletante, elle se plaqua contre le mur, guettant un éventuel bruit de pas.

Lorsqu'elle fut certaine que personne ne l'avait entendue, elle revint à la fenêtre. Elle enjamba le rebord, agrippa le treillage et se glissa dehors. Elle n'avait pas la force de se hisser pour remonter la fenêtre à guillotine, et dut se résoudre à la laisser ouverte.

Un peu étourdie, elle arriva au pied du mur sans dommage. Elle ramassa la statuette, fit de son mieux pour reboucher le trou creusé par sa chute, et s'enfuit à toutes jambes.

Il était 4 heures du matin lorsque, après s'être changée et avoir dissimulé la statuette, toujours emballée dans le tartan, au fond d'un sac de voyage, elle descendit chez Liam pour lui rendre ses vêtements.

Le cœur lui manqua lorsqu'elle arriva devant l'appartement du capitaine. Elle s'attendait au pire. Peut-être avait-il réussi à défaire ses liens, peut-être l'attendait-il, tapi derrière la porte ? Dans ce cas, il ne fallait pas compter sur sa pitié. Mais il n'était plus temps de se perdre en conjectures. L'omnibus partait à 5 heures, et il fallait encore réveiller et habiller Natalie.

Elle entrouvrit la porte et jeta un coup d'œil à l'intérieur.

Il était toujours là où elle l'avait laissé, attaché sur le lit, nu comme un ver. Il ne faisait pas chaud dans la chambre, et elle craignit un instant qu'il ne prenne froid. Mais quand elle croisa son regard, elle oublia toute sollicitude. Même s'il ne disait rien, il arborait l'expression avenante d'un fauve enragé guettant le moment où il pourrait lacérer sa proie avant de la dévorer toute crue.

— Alors, tu as ce que tu voulais ? lança-t-il ironiquement.

Incapable d'articuler une parole, elle se contenta de hocher la tête. Ce mépris glacé la blessait plus que des invectives, et elle se hâta de déposer sur la table les vêtements soigneusement pliés.

— Et mon kilt, où est-il ?

— J'en ai encore besoin, bégaya-t-elle en activant le poêle.

— D'abord la statuette, ensuite mon tartan. Et maintenant, tu fais la sucrée, tu ranimes le feu pour que je ne me gèle pas…

Ce ton coupant, cette colère froide étaient plus blessants que des insultes. Elle ne sut quoi répondre. Du reste, il n'y avait rien à dire. Le mieux était de partir sans attendre.

— Tu n'oublies rien ? reprit-il. Tu ne vas quand même pas me laisser attaché jusqu'à la fin de mes jours ?

Elle s'arrêta sur le seuil, hésitante. Elle n'avait aucune envie de l'abandonner, ligoté de cette façon, mais elle savait qu'elle le devait.

— Tu n'oses même pas me regarder en face. Ta trahison te rend lâche, Ellie !

Elle prit son courage à deux mains et se retourna pour contempler une dernière fois l'homme qu'elle aimait de toute son âme.

— Je… j'étais *obligée*, Liam. Je n'avais pas le choix.

— Ah, oui, vraiment ? Je t'aurais aidée, si seulement tu m'avais fait confiance !

Éperdue, en proie à une infinie tristesse, Ellen sentait toutes ses certitudes vaciller.

— Et comment m'aurais-tu aidée, Liam ? s'écria-t-elle tandis que les larmes ruisselaient sur ses joues. Tu m'as expliqué ta situation. Tu ne pouvais rien faire pour moi ! Seigneur, j'aurais donné n'importe quoi pour ne pas en arriver là, je te le jure, mais je dois penser à Natalie ! Tu l'as vu, elle s'enfonce dans ses rêves, elle perd toute notion de la réalité. Tu sais ce qu'elle deviendra si nous restons ici ! Je... je n'avais pas le choix !

— C'est là que tu te trompes, Ellie. Il y avait et il y a encore une autre possibilité. Je t'aiderai, même si tu m'as trahi. Détache-moi...

— *Non !* cria-t-elle entre deux sanglots. Follifoot te délivrera demain matin.

— Aie pitié. Je suis nu comme un ver !

— Je suis désolée, il faut que je m'en aille, murmura-t-elle en s'essuyant les yeux.

— Je t'aimais, Ellie. Je t'aimais comme jamais je n'ai aimé. Comment as-tu pu me faire ça ? souffla-t-il.

— Je t'en *prie*, essaie de me comprendre ! gémit-elle. Je t'aime, Liam, je le jure devant Dieu ! Et tu le sais ! Tu n'imagines pas ce qu'une telle décision m'a coûté. Mais je dois sauver Natalie. Tu n'aurais jamais pu me donner cette statuette, tu en as besoin autant que moi. Je suis désolée. Il faut que je parte !

— Ellen ! Détache-moi !

— *Je ne peux pas !*

— Je te retrouverai ! Aussi loin que tu iras, même si je dois te chercher jusqu'à mon dernier souffle, je n'aurai pas de repos avant d'avoir repris ce qui nous appartient, à ma famille et à moi, tu m'entends ?

Incapable d'affronter sa colère, Ellen baissa les yeux sans répondre.

— Je te poursuivrai jusqu'au bout du monde, je te traquerai comme une bête malfaisante, cracha-t-il avec une amertume qui lui transperça le cœur.

— Adieu, Liam, murmura-t-elle en se glissant hors de la chambre.

Cette fois, il ne lui ordonna pas de revenir le détacher. Il ne l'appela même pas, ne prononça pas son nom. Et ce silence était bien pire que tout ce qu'il avait pu dire auparavant.

Le lendemain matin, lorsqu'il frappa à la porte, Follifoot fut accueilli par un rugissement impatient du plus mauvais augure. Il entra d'un pas encore plus craintif que d'ordinaire, et faillit se prendre les pieds dans le tas de vêtements abandonnés sur le parquet. Déconcerté, il osa enfin lever les yeux sur le capitaine et, de saisissement, lâcha son plateau, qui s'écrasa en dégageant une odeur fétide.

— Faites attention, nom de Dieu ! rugit Liam. Et ne restez pas planté là à bayer aux corneilles. Venez me détacher !

Affolé, le valet de chambre se rua vers le lit et s'attaqua d'une main tremblante aux liens du prisonnier, qui n'en finissait pas de grommeler. Il se détourna pudiquement lorsque le géant, enfin libéré, bondit à bas du lit en frottant ses poignets endoloris, s'étira, puis se dirigea vers l'armoire d'un pas décidé pour passer un caleçon.

— Apportez-moi de l'eau chaude, voulez-vous ? J'ai besoin d'un bon bain pour me détendre avant de faire mes bagages.

— Vous... vous nous quittez ? balbutia le domestique.

— Oui, et je suis pressé.

Le capitaine fronça soudain les sourcils, et se pencha pour ramasser un petit morceau d'étoffe blanche – un mouchoir brodé d'un E, crut voir Follifoot.

— Je pars sur l'heure, mon bon, alors dépêchez-vous. Je m'en vais attraper un petit oiseau, et lui tordre le cou !

Le domestique eut la nette impression que cette perspective le mettait d'excellente humeur.

22

La confiance d'Ellen, au plus haut depuis qu'elle s'était emparée de la statuette, retomba lorsqu'elles arrivèrent à l'arrêt de la malle-poste. À 4 heures du matin, après avoir péniblement traîné une petite fille à moitié endormie et deux gros sacs de voyage qui lui sciaient les mains, elle découvrit, atterrée, que les horaires étaient quelque peu fantaisistes. Qui plus est, le voyage jusque chez Judith coûtait trois livres de plus que prévu – une véritable fortune pour une femme obligée de compter chaque sou.

Il était près de 6 heures lorsque leur voiture s'ébranla enfin. L'avance sur laquelle elle comptait se réduisait comme peau de chagrin, et la jeune femme en était malade d'inquiétude.

Natalie n'était pas d'humeur à faire des visites, surtout s'il fallait se lever en pleine nuit, si bien qu'elle ne cessait de geindre et de se plaindre. Et les banquettes de bois étaient trop dures, et la salle d'attente sentait mauvais, et l'homme assis en face d'elles prenait toute la place… Elle avait sommeil, elle avait froid, elle avait faim. Lorsque sa mère, à bout de nerfs, lui enjoignit de se taire, elle se réfugia dans un mutisme renfrogné.

Ellen la laissa bouder. Pour elle non plus, cette équipée n'avait rien d'un voyage d'agrément. Une angoisse mortelle la tenaillait. Comment seraient-elles accueillies chez Judith ? Qu'allaient-elles devenir ensuite ? Si elle s'était lancée dans cette aventure, c'était pour sa fille, même si celle-ci n'en avait pas conscience. Elle pouvait bien supporter l'inconfort du voyage !

Elles arrivèrent à King's Lynn en fin d'après-midi, sans avoir pratiquement échangé une parole de tout le trajet. Se dégourdir les jambes et respirer un peu d'air frais les ragaillardit, et Ellen se força à sourire. Elle expliqua une fois de plus à la fillette qu'elles allaient s'amuser à la campagne, arrangea ses vêtements et essuya les miettes laissées par le gâteau d'Agatha.

Chère Agatha ! Comme elle allait se faire du souci pour elles deux ! Mais la jeune femme ne voulait pas penser à la gouvernante, ni aux conséquences de son geste. Ni surtout à Liam, même si elle ne pouvait s'en empêcher, partagée entre la culpabilité, la peur, et la nostalgie. Non, il ne fallait pas se laisser aller à ses sentiments !

Elle empoigna ses bagages, fit signe à Natalie de ramasser le sien, et prit avec un entrain un peu forcé le chemin de Peasedown Park, le manoir de son amie.

Il commençait à faire frais lorsque, épuisées et couvertes de poussière, elles parvinrent à la grille du parc. Elles contemplèrent en silence l'imposante bâtisse. Judith la lui avait décrite dans ses lettres, et Ellen savait qu'il s'agissait d'un manoir, mais elle ne s'attendait pas à une demeure aussi somptueuse.

— C'est un vrai château ! déclara Natalie. Je suis sûre qu'une princesse vivait ici autrefois.

— Peut-être.

— Tu crois que le capitaine Lockhart réussira à nous retrouver ?

— Non, mon amour, il ne viendra pas jusqu'ici, murmura tristement Ellen.

— Nous allons habiter ici ?

— Pendant quelque temps.

— J'ai très faim, maman.

— Eh bien, il est temps de nous annoncer, décréta Ellen d'un ton faussement joyeux.

Sur quoi, la mère et la fille poussèrent la grille et remontèrent l'allée qui menait à la maison.

Après avoir arrangé de son mieux sa tenue et celle de la fillette, Ellen osa enfin soulever le heurtoir. Il venait à peine de retomber que la lourde porte de chêne s'ouvrait en grand. Un valet impeccablement mis s'inclina devant elles.

— Que puis-je pour vous, madame ?

— Voulez-vous informer lady Peasedown que son amie Ellen Farnsworth est arrivée avec sa fille Natalie ? Je lui avais écrit il y a une quinzaine de jours pour l'avertir de ma visite, mais nous sommes venues plus tôt que prévu.

— Voulez-vous dire, madame, que lady Peasedown ne vous attend pas ?

— Si, si, elle nous attend, bien entendu. Mais pas aujourd'hui, se hâta de préciser Ellen qui, affolée, se voyait déjà dormir dans la cabane en ruine où elles avaient laissé leurs bagages.

— Donnez-vous la peine d'entrer, je vous en prie.

La jeune femme poussa devant elle une Natalie réticente, et se dépêcha d'entrer à sa suite comme si elle craignait que le majordome revienne sur sa décision. Ce dernier les fit asseoir, s'inclina et traversa sans bruit le vaste hall, les laissant bouches bées devant la munificence des lieux.

Même lors de son entrée dans le monde, Ellie n'avait jamais vu un tel faste. Quant à la fillette, elle osait à peine respirer et ne savait où porter le regard, sur le sol de marbre rose et noir, sur les énormes candélabres dorés supportant des douzaines de chandelles ou sur les armures rutilantes qui se dressaient comme des sentinelles. Toutes les portes du hall étaient en forme d'arche grecque au-dessus desquelles étaient sculptées des scènes mythologiques. De somptueux bouquets égayaient les consoles ouvragées sous les portraits des seigneurs et nobles dames, ancêtres du maître de maison.

— Maman, c'est un palais, chuchota la petite. C'est exactement comme ça en Hilaria !

— Ellen !

La voix de Judith sonna comme une musique céleste aux oreilles de la jeune femme. Pour un peu, elle en aurait pleuré de soulagement. Son amie, qui n'avait rien perdu de sa gaieté, se précipita vers elle, les bras grands ouverts, comme à l'époque où elles étaient inséparables. Elle paraissait si jeune, si jolie, et si *heureuse*.

— Oh, Ellen, tu es toujours aussi belle !

— C'est gentil, Judith, mais tu sais bien que tu as toujours été la plus belle de nous deux ! fit Ellen en riant.

— Mon Dieu ! C'est la petite Natalie ? Ce n'est pas possible !

— Si, c'est moi, rétorqua très sérieusement la fillette. Nous sommes arrivées plus tôt.

— Tu es aussi jolie que ta maman, déclara lady Peasedown en se penchant pour l'embrasser.

— Excuse-nous d'arriver à l'improviste, et dans cet état, reprit Ellen. Nous avons l'air de romanichelles !

— Ne sois pas ridicule. Où sont vos bagages ? Vous avez certainement envie de vous rafraîchir, de vous changer... Il a plu ? s'étonna-t-elle en avisant le bas de leurs robes, tout mouillé.

— Non, c'est seulement que nous sommes venues à pied.

— À pied ?

— De King's Lynn, précisa Ellen, embarrassée. Nos bagages étaient un peu lourds, nous les avons laissés en route, dans un cottage abandonné.

— Filbert ! appela Judith. Envoyez immédiatement chercher les bagages et faites préparer deux bains chauds. Et appelez-moi Clara, s'il vous plaît. Ellen, tu es un peu plus petite que moi, mais j'ai certainement une robe qui t'ira. Quant à toi, ma mignonne, poursuivit-elle avec une pichenette sur le nez de Natalie, j'ai une fille de ton âge. Elle s'appelle Sarah, et elle te prêtera des vêtements en attendant qu'on apporte les tiens. Venez, vous deux, nous n'avons pas de temps à perdre avant le dîner.

Les prenant joyeusement par le bras, elle les entraîna vers les étages.

Épuisée, à bout de nerfs, déchirée entre des sentiments contradictoires, Ellen ne savait plus où elle en était. Si la culpabilité d'avoir trahi Liam la rongeait, il lui manquait cependant terriblement, et elle ne supportait pas l'idée de ne plus jamais le revoir. Tenaillée par l'angoisse de l'avenir, elle restait perplexe sur la conduite à tenir.

Pour le moment, vêtue d'une ravissante robe de soie lavande, elle s'efforçait de faire bonne figure. Elle n'avait rien porté d'aussi élégant, ni dégusté de repas aussi fin depuis dix ans, lorsqu'elle avait fait ses débuts dans le monde, et ne pouvait s'empêcher d'attendre une catastrophe, qu'on découvre son forfait, ou que

Natalie effraie les petits Peasedown par une histoire à sa façon. Dieu merci, rien de tel ne se produisit. La fillette se conduisit merveilleusement, n'ouvrit pas la bouche tant qu'on ne lui adressait pas la parole, et suivit docilement la gouvernante lorsque celle-ci vint chercher les enfants pour les mettre au lit.

Ellen passa donc la soirée à deviser dans un salon grand comme une salle de bal, au plafond orné de chérubins joufflus et de colombes de stuc, et dont les tapis d'Aubusson avaient été autrefois au palais de Versailles, comme le lui expliqua Richard, le mari de Judith. Trop courtois pour lui poser des questions embarrassantes sur son voyage insolite, le couple ne semblait se soucier que de son confort.

Ellen passa toutefois une nuit épouvantable, à se demander si le vol de la statuette avait été découvert, si son père avait été averti de sa fuite, si Eva lui avait raconté l'incident de Vauxhall Gardens, et surtout si Liam était parti à sa recherche. Où était-il ? Que faisait-il ? Elle n'osait s'abandonner au sommeil de crainte de le voir en songe lui reprocher sa trahison, mais en même temps, elle mourait d'envie de revivre les moments de félicité passés avec lui, et ce n'était possible qu'en rêve.

Le lendemain, elle était épuisée par le manque de sommeil, et son anxiété ne fit que croître. C'est Judith qui aborda la première le sujet de sa visite inattendue, tandis qu'elles se promenaient dans le parc.

— Tu comptes rester au moins une quinzaine de jours, j'espère ? demanda-t-elle en lui glissant affectueusement son bras sous le sien.

La jeune femme était toute disposée à passer sa vie entière à Peasedown Park.

— Je ne veux pas m'imposer…

— Tu es la bienvenue, voyons ! Je suis si heureuse de te voir… C'est certes très bien de te consacrer à ton père, mais depuis combien de temps nous promettons-nous de nous retrouver toutes les deux ?

— Des années ! admit Ellen.

— En effet. Dix, pour être précise.

Dix ans… Bientôt l'âge de Natalie.

Elles poursuivirent leur promenade, jusqu'à ce que Judith rompe de nouveau le silence.

— Écoute, Ellen, je sais tout !

Une vague de terreur submergea la jeune femme. Personne ne savait, en dehors de Liam. Comment pouvait-on l'avoir démasquée aussi rapidement ?

— Co… comment es-tu au courant ?

— Enfin, Ellen, nous sommes amies depuis l'enfance ! Tu crois que je n'ai pas deviné ? Ou que les commérages ne sont pas parvenus jusqu'à moi ? Cela ne fait aucune différence à mes yeux, s'empressa-t-elle d'ajouter. Ce qui est fait est fait, et je suis certaine que ce n'était pas ta faute. En tout cas, personne ne peut blâmer la pauvre Natalie…

— Na… Natalie ? bégaya Ellie, horrifiée.

— Oui, Natalie. Je connais sa situation ; Richard aussi, d'ailleurs, et cela lui est complètement égal. Bien entendu, nous ne dirons jamais rien à Sarah et Charles, tu t'en doutes.

Bien sûr ! Son amie faisait allusion à la naissance illégitime de sa fille, et non au vol de la statuette et à sa trahison !

— En fait, je suis au courant depuis un certain temps déjà, avoua Judith.

— Depuis quand ? demanda Ellen faiblement, soulagée que son forfait n'ait pas été découvert.

— Tu étais la coqueluche du Tout-Londres, la reine de tous les bals, et voilà que tu disparais soudain au fin fond de la Cornouailles ! Tu penses bien que ce n'est pas passé inaperçu. Et cette chipie de Millicent Hayfield... Tu te souviens d'elle ?

— Bien sûr. Elle a fait son entrée dans le monde en même temps que nous.

— Figure-toi que, il y a quelques années déjà, alors que j'étais à Londres, je l'ai rencontrée à un thé. Elle s'est empressée de me raconter ce dont tout le monde se doutait, qu'il n'y avait jamais eu de mari en Cornouailles, et donc pas de veuvage prématuré, mais que, en revanche, il y avait bien un enfant. Enfin, je ne vais pas te répéter toutes les horreurs qu'elle a débitées, c'est une horrible péronelle. Je l'aurais volontiers étranglée, mais j'ai préféré faire comme si de rien n'était. C'était le meilleur parti à prendre. Elle était horriblement déçue de manquer ses effets !

— Oh, euh... merci, Judith, murmura Ellen, qui ne savait trop comment réagir.

— Cela dit, et pour être tout à fait honnête, je t'en ai quand même un peu voulu.

— Pardonne-moi, Judith, mais tu comprends certainement ma répugnance à admettre la vérité. Je craignais que tu ne prennes Natalie en grippe.

— Ça ne me serait jamais venu à l'idée ! s'offusqua son amie. Non, c'est contre toi que j'étais fâchée. Tu t'es montrée si... imprudente, tu comprends ?

Non, elle ne comprenait pas. Pourquoi tout le monde se croyait-il autorisé à la juger et à lui en vouloir ? Après tout, elle n'avait fait de tort à personne, sinon à elle-même, et elle n'avait pas fini d'en payer le prix.

— Le passé est le passé, murmura affectueusement Judith. Inutile de nous appesantir dessus. Tu vas rester au moins deux semaines, n'est-ce pas ? Ou trois, ou quatre... Le plus longtemps possible ! Ton père peut bien se passer de toi quelque temps, non ?

Ellen assura son amie qu'il se débrouillerait très bien sans elle, qu'il l'avait même encouragée à séjourner à la campagne autant qu'elle le souhaiterait. Mais combien de temps devrait-elle se cacher ici ? Et où irait-elle ensuite ? Elle n'avait pas de réponse à cette question qui la taraudait en permanence.

La gouvernante des jeunes Peasedown, Penny Peckinpaugh, n'aimait pas vraiment les enfants, et Sarah et Charles encore moins que les autres. Mais elle n'avait pas le choix, il fallait bien gagner sa vie. En attendant de rencontrer le prince charmant qui ferait d'elle une grande dame, elle prenait son mal en patience. Cependant, l'arrivée intempestive de Mlle Natalie faillit venir à bout de sa patience, et lui fit envisager très sérieusement de demander une augmentation. La fillette était une horrible menteuse, qui passait son temps à raconter des histoires à dormir debout, et se mettait en colère quand on refusait d'y croire.

Ce jour-là, Penny avait emmené les trois petits monstres goûter au bord d'un étang. Elle les avait envoyés jouer et s'était installée sous un arbre pour savourer tranquillement une friandise quand elle aperçut un étranger qui se dirigeait vers eux. Très grand, vêtu d'une sombre capote militaire, il lui parut bel homme, dans le genre peu banal.

Elle retouchait sa coiffure lorsque Mlle Natalie survint en courant. Le moment était mal choisi pour venir lui débiter des sornettes, et elle lui ordonna d'aller s'amuser plus loin et de la laisser tranquille.

— Ce n'est pas vous que je viens voir, riposta la petite. Je vais saluer mon ami, le capitaine Lockhart.

— Qui ça ? demanda la gouvernante en se levant pour observer l'inconnu.

— Le capitaine Lockhart. Il vient au secours de maman.

— Qu'est-ce que c'est encore que cette histoire ? Veux-tu que je répète ce vilain mensonge à ta mère ?

— Mais c'est la vérité ! répliqua la fillette avec véhémence en s'éloignant à toutes jambes.

À la surprise de Penny, l'homme tendit les bras à la petite qui s'y jeta sans hésiter, il la souleva et la fit tournoyer tandis qu'elle riait aux éclats. Puis il la reposa à terre, s'agenouilla pour lui parler longuement. Après avoir déposé un baiser sur sa joue, il poursuivit son chemin.

— Qu'est-ce que cela veut dire ? demanda sévèrement la gouvernante. En voilà des façons d'accoster un inconnu !

— Ce n'est pas un inconnu ! C'est mon ami, le capitaine Lockhart ! rétorqua Natalie.

— Si c'est un ami, comment se fait-il qu'il n'aille pas saluer ta mère ?

— Il va y aller, mais il veut lui faire une surprise, expliqua Natalie avant de tourner les talons pour rejoindre ses compagnons de jeux, laissant Penny plus perplexe que jamais.

23

Retrouver la trace d'Ellie s'était avéré un jeu d'enfant. En dépit de sa timidité, Follifoot s'était montré plein de ressources lorsque le capitaine lui avait glissé un beau billet dans la main. Ce généreux pourboire avait fait fondre presque complètement sa bourse, mais il avait produit un effet remarquable sur la mémoire du valet de chambre. C'était lui qui postait et distribuait le courrier, et il lui était subitement revenu en mémoire que Mlle Farnsworth écrivait souvent à une certaine lady Peasedown, de Peasedown Park, près de King's Lynn.

— Et où se trouve King's Lynn ? interrogea Liam.

— Au nord de Londres, entre Cambridge, Norwich et Peterborough. Pas très loin de la côte, précisa le laquais en voyant que l'officier ne paraissait pas plus avancé.

La côte ! L'oiseau comptait sans doute s'envoler bien loin avec son trésor. La belle souhaitait mettre ses richesses mal acquises en sécurité sur le continent. Il s'assura néanmoins qu'elle n'avait pas d'autre famille ou amis et aucun refuge possible hormis celui-ci. Elle n'était certainement pas allée chez Eva, il aurait été trop facile de la retrouver. En outre, les relations entre les deux sœurs étaient loin d'être au beau fixe.

Il fit ses bagages en un tournemain, tout en maudissant Ellen de lui avoir pris son tartan, ce qui, à ses yeux, constituait non seulement une perte irréparable mais aussi une grave insulte.

Liam apprit qu'il avait une journée de retard sur Ellie grâce à l'obligeance de l'employé des messageries qui, lorsqu'il lui demanda son chemin, s'étonna de cette affluence subite de visiteurs à Peasedown Park. Il ne fit aucune difficulté pour décrire avec un luxe de détails la dame blonde, accompagnée d'une petite fille, qui était arrivée la veille, et qui avait pris à pied la direction du manoir. Le capitaine sentait déjà le parfum d'Ellen.

Il s'enquit d'une auberge bon marché, car il ne comptait pas aller voir la jeune femme sur-le-champ. Il voulait lui laisser le temps de respirer, de se croire en sécurité. Ainsi, la surprise serait totale.

Une fois installé dans sa modeste chambre, il entreprit d'écrire à sa famille.

Chère mère,

J'espère que tu vas bien, ainsi que toute la famille. Pour ma part, j'en ai assez de Londres. Je suis maintenant sur le chemin du retour. J'ai eu un petit ennui, mais je vais y remédier sans délai, je t'en donne ma parole.

Aurais-tu l'obligeance de demander un agneau aux Douglas ? La nourriture anglaise est épouvantable, et je rêve d'un bon navarin.

Affectueusement,

L.

Cette nuit-là, il dormit du sommeil du juste, et se leva à l'aube pour aller repérer les lieux.

Comme tous les visiteurs, il fut ébloui par la taille du manoir et la beauté du parc. C'était une demeure magnifique, qui lui paraissait tout à fait digne d'Ellie. Il l'imaginait très bien maîtresse d'une telle résidence, régnant sur une armée de domestiques stylés. Quoi qu'il en soit, l'étendue du domaine l'arrangeait. Il aurait ainsi toute latitude d'espionner à sa guise sa belle voleuse.

Il y consacra les jours suivants, et remarqua avec irritation que la jeune femme semblait parfaitement à l'aise et qu'elle n'avait absolument pas l'air rongée par le remords. Il faisait frais, mais beau, si bien que les habitants de Peasedown Park passaient beaucoup de temps dehors. Il épia les promenades d'Ellen avec son amie, la regarda lire assise sous un arbre ou jouer au croquet avec entrain sur la pelouse.

Elle n'avait pas de regrets ? Eh bien, il allait lui en donner, et avant peu, elle implorerait son pardon.

Mais l'inaction ne tarda pas à lui peser, et il en eut vite assez de rester spectateur des distractions d'Ellen. Combien de temps comptait-elle rester là à prendre du bon temps ? Avait-elle déjà vendu la statuette ? Se doutait-elle qu'il l'avait suivie ou croyait-elle l'avoir définitivement semé ?

Pensait-elle à lui de temps en temps ? L'avait-elle jamais aimé comme elle le prétendait, ou était-ce simplement une ruse pour l'embobiner ? Comment lui, un soldat entraîné à se méfier de tout et de tous, un officier couvert de décorations, avait-il pu se montrer si naïf ?

« Naïf », le mot était faible. Il s'était conduit comme le dernier des imbéciles, et ce n'était pas le moment de se laisser attendrir comme il était en train de le faire. Il ne pardonnait certainement pas sa trahison à Ellie, non, mais il ne pouvait s'empêcher d'admirer la façon dont elle s'y était prise. Il n'aurait pas mieux fait. Bien sûr, il en était encore hérissé rien que d'y songer, et tout ce qu'il voulait, c'était lui donner une bonne leçon, mais en même temps, il comprenait son désespoir.

Au fond de lui, il se reprochait aussi de n'avoir donné à la jeune femme aucune raison d'espérer, et de l'avoir ainsi poussée à commettre un tel forfait. Tout était arrivé si vite ! Elle aurait dû lui laisser le temps de s'habituer à ces sentiments si nouveaux pour lui, de retrouver ses esprits. Une fois le sort de sa famille et de Talla Dileas réglé, il aurait certainement trouvé un moyen de lui venir en aide.

Mais il était trop tard, désormais. Elle avait détruit leur avenir à tous deux, et il n'était plus temps de rêver. Son seul but, à présent, c'était de remettre la main sur cette maudite statuette. Il n'était pas question de rentrer en Écosse les mains vides.

Mais Ellie lui manquait tellement ! Si seulement il pouvait cesser de penser à elle rien qu'un instant ! Si seulement il pouvait oublier son regard d'azur, son sourire radieux dès qu'elle l'apercevait, le goût de ses lèvres… Si seulement son cœur pouvait ne plus battre la chamade dès qu'il la voyait !

Il essaya de ne plus regarder Ellen, et de se concentrer sur Natalie, et il s'aperçut vite qu'il portait à la petite un amour tout aussi profond qu'à sa voleuse de mère, même s'il était d'une autre nature. La fillette semblait heureuse, mais il remarqua qu'elle jouait souvent seule, laissant les enfants de la maison s'amuser de leur côté.

Elle ne fut pas surprise le moins du monde lorsqu'il l'aborda au bord de l'étang. En fait, il comprit qu'elle l'attendait.

— Tu es venu à notre secours ? demanda-t-elle d'emblée.

— Natalie, écoute-moi bien. Il faut faire très attention, sinon les soldats ennemis vont nous découvrir.

Devant sa mine désappointée, il eut l'idée d'en appeler à son imagination toujours fertile.

— Il se trouve que ta maman a un objet qui m'appartient…

— Ta jupe ?

— Ce n'est pas une « jupe », soupira-t-il. Enfin, peu importe. Oui, elle a emporté mon kilt, et quelque chose d'autre, un bibelot. Tu crois que tu pourrais le retrouver ? Ce serait un peu comme un jeu…

— Bien sûr ! Je vais lui demander.

— Non, non, il ne faut rien lui dire !

— Pourquoi ?

— Parce qu'on va lui faire une surprise.

— Oh, oui ! J'adore les surprises !

Sa mère apprécierait sans doute moins. Liam convainquit aisément la fillette de garder secrète sa présence. Il tenait à surprendre la jolie traîtresse pour lui infliger une fessée dont elle se souviendrait, avant de l'attacher, elle aussi. Et lorsqu'il aurait repris la statuette *et* son tartan, il l'abandonnerait en tenue d'Eve, et dans le même état de frustration où elle l'avait laissé.

— Mais quand est-ce qu'on va lui faire la surprise ? demandait avec impatience Natalie chaque fois qu'elle voyait le capitaine.

— Bientôt, mignonne, bientôt. Tu as trouvé l'objet que je cherche ?

— Non, répliquait-elle avec humeur, car elle commençait à se lasser de leur petit jeu.

— Où as-tu cherché ? Tu as regardé dans le salon ?

— Mais il y a des centaines de salons, ici !

— Il faut chercher dans le boudoir et dans la chambre de ta mère. Tu as regardé sous son lit ?

— J'irai voir, soupira-t-elle pour lui faire plaisir.

Finalement, un beau jour, elle lui raconta fièrement qu'elle avait découvert le tartan dans la garde-robe, derrière un carton à chapeau. Il enveloppait un objet très lourd qu'elle n'avait pas vu.

— Je savais bien que tu les trouverais, mignonne, sourit-il en lui caressant la joue.

— Et maintenant, tu vas nous délivrer ?

— Je vais voir ce que je peux faire, promit-il, mal à l'aise.

Dieu merci, cette réponse évasive parut suffire à la petite, pour le moment du moins.

Lord Richard Peasedown était le type même du gentilhomme campagnard. Tous les matins, vers 11 heures, il faisait atteler son buggy pour se rendre en ville. Et tandis que son cheval mâchait un picotin d'avoine dans les écuries municipales, lui partageait un solide repas avec ses pairs dans un club de la vieille ville. Il savourait ensuite une fine à l'eau et un cigare en commentant les dernières nouvelles de Londres, avant de retourner vaquer à ses occupations dans son domaine.

Il fut ravi lorsqu'un beau jour le capitaine Pemberton, un héros de la bataille de Waterloo, lui présenta un Écossais, officier également et, à en juger par le nombre de médailles accrochées à sa poitrine, un héros lui aussi. Peu d'étrangers s'arrêtaient à King's Lynn, l'homme était sympathique, avec son accent pittoresque, et Peasedown fut ravi d'engager la conversation.

— On a souvent vanté la bravoure du régiment des Highlands pendant la guerre, surtout pendant la campagne de France.

— Je vous remercie, mais les meilleurs soldats viennent de votre région, répliqua courtoisement Liam. J'ai beaucoup appris à leur contact.

Richard connaissait tout le monde à cent lieues à la ronde, et le compliment le flatta comme s'il s'agissait de membres de sa famille.

— J'avoue que les hommes de la région sont en général réputés pour leur intelligence et leur vigueur, grâce à notre climat vivifiant, commenta-t-il avec fierté.

— Ce sont des qualités primordiales pour un soldat. Vous avez raison, le climat d'ici est excellent.

— Vous venez de vous installer à King's Lynn ?

— Non, je suis de passage. Je rentre en Écosse, après une visite chez des cousins à Londres.

— J'ai moi-même souvent l'occasion d'y aller pour mes affaires, observa Peasedown en offrant un cigare à son interlocuteur.

— Alors vous connaissez peut-être les Lockhart, de Mayfair ?

— Mais bien sûr ! J'étais au collège avec Drake ! s'écria Richard, omettant de préciser qu'ils avaient certes fait leurs études dans le même collège, mais qu'ils ne s'étaient jamais adressé la parole.

— Ce n'est pas possible ! Je n'ai jamais rencontré le cousin Drake, nous ne nous trouvons jamais en ville en même temps, mais je suis très lié avec Nigel.

Malgré ses prétentions mondaines, Peasedown n'avait plus beaucoup l'occasion de fréquenter la haute société londonienne, mais il tenait à impressionner un héros de l'armée britannique, surtout s'il avait de la famille à Mayfair.

— Nos amis londoniens nous rendent souvent visite. Nous avons justement en ce moment la fille de lord Farnsworth, un homme très en vue.

— Vous plaisantez ? s'exclama Liam. Je connais Mlle Farnsworth ! Une femme charmante, et très jolie qui plus est.

— Ainsi… vous l'avez déjà rencontrée ? fit Peasedown, pris de court.

— À plusieurs reprises, assura Liam. De vous à moi, je me suis donné beaucoup de mal pour faire sa connaissance. C'est une personne très réservée.

— Je crois qu'elle sort très peu. Elle a une petite fille, et on ne se rend pas compte des obligations que cela implique. Du reste, ce n'est plus une débutante… elle est un peu trop âgée pour cela.

— Quel dommage ! soupira Liam. C'est une personne si charmante, et si pleine d'attentions pour autrui.

Devant l'air rêveur du capitaine, une brillante idée germa dans l'esprit de Richard. D'ordinaire, il laissait à Judith le soin de jouer les marieuses, mais il aimait beaucoup Ellen, et si elle plaisait tant à cet Écossais, peut-être pourrait-il favoriser une idylle… Sans ce malheureux incident, dix ans plus tôt, elle aurait certainement fait un très beau mariage. Elle avait suffisamment payé pour une inconséquence de jeunesse, il était temps qu'elle s'établisse et trouve enfin le bonheur.

— Elle est chez nous pour une bonne quinzaine de jours, venez donc lui rendre visite, proposa-t-il. Je suis certain qu'elle sera ravie.

— Rien ne pourrait me faire plus plaisir, cher monsieur, lui assura Liam, ses yeux verts brillant d'une lueur sardonique.

Et puisqu'il était censé n'être que de passage à King's Lynn, il n'y avait aucune raison de perdre du temps. C'est ainsi que l'après-midi même, Liam se retrouva à Peasedown Park, accoudé à la cheminée du grand salon, à déguster un excellent cognac en écoutant son hôte disserter sur l'industrie de la pêche dans la région. Si ennuyeuse que fût la conversation de

Peasedown, pour la première fois depuis son départ de Londres, Liam se sentait de fort joyeuse humeur. Chaque minute le rapprochait des retrouvailles avec sa voleuse préférée.

Et quand la porte s'ouvrit tout grand sur deux gracieuses jeunes femmes, une inconnue aux cheveux auburn et une blonde ravissante qu'il connaissait bien, il crut entrevoir le paradis. Vêtue d'une somptueuse robe vert Nil, coiffée à la dernière mode, Ellen lui apparut plus resplendissante que jamais. Elle semblait parfaitement à son aise, comme si elle avait toujours vécu ici.

— Richard, je ne savais pas que nous avions de la visite ! s'écria Judith en s'avançant vers leur invité.

Ellie, qui était occupée à arranger l'une de ses manches, leva les yeux. Son charmant sourire s'évanouit instantanément lorsqu'elle reconnut le visiteur en question. Liam remarqua avec une profonde satisfaction le regard affolé qu'elle jeta vers la porte.

— Chérie, tu n'imagines pas comme le hasard fait bien les choses, répondit Richard. Figure-toi que je viens de faire la connaissance d'un vieil ami de notre chère Ellen. Laisse-moi te présenter le capitaine Lockhart.

— Vraiment ? fit Judith en jetant un regard perplexe à Ellen.

— Peut-être Mlle Farnsworth n'a-t-elle pas gardé un aussi chaleureux souvenir de notre amitié, remarqua l'officier en s'approchant pour saluer lady Peasedown. J'espère simplement compter parmi ses nombreux admirateurs.

— Voyons, ma chère, ce n'est pas gentil de ta part de nous avoir caché l'existence du capitaine ! lança malicieusement Judith. Vous êtes le bienvenu dans cette maison, comme tous les amis d'Ellen, poursuivit-elle en tendant la main à Liam.

— Je vous remercie, lady Peasedown, répondit-il en s'inclinant. Je suis très heureux de faire votre connaissance.

Pétrifiée, Ellie le regarda s'approcher comme s'il était le bourreau qui devait la mener au supplice. Sans la quitter des yeux une seconde, Liam lui tendit la main.

— Nous nous retrouvons enfin, mademoiselle Farnsworth.

Incapable de faire un geste, la jeune femme contemplait sans la voir la main tendue. Puis elle croisa le regard de Liam, et ne put s'empêcher de tressaillir.

— Pardonnez-moi, reprit-il, mais je pensais que nous nous étions liés d'amitié. Me serais-je trompé ?

— Bien sûr que non, rétorqua-t-elle d'un ton tranchant, après un bref coup d'œil à ses hôtes.

Comme prévu, elle entrait dans son jeu. Elle ne voulait pas éveiller les soupçons ni lui laisser la possibilité de la confondre.

— Je puis donc espérer... commença-t-il avec un sourire carnassier.

— Oui, oui, bien sûr que nous sommes amis, capitaine Lockart, coupa-t-elle sèchement. Naturellement, je suis... surprise de vous voir ici !

— Naturellement, répéta-t-il d'une voix traînante. Vous n'imaginez pas à quel point cela me fait plaisir de vous revoir, ajouta-t-il en laissant ses lèvres s'attarder sur la main de la jeune femme un peu plus que ne l'exigeaient les convenances.

Ellen lui arracha presque sa main et répondit :

— Ne m'en veuillez pas, monsieur, mais... eh bien, après notre dernière entrevue, je ne pensais pas vous revoir.

— Vraiment ? Quant à moi, j'espérais bien le contraire.

Elle se força à sourire et s'approcha de la fenêtre en s'éventant.

— Il fait un peu chaud, vous ne trouvez pas ?

— Asseyez-vous, capitaine, et racontez-nous comment vous avez fait la connaissance de notre Ellen, intervint lady Peasedown avec un sourire engageant.

— Voyons, Judith, ça n'a aucun intérêt ! s'exclama Ellen avec un rire nerveux.

— Rien ne me ferait plus plaisir, lady Peasedown, assura Liam aimablement.

Il s'installa dans une bergère, en face de la maîtresse de maison, et croisa nonchalamment les jambes.

— Par où dois-je commencer ? demanda-t-il ironiquement à Ellie, savourant son affolement. En fait, c'est amusant, mais c'est Natalie qui nous a présentés.

— C'était un hasard, bien entendu, se hâta de préciser Ellen.

— Comment cela, un hasard ? Mais c'est vous qui l'aviez provoqué, mademoiselle Farnsworth, rétorqua-t-il en riant.

— Jamais de la vie, capitaine Lockart ! s'écria-t-elle avec véhémence, ses grands yeux pervenche étincelants de colère.

— Peu importe ! Nous nous sommes rencontrés par hasard dans le jardin de Belgrave Square, mais pour notre deuxième rencontre, poursuivit-il en s'adressant à Judith, nous avons fait un charmant petit souper.

— Vous avez une façon de présenter les choses, capitaine ! l'interrompit Ellie avec un rire forcé.

— Comment cela ?

— À vous entendre, on imagine un souper intime, alors qu'il y avait une douzaine d'autres convives !

— Vraiment ? Je n'ai gardé aucun souvenir d'eux. Mais il est vrai qu'une seule personne monopolisait mon attention.

— Que c'est charmant ! soupira lady Peasedown. Et qui étaient vos hôtes ?

— Lady Mackenzie, répondit Liam sans se troubler le moins du monde. Vous la connaissez ?

— Non, confessa Judith après réflexion. Non, vraiment, je ne vois pas.

— Rien de plus normal... Elle était écossaise et quittait rarement les Highlands. Elle est morte il y a peu de temps.

— Tu ne m'avais jamais parlé d'elle, Ellen, s'étonna Judith.

— Il faut croire que cela ne m'avait pas marquée, répliqua la jeune femme en repoussant nerveusement une mèche de cheveux. En fait, j'avais complètement oublié ce dîner.

— Quel dommage pour nous deux, mademoiselle Farnsworth ! Quant à moi, je m'en souviendrai toute ma vie.

Ellen s'empourpra, tandis que ses amis échangeaient un regard entendu.

— Il faut que vous restiez dîner, capitaine ! décréta Judith. Ellen est toujours très laconique dans ses lettres, et je tiens absolument à ce que vous nous racontiez toute l'histoire.

— Vous êtes trop aimable, lady Peasedown. J'accepte volontiers votre invitation.

— Splendide ! déclara lord Peasedown, rayonnant. Je savais que j'avais eu une bonne idée.

— Je vais donner des instructions au cuisinier, annonça sa femme. Richard, que diriez-vous d'aller jeter un coup d'œil à la cave et de choisir un grand cru en l'honneur de nos invités ?

— Volontiers, répondit-il.

— Ellen, nous te laissons t'occuper du capitaine. Tout de même, quelle merveilleuse coïncidence !

ajouta-t-elle à l'adresse de Liam avant de quitter la pièce au bras de son mari.

— Je n'aurais pu rêver plus miraculeux hasard, renchérit celui-ci.

Il ferma soigneusement la porte derrière eux, bondit vers l'autre sortie avant qu'Ellie ait eu le temps de l'atteindre et s'y adossa, ne laissant à la jeune femme aucune échappatoire.

24

Ellen crut sa dernière heure arrivée. S'il ne la tuait pas sur-le-champ, ce serait son pauvre cœur affolé qui lui manquerait.

Elle le fixait, mortifiée, un simple divan la séparant de lui. Jamais elle n'aurait imaginé qu'il la retrouverait ici, encore moins qu'il parviendrait à s'introduire chez ses amis comme un hôte de marque. Comment diable avait-il réussi à faire la connaissance de Richard ?

— Tiens-toi tranquille, fit-il d'un ton bourru, ou tu ne feras qu'aggraver ta situation, qui n'est guère enviable. Avec toi, je m'attends à tout !

— Tu as perdu l'esprit ! s'écria-t-elle.

— Tu ne crois pas qu'il y aurait de quoi ? rétorqua-t-il en éclatant d'un rire amer.

Terrorisée, elle battit en retraite vers la porte, mais il la devança, et elle n'eut que le temps de se réfugier derrière une méridienne pour échapper à sa poigne de fer.

— Seigneur, Liam, où te crois-tu ? souffla-t-elle, paniquée. Nous ne sommes par sur un champ de bataille. Tu ne peux pas venir ici et me réclamer comme si j'étais quelque butin !

— Ellie ! Tu pensais *vraiment* que tu pourrais m'échapper ? lança-t-il en s'approchant insensiblement.

Oui, elle pensait être en sécurité à Peasedown Park. Et elle était furieuse qu'il l'ait retrouvée.

— Comment as-tu fait ?

— Tu te crois si maligne que ça ? Tu n'avais nulle part où aller... Et qui s'occupe du courrier depuis des années ?

Follifoot ! Il l'avait trahie.

Du genou, Liam poussa légèrement la méridienne. Avec un cri strident, Ellen bondit et lui échappa de justesse. Il allait se saisir d'elle lorsqu'on frappa discrètement. Tous deux se figèrent sur place.

— Vous n'avez besoin de rien, mademoiselle Farnsworth ? s'enquit Filbert, dont le regard curieux passa de l'un à l'autre. Tout va bien ?

— Mais bien sûr ! s'exclama-t-elle avec un sourire crispé. Je m'apprêtais à montrer au capitaine Lockhart ce... ce beau...

— Tableau, termina Liam à sa place. Il est effectivement très intéressant.

— N'est-ce pas ? Judith m'a dit qu'il datait du XVe siècle.

— Une bien belle époque, grommela-t-il.

Le majordome vérifia les bouteilles disposées sur la desserte. Il semblait quelque peu surpris de l'attention que les invités portaient à ses gestes.

— Voulez-vous quelque chose, mademoiselle ?

Oh, oui ! Un pistolet, une corde, un poignard, ou un candélabre particulièrement lourd feraient l'affaire...

— Merci, Filbert. Nous avons tout ce qu'il faut.

Elle jeta un coup d'œil par-dessus son épaule et sursauta. Liam s'était approché furtivement, et se trouvait à présent juste derrière elle.

— Vous n'avez besoin de rien, capitaine ? demanda-t-elle en s'écartant discrètement.

— De rien, je vous remercie, répondit-il avec un sourire féroce.

— Filbert, un instant ! appela Ellen en rattrapant le majordome qui s'apprêtait à sortir. Les biscuits que lady Peasedown aime tant ! Pourriez-vous nous en apporter ?

Le valet se dirigea vers une assiette pleine posée sur la console.

— Ceux-ci sont rassis ! s'écria la jeune femme d'une voix aiguë qui frisait l'hystérie.

— Je vais vous en apporter d'autres, proposa le domestique, déconcerté.

— Je vais y aller moi-même !

— Ne prenez pas cette peine, mademoiselle Farnsworth. Je vous en apporte une assiette immédiatement, protesta le valet, froissé autant qu'interloqué.

Il s'inclina profondément, et quitta la pièce.

Il avait à peine refermé la porte qu'Ellen se ruait vers la cheminée pour attraper un tisonnier qu'elle brandit devant elle telle une épée. Liam la suivit en riant de bon cœur, comme s'il s'agissait d'un jeu.

— Allons, Ellie, tu sais très bien que tu ne m'échapperas pas, cette fois-ci. Finissons-en ! Rends-moi cette satanée statuette, et je te laisserai tranquille.

— Menteur ! Tu me prends pour une imbécile ? Tu voudrais me faire croire que si je te la donne, tu t'en iras tout de suite ?

— Sûrement pas le ventre vide ! répliqua-t-il en souriant.

— Tu ne comptes tout de même pas rester dîner ?

— Et pourquoi pas ? Tu as peur que je révèle la vérité sur ton compte ? Que j'explique à tes amis que leur illustre invitée n'est qu'une petite voleuse sans scrupules ?

C'était effectivement ce qu'elle craignait.

— Je vais rester souper, tu penses bien ! Et après ce délicieux repas, tu me restitueras mon précieux petit monstre.

— Et c'est tout ce que tu veux ? demanda-t-elle, incrédule.

— Voyons, ma mie, c'est aussi évident que le nez au milieu de la figure. Tu vas me donner cette maudite bestiole, et ensuite me confier la partie la plus charmante et la plus charnue de ton anatomie, et je n'en ferai qu'une bouchée.

Il fit un pas en avant, et elle leva le tisonnier, prête à frapper.

— Attention !

Sans l'écouter, elle brandit son arme improvisée encore plus haut, mais se hâta de la rabaisser en entendant la porte du fond s'ouvrir.

— À quoi jouez-vous donc, tous les deux ? roucoula Judith.

— J'attise le feu, expliqua Ellen. Il fait frais, tu ne trouves pas ?

— Mais… tout à l'heure, tu avais trop chaud !

— C'est vrai. J'ai peut-être pris froid.

Elle tendit le tisonnier à Liam et se réfugia aux côtés de son amie. Judith glissa son bras sous le sien et lui tapota gentiment la main.

— Tu es un peu rouge, chuchota-t-elle. J'espère que tu n'es pas malade.

Rchard entra sur ces entrefaites.

— Voilà une autre coïncidence qui tombe à pic, capitaine ! s'exclama-t-il, tout sourire. Il se trouve que le cuisinier a préparé un rôti de bœuf d'Écosse.

— C'est vraiment mon jour de chance, commenta Liam. Je retrouve une vieille connaissance, je me fais de nouveaux amis, et je vais partager avec eux un excellent dîner. Je suis vraiment béni des dieux !

Ellie leva les yeux au ciel.

— Puis-je ajouter que je me fais une fête de ce dîner, car Mlle Farnsworth s'est toujours montrée brillante en société.

— Je confirme ! acquiesça lady Peasedown.

— Sa conversation est vraiment pleine d'esprit, et elle ne manque jamais de nous étonner.

Et tandis que Liam se tournait vers Richard, qui lui posait une question, Judith glissa à l'oreille d'Ellen :

— Quelle chance tu as d'avoir un soupirant aussi agréable et attentionné ! Il est fou de toi, c'est évident. C'est vraiment passionnant !

— Passionnant, le mot est faible, répliqua Ellen avec un sourire contraint.

Pour le plus grand bonheur de Liam, le repas fut délicieux. Sauf pour Ellie, bien entendu, qui semblait assise sur une planche à clous. Elle affectait de ne lui prêter aucune attention, mais le fusillait du regard par en dessous, ce qui l'amusait beaucoup.

Décidément, elle était ravissante quand elle était en colère.

Il ne pouvait cependant admettre qu'elle joue les princesses outragées. Apparemment, dans l'esprit d'Ellen, ligoter les gens pour leur voler ce qu'ils avaient de plus précieux était parfaitement naturel quand il s'agissait d'elle, mais lui n'avait pas le droit de venir réclamer ce qui lui appartenait ! Plus le souper durait, et il se prolongea fort tard, Peasedown ayant la manie de raconter des histoires emberlificotées, plus la rancune du capitaine montait.

Elle en avait du toupet, cette misérable menteuse, cette voleuse sans scrupules, de le traiter comme un odieux malfaiteur ! Quand ils arrivèrent au dessert, il n'y tenait plus, et il profita d'une histoire de poules pour évoquer le sujet qui le tourmentait.

— De l'église jusqu'à la rivière, expliquait lady Peasedown, on ne trouve plus une poule, elles ont toutes disparu. Et qui les a volées, à votre avis ?

— La vieille Mme Radley, répondit spontanément son mari. Je l'ai vue dans l'enclos paroissial, pas plus tard qu'hier, un plein panier d'œufs au bras.

— Enfin, Richard ! Mme Radley a toujours été une personne très charitable. Ses poules sont d'excellentes pondeuses, c'est de notoriété publique, et tous les jeudis elle apporte des œufs frais aux pauvres de la paroisse. Depuis des années !

— Je l'admets, chérie, mais tu ne trouves pas curieux qu'elle soit la seule dans tout le comté à n'avoir pas perdu une seule poule ?

— Eh bien, si c'est elle, il faut prendre son grand âge en considération. Les vieilles personnes ont parfois des absences et ne se rendent plus très bien compte de ce qu'elles font.

— Vous voulez dire que dans certains cas on peut excuser une mauvaise action ? intervint Liam en regardant Ellie.

— Certainement pas ! s'exclama Judith. Le vol est inadmissible, quelles que soient les circonstances !

— Mais supposez qu'un de vos amis, pris de folie, commette un larcin...

— C'est inimaginable, mes amis ne sont ni fous ni malhonnêtes.

— Jusqu'à preuve du contraire. Mais supposons qu'une, ou un, de vos amis traverse une mauvaise passe et soit amené à dérober ce qui ne lui appartient pas. Juste une fois, bien entendu. Le condamneriez-vous ?

— Sans aucun doute ! Je vous l'ai dit, le vol est inadmissible, répéta solennellement lady Peasedown.

— Tu te souviens de l'histoire de Robin des Bois ? intervint Ellen, dont les yeux d'azur étincelaient lorsqu'ils croisaient ceux du capitaine. Imaginons que cet ami vole un riche pour secourir un pauvre, tu ne crois pas qu'il serait excusable, dans une certaine mesure ?

— Évidemment, si c'est pour la bonne cause... Je ne sais pas.

— Je t'en prie, ma chérie, ne laisse pas nos invités s'imaginer que nous trouvons normal de nous laisser dépouiller au profit de moins fortuné que nous. Si quelqu'un est dans le besoin, je serais heureux de donner charitablement pour le secourir, mais je ne peux admettre qu'on me prenne quoi que ce suit.

— Oh, bien entendu ! se hâta d'acquiescer Judith. Je suis tout à fait d'accord avec toi.

— Selon toi, il n'existe aucune excuse ou circonstance atténuante qui, si elle ne justifie, du moins rend le forfait moins répréhensible ? insista Ellen.

— Y a-t-il des degrés d'immoralité ? lui demanda Liam.

— Sans doute !

— Certainement pas, rétorqua Judith. Je ne pense pas que vouloir faire le bien donne le droit d'agir malhonnêtement.

— Même s'il s'agit d'une babiole, d'un bouquet de fleurs, par exemple, cueillis dans le jardin du voisin, sans sa permission, bien entendu ? Pour faire un présent ? Ce petit larcin ne mérite-t-il pas un peu d'indulgence ? remarqua-t-elle en lançant un regard narquois à Liam.

— Non, même le vol de quelques fleurs ne peut trouver d'excuses. Qu'en penses-tu, Richard ?

— Je suis de ton avis, ma chérie. Qui vole un œuf vole un bœuf. Chiper une fleur est tout aussi répréhensible que dérober un bijou. Un peu de porto, capitaine ?

— Volontiers. Je ne veux pas vous contredire, mais je pense néanmoins qu'en certaines circonstances bien particulières, prendre quelque chose sans demander la permission est légitime.

— Vraiment ? Et dans quel cas ?

— Par exemple, si un objet vous appartenant de droit est en possession d'un tiers, et que cette personne refuse de vous le restituer.

— C'est ridicule, siffla Ellie.

— Évidemment, en pareil cas, on pourrait considérer le vol comme une action légitime.

— Une action *légitime* ? répéta Ellen. Et que faites-vous des tribunaux, capitaine Lockart ? Ils sont là pour arbitrer les différends, même entre proches, ou entre cousins.

— Certes, mademoiselle Farnsworth, mais si on ne peut faire confiance à ses proches, comment s'en remettre au jugement d'inconnus ? Le mieux serait encore que chacun laisse les choses à leur place.

— Voilà qui est parlé, capitaine, s'écria Richard en riant. J'ai moi aussi mon opinion sur la question, et si nous allions chasser ensemble demain, cela nous permettrait d'en discuter tranquillement sans ennuyer les dames.

— Cela me paraît une excellente idée. J'ai encore quelques jours avant de rentrer en Écosse, répondit Liam en glissant un regard oblique à Ellie qui fulminait littéralement.

— Dans ce cas, revenez donc dîner demain, proposa Judith. Nous avons passé une si agréable soirée ! Nous allons nous occuper de vous jusqu'à votre départ, n'est-ce pas, Ellen ?

Sans remarquer le regard noir de son amie, elle posa sa serviette et se leva.

— Je crois qu'il est temps pour nous de passer au salon, et de laisser ces messieurs fumer tranquillement leur cigare.

Ellie se leva à son tour, belle comme le jour, et se dirigea gracieusement vers la sortie, sans accorder à Liam un salut ni même un regard.

« Pauvre lady Peasedown », songea le capitaine en répondant au sourire chaleureux de leur hôtesse. Elle était animée des meilleures intentions, mais elle risquait fort de voir ses belles illusions s'évanouir rapidement.

La soirée se prolongea dans le grand salon. Ellie n'en pouvait plus. Liam ne montrait aucune intention de s'en aller, et elle commençait à craindre que Judith, dans son enthousiasme, ne l'invite à venir séjourner à Peasedown Park. Elle l'aurait certainement logé dans l'appartement voisin du sien, et ils auraient pu, pourquoi pas, finir leurs jours tous les quatre, tant qu'on y était.

Mais ce qui la contrariait le plus, c'était que son cœur s'affolait dès qu'elle posait les yeux sur le capitaine, que son sourire ironique la faisait chavirer et qu'elle mourait d'envie de se jeter dans ses bras. Elle avait tout à craindre de lui, mais lui seul pouvait la réconforter, la rassurer. Comment supporter l'idée que plus jamais il ne la toucherait ?

À moins, bien entendu, qu'il ne l'étrangle, ce qui n'avait rien d'impossible, à voir les regards meurtriers qu'il lui jetait.

Mais il fallait bien affronter la triste réalité. Visiblement, il n'éprouvait plus aucun tendre sentiment pour elle. Dans ses beaux yeux verts, le mépris avait remplacé la tendresse. Cela n'avait rien d'étonnant, après ce qu'elle avait fait. Elle ne pouvait s'en prendre qu'à elle-même, et elle se haïssait pour l'avoir dupé de si vilaine façon.

Le remords la rongeait. Elle n'avait jamais voulu de mal à qui que ce soit, et jamais elle se serait crue capable de tromperie, surtout après avoir elle-même si cruellement souffert de la trahison de Daniel. Elle ne valait pas mieux, finalement. Mais maintenant qu'elle avait goûté à la liberté, elle n'était pas prête à y renoncer, même au prix d'une félonie.

Jamais elle ne laisserait sa fille sombrer dans la douce folie qui la guettait si elles retournaient à leur morne enfer, et elle défendrait bec et ongles son indépendance. Ce qui signifiait qu'elle devait à tout prix garder cette statuette.

Si au moins Liam avait cessé de la dévisager. Mais il ne la quittait pas des yeux, un sourire plein de mépris aux lèvres. Et le pire, c'était qu'elle était incapable de deviner ses sentiments, alors que quelques jours auparavant, elle lisait en lui à livre ouvert.

Lorsqu'il se leva enfin pour prendre congé, lord Peasedown insista pour lui prêter le buggy. Ainsi, il pourrait revenir plus promptement le lendemain matin pour leur partie de chasse. Ellen bouillait d'impatience. Elle voulait à tout prix s'assurer qu'il n'avait pas, par quelque tour à sa façon, réussi à s'emparer du monstre.

Liam enfila sa capote militaire, à laquelle il manquait toujours le bouton offert à Natalie, et que celle-ci conservait comme un trésor. Il tendit la main à Richard en l'assurant qu'il se faisait une joie de leur partie de chasse, s'inclina sur la main de Judith avec un charmant compliment, et se tourna enfin vers Ellen, affectueusement couvé du regard par les Peasedown, qui n'auraient pas montré plus de fierté s'il s'était agi de leur progéniture.

Il prit la main qu'Ellie lui tendait à contrecœur, et la serra à la briser. La jeune femme parvint à demeurer impassible.

— Vous n'imaginez pas à quel point je suis enchanté de vous avoir retrouvée, mademoiselle Farnsworth. Comme je l'ai déjà dit, je suis béni des dieux.

— Vous vous avancez peut-être, répliqua-t-elle froidement.

— Vous avez sans doute raison. Si les dieux m'avaient réellement béni, ils ne vous auraient pas laissée partir, n'est-ce pas ?

Ellen parvint enfin à retirer sa main. Qu'il parte donc ! Qu'il la laisse tranquille, seule avec ses souvenirs, puisque c'était tout ce qui lui restait.

— Eh bien, à demain !

Elle le regarda descendre les marches du perron, ignorant la petite voix qui l'implorait de le retenir.

Elle souhaita une bonne nuit à ses hôtes et se retira aussitôt, prétextant une migraine.

— Va te coucher, ma chérie. Nous aurons tout le temps de bavarder demain, lui lança lady Peasedown avec un clin d'œil complice.

Une fois dans ses appartements, elle courut exhumer la boîte où elle avait caché la statuette. Le tartan était toujours là, et le hideux objet aussi, elle le sentait rien qu'au poids.

Elle défit néanmoins le paquet, et contempla l'affreuse statuette. Que faire ? Jamais Liam ne renoncerait à la récupérer. S'il existait un moyen au monde de s'introduire dans son appartement, il le découvrirait, si ce n'était déjà fait. Elle envisagea de chercher une autre cachette. Cela ne devait pas manquer dans cette immense bâtisse. Mais c'étaient les domestiques qui risquaient de la trouver. Ou encore Judith, Richard, ou les enfants. Si elle la laissait dans la chambre de

Natalie, la petite mourrait de peur et en parlerait à tout le monde.

Non, il valait mieux la laisser là où elle était. Au moins, elle pourrait la surveiller.

Les yeux de rubis de l'animal étincelaient méchamment dans la pénombre. Pour un peu, elle aurait été soulagée que le capitaine la reprenne... Et après tout, pourquoi ne pas le laisser faire ? Dès qu'il aurait sa chère statuette entre les mains, il se hâterait de déguerpir. Cela valait la peine d'essayer.

Elle alla prestement chercher une paire de ciseaux oubliée par la femme de chambre, et coupa le kilt en deux. Rien que de toucher l'épais lainage lui rappelait son amant, ses caresses, son odeur... Elle crut entendre son cri de douleur et de rage quand la lame fendit le tartan, et elle hésita un instant à poursuivre sa tâche.

Elle mit son idée à exécution non sans mal, et lorsqu'elle eut enfin terminé, elle alla s'assurer que Natalie dormait paisiblement. Elle contempla sa fille un long moment, la borda tendrement, et partit enfin goûter un sommeil agité, hanté par un Écossais déchaîné qui la poursuivait de sa vindicte jusqu'au centre de la terre.

Elle se réveilla au petit jour, épuisée, rongée par l'angoisse. Et avec la certitude qu'elle devait quitter son refuge au plus vite. Comment avait-elle pu se croire en sécurité ? Jamais elle n'aurait dû baisser la garde. À présent, il lui fallait assumer les conséquences de sa naïveté.

Elle n'avait pas le temps de réfléchir à sa prochaine destination. La France lui parut une bonne idée. Richard avait expliqué deux jours plus tôt qu'on se remettait de la guerre et que tout changeait rapidement. Des étrangers affluaient de toute l'Europe pour s'établir, repartir de rien et recommencer une nouvelle vie. Elles aussi pourraient peut-être se faire une place dans un pays en reconstruction, où tout le monde était trop occupé pour se préoccuper de son voisin.

Lorsque la petite ouvrit les yeux, elle trouva sa mère assise au bord de son lit.

— Bonjour, ma chérie. J'attendais que tu te réveilles. Habille-toi vite, lui dit-elle après un rapide câlin en lui tendant la seule robe qu'elle n'ait pas emballée.

— J'ai fait un drôle de rêve cette nuit. Le capitaine Lockhart venait nous chercher, raconta la fillette en commençant à se débarbouiller.

Ellen blêmit.

— C'est encore une de tes histoires ? interrogea-t-elle. Je ne la trouve pas drôle du tout.

— Mais c'est vrai ! J'ai rêvé du capitaine ! se défendit la fillette.

— Et qu'est-ce qu'il faisait ? Il te disait quelque chose ?

— Non, il venait nous secourir, c'est tout !

— Tu es sûre que tu dormais ? Il n'est quand même pas venu ici ? s'inquiéta-t-elle soudain.

— Non, c'était un rêve ! Je ne l'ai jamais vu dans la maison…

La petite s'arrêta net, et plaqua la main sur sa bouche, rouge de confusion.

— Qu'as-tu dit ?

L'enfant ne répondit pas, vexée de s'être trahie. Affolée, Ellen scrutait le visage de sa fille, essayant de démêler le vrai du faux.

— Tu as vu le capitaine ? demanda-t-elle dans un souffle.

Natalie, en larmes, acquiesça faiblement. Sa mère sentit ses jambes se dérober sous elle.

— Qu'est-ce qu'il t'a dit ?

— Qu'il voulait te faire une surprise.

— C'est tout ? Il n'a rien dit d'autre ?

— Qu'il allait venir à notre secours et nous délivrer.

— Dieu du ciel, Natalie, nous ne sommes pas en Hilaria ! s'écria Ellen avec impatience.

— Mais je sais bien, gémit la petite, effrayée par la véhémence de sa mère.

— Je suis désolée, chérie, s'excusa Ellen en la prenant dans ses bras. Je n'aurais pas dû me mettre en colère ainsi. C'est juste que, quelquefois, j'ai du mal à savoir ce qui est vrai et ce qui appartient à ton imagination. Viens t'habiller, maintenant. C'est fini, ajouta-t-elle en se détournant pour dissimuler son affolement.

25

Judith était tellement reconnaissante à son mari de leur avoir amené le capitaine et de se préoccuper du bonheur d'Ellen, qu'elle tint à lui témoigner sa satisfaction avec une ardeur que leurs relations conjugales avaient un tant soit peu perdue au fil des années.

Le lendemain matin donc, lord Peasedown, en dépit du temps froid et humide, se montra d'une gaieté et d'une bonne humeur inaltérables. Il fut un peu surpris de trouver Liam dans le petit salon bleu, mais il avait l'esprit trop occupé par ses ébats de la nuit passée pour demander des explications, et il supposa que Filbert l'avait fait entrer.

Mais ce matin-là, le majordome n'avait pas vu leur visiteur. Une petite chambrière avait aperçu l'officier errer d'une entrée à l'autre, visiblement perdu. Comme elle l'avait vu la veille en compagnie de ses maîtres, elle avait trouvé tout naturel de le faire entrer. Il était si bel homme, et son accent chantant tellement charmant ! Elle l'avait donc mené avec beaucoup d'obligeance à travers le rez-de-chaussée.

À la vérité, cette visite n'était pas indispensable, car Liam s'était déjà introduit dans la maison dans la nuit pour repérer l'emplacement exact des appartements d'Ellen. La veille au soir, il avait arrêté le buggy et s'était caché pour observer dans quelles pièces s'allumaient les lumières et comprendre la disposition générale des lieux. Une croisée était restée éclairée plus longtemps que les autres. Ellie devait vérifier que la statuette était toujours là où elle l'avait cachée.

Pour s'en assurer, il était entré par une fenêtre qu'il avait remarquée dans le grand salon. Il avait gravi l'escalier à pas de loup, dépassé une porte qui devait être celle des maîtres de maison, à en juger par les bruits éloquents qui lui parvenaient, et suivi jusqu'au bout un couloir large comme une salle de bal.

Mais des pleurs enfantins avaient interrompu sa marche vers la vengeance. Devinant immédiatement de qui il s'agissait, il s'était figé sur place. Il ne pouvait pas abandonner Natalie à sa détresse, il s'en serait voulu jusqu'à la fin de ses jours. Il s'était faufilé dans la chambre sans plus se préoccuper d'être entendu ou non. Jamais il n'aurait cru possible de sangloter ainsi en dormant. Il était si désemparé que lorsqu'elle avait ouvert les yeux, tout ce qu'il avait trouvé à lui dire, c'était qu'il viendrait les délivrer et les emmènerait bien loin, sa mère et elle.

Maudissant le sexe féminin et sa manie des larmes, il n'en avait pas moins remis son expédition au lendemain.

Plus troublé qu'il ne voulait l'admettre, il était rentré à l'auberge, bien décidé à revenir au matin récupérer la statuette avant de prendre le large. À l'aube, il était de retour à Peasedown Park pour faire l'inventaire des différentes sorties. Connaître une autre issue pouvait toujours s'avérer utile.

La petite chambrière l'avait accueilli comme s'il était le Messie en personne. Visiblement, elle ne demandait qu'à s'occuper de lui et, si la pensée d'Ellen ne l'avait pas occupé tout entier, il aurait considéré cette possibilité d'une tout autre façon.

Malheureusement, seule Ellie régnait sur son cœur. Il avait connu des amourettes, mais pour la première fois de sa vie, il aimait vraiment, de tout son être ! Il avait beau lui en vouloir, la mépriser, il l'aimait, et la soirée passée en sa compagnie n'avait fait qu'attiser sa passion. Durant tout le dîner, il avait été déchiré par des sentiments contraires. Tantôt il avait envie de l'étrangler, tantôt le désir de la prendre dans ses bras l'étouffait, mais il finissait toujours par se ressaisir et retrouver son appétit de revanche.

Quand Richard suggéra de reporter leur partie de chasse en raison du temps, Liam accepta à contrecœur. L'idée de passer l'après-midi à « distraire les dames » ne l'enthousiasmait guère.

Les jeux de société n'étaient pas son passe-temps favori, loin de là. Sa sœur les adorait, et Griffin et lui devaient déployer des trésors d'imagination pour y échapper les jours de pluie. D'un autre côté, cela lui permettrait peut-être de récupérer la statuette plus tôt que prévu. Ainsi, il pourrait dire adieu à King's Lynn avant de faire une autre bêtise, comme d'embrasser Ellie et de souffrir de nouveau des conséquences de sa folie.

— Nous allons d'abord déjeuner, suggéra Peasedown. Entre hommes... Ces dames prennent une légère collation de leur côté. Bien entendu, nous dînerons tous ensemble ce soir.

— J'adore la chasse, mais j'aime aussi beaucoup la compagnie des dames, observa Liam.

— À ce sujet... commença Richard.

Il fit une pause pour jeter un coup d'œil par-dessus son épaule.

— Ma femme est votre alliée la plus zélée, reprit-il. Elle adore arranger les mariages, et elle y met parfois un empressement excessif, si vous voyez ce que je veux dire.

— Je vois, sourit le capitaine. Mais, en l'occurrence, son aide sera la bienvenue.

— C'est parfait ! Allons déjeuner maintenant. Un homme ne peut pas s'occuper convenablement des dames l'estomac vide !

Pour une fois, le capitaine était entièrement d'accord.

Tandis que les messieurs finissaient de déjeuner, Ellen subissait patiemment l'envahissante sollicitude de son amie. Elle la connaissait depuis vingt-cinq ans et n'ignorait rien de son goût pour les histoires d'amour bien troussées, ni de sa manie d'arranger les mariages.

Cela avait commencé par un inventaire complet de leurs garde-robes respectives. Lady Peasedown trouvait les vêtements d'Ellen trop conventionnels, en particulier la robe que cette dernière comptait porter pour le dîner. Il s'agissait d'une tenue qui, au dire d'Eva, lui avait valu beaucoup de compliments les deux fois où elle l'avait portée, six mois plus tôt. Mais elle n'était pas assez décolletée et ne mettait pas suffisamment en valeur sa silhouette au goût de la maîtresse de maison.

Judith choisit donc une robe au corsage tellement ajusté qu'Ellie se demanda comment elle parviendrait à respirer. Mais il n'y avait pas moyen de refuser et, après un bon quart d'heure de discussion animée, elle céda devant l'insistance de son amie. Et au fond quelle importance ? se dit-elle. Encore une journée à tenir, et le lendemain, elle serait loin.

Tandis qu'elles se dirigeaient vers le salon vert, son hôtesse ne cessa de chanter les louanges du capitaine

Lockhart, de son charme « rustique », de son humour, de sa délicieuse franchise, tandis qu'Ellen observait un silence prudent. Qu'aurait-elle pu répondre, du reste ? Que le charmant et rustique officier ne rêvait que de la voir réduite en charpie, et qu'il se ferait un plaisir de la découper lui-même en morceaux si elle lui en laissait le temps, ce qui n'était pas dans ses intentions.

Elle faillit s'évanouir lorsque, pénétrant dans le salon, elle découvrit Liam confortablement installé dans une bergère, Sarah, Charles et Natalie assis à ses pieds. Quel touchant tableau ! Elle n'aurait pas été plus désarçonnée s'il avait eu la statuette à la main.

Elle aurait dû s'attendre à un traquenard de ce genre quand Judith lui avait fait inventorier sa garde-robe. Et se douter que, vu le temps, les hommes n'iraient pas chasser. Mais elle était trop fatiguée, trop préoccupée, pour remarquer de pareils détails. Son imprévoyance risquait de lui coûter cher, songea-t-elle, irritée, en franchissant le seuil.

Levant les yeux, Liam lui adressa un sourire enjôleur.

— Maman ! Tu vois, le capitaine est venu à notre secours ! s'écria sa fille en se précipitant vers elle.

— Que racontes-tu, ma chérie ? s'esclaffa Judith en lui caressant les cheveux.

— Quel plaisir de vous voir ! Voilà qui me console un peu de ce temps affreux, déclara le capitaine en se levant.

Ellie le salua froidement, ce qui lui valut un coup de coude peu discret de la part de son amie.

— Nous allons faire de notre mieux pour vous faire oublier votre partie de chasse, capitaine ! annonça lady Peasedown, sans lâcher le bras d'Ellen. Vous allez devoir passer toute la journée en notre compagnie, et pour nous, c'est une véritable aubaine.

— Mais tout le plaisir est pour moi, assura Liam, en songeant qu'une telle platitude était digne de ces dandys londoniens qu'il méprisait tant.

Il s'inclina cérémonieusement sur la main de son hôtesse, puis sur celle qu'Ellen lui tendait à contrecœur.

— Vous risquez d'être déçu, persifla celle-ci, car notre compagnie n'est pas des plus divertissantes.

— Détrompez-vous, mademoiselle Farnsworth. Passer un moment avec vous me semble plus appréciable encore qu'un souper avec le roi, répliqua-t-il, une lueur sardonique fort inquiétante au fond des yeux.

— Quel dommage qu'il n'ait pas été libre ! ironisa Ellie en dégageant sa main.

— Il fait vraiment un temps de chien, intervint Richard pour expliquer leur présence. On ne voit rien à trois pas, on manquerait un éléphant.

— Bien entendu, chéri, vous ne pouviez pas sortir par ce temps, renchérit Judith. Les enfants, il est temps de retourner à la nursery.

Charles et Sarah obéirent sans broncher, mais Natalie se serra contre sa mère.

— Je peux rester avec vous, s'il te plaît ?

— Non, mon ange, les enfants ne restent pas au salon. Va jouer avec tes amis.

— Et si le capitaine partait sans nous ? chuchota-t-elle, au bord des larmes.

Machinalement, la jeune femme leva les yeux vers Liam. Lui aussi souffrait pour la petite.

— Il finira par partir sans nous, Natalie, mais moi, je reste avec toi. Je ne te quitterai jamais. À présent, retourne à la nursery.

— Laissez-les rester, lady Peasedown, je vous en prie, tenta le capitaine. J'adore les enfants.

— C'est très gentil de votre part ! Mais leur gouvernante a établi tout un programme pour eux. Nous la payons assez cher pour ça. Allons, mes enfants, Mlle Peckinpaugh vous attend.

En soupirant, Natalie se résigna à les suivre. Elle paraissait terriblement abattue lorsqu'elle se retourna sur le seuil. Dans le regard qu'ils échangèrent, Liam et elle, Ellen lut tant d'affection qu'elle en fut bouleversée. L'Écossais aimait vraiment son étrange petite fille.

Mais comment expliquer à celle-ci qu'il fallait choisir entre son ami et la liberté, que l'un n'était pas compatible avec l'autre ? Le capitaine paraissait partager sa tristesse. Peut-être finirait-il par sinon lui pardonner, du moins la comprendre ?

Accablée, elle se laissa tomber sur une chaise et s'efforça de réfléchir. Avec Liam dans les parages, impossible de s'esquiver comme prévu.

— Maintenant que les enfants sont partis, si nous jouions aux charades ? proposa gaiement Judith.

— Tu sais très bien que je déteste cela, râla Richard.

— Et que diriez-vous de jouer à Vérité ou Conséquences ? suggéra Liam. C'est très à la mode en Écosse. Vous le connaissez ?

Judith semblait aux anges, mais Ellen fut aussitôt sur ses gardes. Le nom ne lui disait rien qui vaille, pas plus que la flamme narquoise qui dansait dans le regard du capitaine.

— C'est très simple, reprit Liam. L'un des joueurs demande à un autre de choisir entre la vérité ou ses conséquences. Mademoiselle Farnsworth, par exemple, que préférez-vous, la vérité ou ses conséquences ?

— Vraiment, capitaine, ce jeu me semble n'avoir ni queue ni tête ! lança froidement la jeune femme, de plus en plus méfiante.

— Voyons, Ellen, ne fais pas ta rabat-joie ! s'écria Judith. Alors, vérité ou conséquences ?

Mais quelle idée avait-elle eue de se réfugier à King's Lynn ?

— Je t'assure, Judith, je préfère...

— Je vais commencer avec lord Peasedown, coupa Liam en s'accoudant à la cheminée.

— Mais certainement, expliquez-nous les règles, répondit Richard avec empressement.

— Si vous choisissez la vérité, je peux vous demander ce que bon me semble. Si vous refusez de répondre, ou si vous mentez, la personne qui a posé la question choisit les conséquences. Si vous avez un horrible secret à cacher, ajouta-t-il en souriant, il vous faudra en assumer les conséquences.

— Mais c'est très amusant ! s'écria Peasedown. Je suis prêt.

— Est-ce que je peux commencer ? demanda Judith. J'ai une question à poser à mon mari. Chéri, tu te souviens du jour où tu es rentré en retard de ton club ?

— J'y vais tous les jours, comment veux-tu que je me rappelle...

— Le quatorze septembre.

— Mais c'est affreusement loin, remarqua Richard, très embarrassé.

— Tu es arrivé en retard pour le dîner, et tu m'as dit que tu t'étais arrêté chez le Dr Stafford. Tu te souviens, maintenant ? fit-elle d'une voix suave.

— Je ne trouve pas ça drôle. Je préfère les conséquences, finalement ! s'exclama-t-il, blanc comme un linge.

— Quel dommage, pour toi, mon amour. Puisque tu es incapable de te rappeler ce que tu as fait l'après-midi du quatorze septembre 1816, je décrète qu'en conséquence tu devras commander pour mon boudoir un divan d'acajou chez cet ébéniste d'York. Et tu es prié de remettre séance tenante la somme nécessaire à ton épouse.

Les épaules de lord Peasedown s'affaissèrent légèrement, mais il s'en tirait finalement à bon compte. Il se dirigea vers un secrétaire à l'autre bout de la pièce, prit une plume et une feuille de papier, et rédigea un billet qu'il tendit à sa femme, avant d'aller se verser une généreuse rasade de whisky.

— Ce jeu me plaît décidément beaucoup ! déclara une Judith rayonnante. À votre tour, capitaine.

— Je vais poser une question à Mlle Farnsworth, décida-t-il avec un sourire sardonique.

— Je ne joue pas, fit Ellen vivement.

— Voyons, ne fais pas la mauvaise tête. Choisis « vérité ». Tu n'as rien à cacher au capitaine, n'est-ce pas ? ajouta malicieusement son amie.

Il n'y avait vraiment pas moyen de se défiler. En tout cas, elle n'était pas disposée à choisir les conséquences et à les assumer. Elle n'était pas encore prête à mourir ! Qu'allait-il lui demander ? « Vous êtes-vous subrepticement introduite dans la demeure de mes cousins pour leur dérober une statuette qui m'appartient ? Vous êtes-vous enfuie en refusant de me la restituer ? Reconnaissez-vous m'avoir trahi ? Reconnaissez-vous être une voleuse et une menteuse ? »

— Puisque vous y tenez tant ! céda-t-elle. Vérité…

— Parfait. Mademoiselle Farnsworth, êtes-vous déjà tombée amoureuse ?

— Je vous demande pardon ?

— Je veux savoir si vous êtes déjà tombée amoureuse. C'est une question simple. Il vous suffit de répondre par « oui » ou par « non ».

Stupéfaite, elle tourna la tête vers ses hôtes qui, visiblement enchantés, la contemplaient comme si elle était un animal de cirque s'apprêtant à sauter à travers un cerceau en flammes. Elle se demandait si elle rêvait. Elle était là, tranquillement assise, à jouer aux charades avec l'homme qu'elle avait trompé et dévalisé ! Et il lui demandait devant tout le monde si elle l'avait vraiment aimé ! Mais jusqu'où irait-il ?

— Oui ! répondit-elle solennellement.

Les Peasedown applaudirent sa franchise, mais Liam resta de marbre.

— C'est à vous de jouer, mademoiselle Farnsworth.

— Très bien. C'est à vous que je m'adresse, capitaine. Vérité ou conséquences ?

— Vérité, répondit-il sans la moindre hésitation.

— Et vous, avez-vous déjà été amoureux ?

— Jamais, ricana Liam.

Le cœur d'Ellen chavira. Elle se sentait soudain tellement stupide !

— Jusqu'à très récemment, ajouta-t-il posément.

Judith lâcha un gloussement ravi, tandis que Richard se resservait un whisky pour masquer son embarras. Apparemment, le jeu prenait un tour personnel qui dépassait le simple badinage de salon. L'Écossais gardait un calme olympien, se contentant de dévisager Ellie, qui finit par détourner les yeux.

Ce fut ensuite le tour de leur hôte, qui fut terriblement déçu que sa femme ne choisisse pas « vérité ».

— Alors, voici la conséquence. Apporte-moi ton bracelet de perles.

— Il n'en est pas question ! protesta la jeune femme.

— Tu as accepté les règles de ce jeu, ma chère, et puisque tu refuses la vérité, il faut en assumer les conséquences, c'est-à-dire ton bracelet !

— Fort bien, tu vas l'avoir, puisque tu y tiens tellement ! s'écria Judith, visiblement furieuse, en sortant au pas de charge.

— Judith ! appela Richard en se ruant à sa suite. Je n'ai aucune raison d'accepter ta mauvaise foi ni de faire les frais de ta mauvaise humeur.

De nouveau, Ellen se retrouvait seule avec Liam, à la grande joie de ce dernier. Elle envisagea de prendre la fuite à son tour, mais il n'était visiblement pas disposé à renoncer à la tourmenter, et il aurait vite fait de la rattraper.

— Je ne te connaissais pas ce talent pour les jeux de société ! lança-t-elle d'un ton pincé.

— Cette distraction innocente t'aurait-elle mise mal à l'aise ?

— Bien sûr que non !

— Figure-toi qu'elle m'a paru tout indiquée. Après tout, c'est un jeu auquel nous jouons depuis le début, non ? D'accord, je n'avais pas choisi « conséquences », tu me l'as imposé contre mon gré.

— Écoute, Liam, je sais que tu es fâché…

— Le mot est faible !

— Si tu tiens à m'embarrasser, si tu veux me démasquer, fais-le, c'est ton droit. Mais pourquoi jouer au chat et à la souris avant ?

— Bon sang, Ellie, tu as la mémoire courte ! C'est *toi* qui as commencé, non ? Moi, je croyais que nous nous étions trouvés en dépit de tous les obstacles et que nous vivions une histoire extraordinaire, même si elle ne pouvait pas durer. Comme un idiot, je pensais que nous étions sincères tous les deux. C'est toi qui as commencé ce petit jeu, Ellie, et j'ai bien l'intention d'y mettre un terme.

Il fit un pas en avant. Immédiatement, elle s'élança vers la porte, mais en un bond, il la rattrapa et la plaqua sans ménagement contre le mur. Du doigt il lui souleva le menton, l'obligeant à le regarder dans les yeux.

— Comment as-tu pu faire ça ? souffla-t-il. Comment as-tu pu faire l'amour avec moi, et me trahir de cette façon ?

— Je ne voulais pas ! hoqueta-t-elle, les larmes aux yeux.

— Tu mens ! gronda-t-il.

Lentement, ses doigts glissèrent sur le cou d'Ellen et s'y refermèrent. Un instant, elle craignit pour sa vie. Les yeux verts de Liam étaient indéchiffrables. Était-ce la colère ou la souffrance qui leur donnait cet éclat sombre ?

Il se pencha soudain, et l'éperon de sa langue ouvrit les lèvres d'Ellie avec une fureur qu'elle ne lui connaissait pas. Il explorait sa bouche avec un appétit dévorant, comme s'il y cherchait la réponse aux questions qui le tourmentaient. Du genou, il lui écarta les cuisses, tandis que sa main descendait vers sa poitrine pour la pétrir sans douceur.

Incapable de résister, Ellen s'abandonna à son désir, répondant à celui de Liam avec la même ardeur furieuse. Toutes les courbes de son corps épousèrent les siennes, ses seins s'offrirent à son étreinte, ses mains s'accrochèrent à ses épaules, tandis qu'elle se pressait avec fougue contre sa cuisse musclée.

Elle voulait graver dans sa mémoire le goût de sa bouche, le serrer dans ses bras une dernière fois. Les émotions qui l'avaient torturée depuis son départ renaissaient dans ce baiser passionné, en même temps que l'insupportable culpabilité, la faim qu'elle avait de lui, l'inquiétude pour l'avenir. Pour *leur* avenir.

Sa réaction le surprit-il ? Craignait-il de se laisser emporter et de perdre pied, ou soupçonnait-il quelque tromperie ? Toujours est-il qu'il la repoussa tout aussi soudainement.

— Si j'avais deux sous de jugeote, je ne te poserais pas une telle question. Mais je suis un homme simple, qui a seulement eu la malchance de tomber amoureux de toi, et j'ai besoin de savoir… Quand tu as répondu que tu avais déjà été amoureuse, tu parlais de moi ou du père de Natalie ?

— Quelle importance, désormais ? s'écria-t-elle.

— Pour moi, ça change tout ! À qui faisais-tu allusion, Ellie, à lui ou à moi ? Est-ce que tu m'as jamais aimé, ou est-ce que tu m'as manipulé dès le début ?

Elle eut l'impression de recevoir un coup de poignard.

— Liam ! Tu ne comprends donc pas…

— Non, je ne comprends pas ! Je ne comprends rien ! Tu es venue m'aguicher pour ensuite m'abandonner ficelé comme un saucisson et aller voler la statuette qui pouvait sauver ma famille ! Tu sais parfaitement ce qu'elle représente pour moi, et tu sais que je n'y renoncerai jamais. Tu m'as trahi, et je ne vais pas revenir là-dessus ! Nos chemins vont se séparer, mais avant, je veux que tu me répondes ! Sinon, je t'obligerai à le faire devant tes amis, et tu éprouveras la même humiliation que celle que tu m'as fait subir ! Je… je dois savoir, Ellie !

Mon Dieu, il l'avait vraiment aimée, et elle l'avait profondément blessé ! Elle le lisait dans son regard douloureux, sur son visage durci où se mêlaient la souffrance et l'espoir.

— Je pensais…

Les mots s'étranglèrent dans sa gorge. Submergée d'émotions contraires, elle était incapable de poursuivre.

— Je parlais… de *toi*, finit-elle par articuler dans un sanglot.

Il recula comme si elle l'avait giflé.

— C'est de toi que je parlais, Liam, répéta-t-elle, désespérée. Je t'aime…

— Mais alors… comment as-tu pu me faire ça ? fit-il d'une voix tristement distante.

— Mais que voulais-tu que je fasse ? gémit-elle. Tu voyais ce qui était en train d'arriver à Natalie, non ? Oh, j'aurais préféré ne jamais te rencontrer, que tu n'aies jamais monté cet escalier…

— Me voici !

En entendant la voix de Judith, Ellen pivota vers la fenêtre, tandis que le capitaine tentait de prendre un air dégagé en s'accoudant à la cheminée.

— Pardonnez-moi de vous interrompre, tous les deux. Mon mari ne trouve pas ce fameux bracelet, et je crains que cela ne le mette de mauvaise humeur. Nous pourrions peut-être commencer une partie de cartes en attendant qu'il ait cessé de bouder ?

Comment il vint à bout de l'après-midi, Liam aurait été incapable de le dire. Il lui sembla qu'il ne vit rien d'autre que l'éclat duré de la chevelure d'Ellie, la courbe gracieuse de son épaule, la lueur de son regard pervenche. Il ne pensait qu'à la chaleur de son corps lorsqu'il l'avait prise dans ses bras, au goût de ses lèvres lorsqu'il l'avait embrassée.

Le dîner fut encore plus pénible. Judith déployait des efforts méritoires pour animer la conversation et les rapprocher, Ellen et lui, tandis que Richard paraissait se désintéresser de la question. Visiblement, le différend qu'il avait eu avec sa femme lui avait atteint le moral.

Depuis qu'Ellen lui avait avoué son amour, le capitaine n'avait plus envie de lutter. Peut-être aurait-il moins souffert si elle s'était jouée de lui depuis le début.

Il ne savait plus à quel saint se vouer ni quel parti adopter. Devait-il renoncer à la statuette et lui proposer de le suivre ? Mais comment subviendrait-il à ses besoins ainsi qu'à ceux de sa fille ? Son père avait beau être pingre, elle était habituée à un certain train de vie. Comment s'accoutumerait-elle au confort sommaire de la vie de garnison ? Et Natalie, comment supporterait-elle cette existence ? Et surtout, comment se fier de nouveau à Ellie ? Il ferait mieux de reprendre son bien et de partir le plus loin possible, en espérant qu'avec le temps son cœur blessé finirait sinon par guérir, du moins par se cicatriser.

La lumière se fit dans son esprit lorsque lady Peasedown entreprit de lui raconter par le menu la jeunesse d'Ellen. Elle lui peignit avec un luxe de détails une enfance choyée, dans de splendides demeures, entourée de domestiques prêts à satisfaire ses moindres désirs. Inutile de s'interroger plus avant, comprit-il alors. Il ne lui restait qu'une solution, rentrer chez lui. Il n'avait plus d'argent, il n'avait rien à lui offrir et, de toute façon, il ne pourrait plus jamais lui faire confiance.

Il ne connaîtrait plus jamais l'amour, mais en chérirait le souvenir jusqu'à son dernier souffle.

Quand on servit le porto, Liam annonça à ses hôtes qu'il quitterait King's Lynn le lendemain matin, et les remercia de leur hospitalité.

— Nous espérions que vous prolongeriez votre séjour ! s'écria Judith, désemparée à l'idée que ses efforts de marieuse n'aboutiraient pas.

— Mon régiment repart sous peu, et je dois régler des affaires urgentes chez moi avant de le rejoindre.

— Je suis certaine que cela peut attendre quelques jours, capitaine, insista Judith en quêtant de l'aide du côté d'Ellen, qui gardait les yeux obstinément fixés sur la corbeille de fruits.

Il l'assura que non, refusa le cigare que Richard lui proposait et se leva pour prendre congé, prétextant un départ matinal.

Dans le hall, lord Peasedown l'invita à revenir séjourner chez eux quand il le voudrait et lui fit des adieux amicaux. Sa femme le salua plus froidement. Elle lui en voulait visiblement de ne pas être entré dans son jeu. Liam, qui avait de la sympathie pour elle, tenta de se faire pardonner par un compliment et des remerciements chaleureux. Puis le couple se retira, les laissant en tête à tête, Ellen et lui.

— Regarde-moi, demanda-t-il doucement.

Elle leva la tête, et il découvrit, surpris, qu'elle avait les yeux embués.

— Je reviendrai chercher cette statuette, tu le sais.

— Tu ne la trouveras pas, fit-elle tandis qu'une larme roulait sur sa joue. Je regrette, Liam, mais je ne peux pas te la laisser.

Il sourit tristement.

— Je ne te ferai pas de mal, Ellie. Jamais... Je ne le pourrais pas parce que... *tha gràdh agam ort*. Je t'aime plus que tout, et je ne cesserai jamais de t'aimer.

Le visage inondé de larmes, elle le regardait en silence. Les mots étaient inutiles. Il se pencha pour effleurer ses lèvres avant de partir sans se retourner.

Plus tard, au plus profond de la nuit, le tartan sous le bras, il se faufila dans la chambre d'Ellen. Natalie dormait à côté de sa mère, qui avait gardé ses vêtements. Il savait que la jeune femme l'avait attendu, qu'elle avait lutté pour rester éveillée. Elle avait bien caché le monstre, mais il l'avait trouvé à l'endroit indiqué par Natalie. Il avait écarté les plis du kilt, et avait vu les rubis luire faiblement dans la pénombre.

Il se pencha pour regarder la petite fille endormie. Il savait que la peine qu'il lui faisait serait peut-être le plus grand regret de sa vie. « Un jour ton prince viendra, ma jolie Nattie, lui souhaita-t-il en silence, tu verras. »

Longtemps il contempla Ellie, son ange qui lui avait tant donné et l'avait tant fait souffrir, puis il partit, avec sa statuette et le souvenir du visage adoré, pour ne plus jamais revenir.

26

C'est un craquement à peine audible qui réveilla Ellen. Elle se redressa et tendit l'oreille, le cœur battant. Rien. Tout était calme.

À côté d'elle, Natalie soupira dans son sommeil.

Elle se coula silencieusement hors du lit et se leva avec précaution. Était-elle le jouet de son imagination ? Les braises rougeoyaient encore dans l'âtre, éclairant la pendule sur la cheminée. Il était 4 heures à peine, elle n'avait pas dormi deux heures.

Il fallait partir pendant que la maison était encore endormie. Les domestiques ne tarderaient pas à se lever. Si elles ne traînaient pas, elles pourraient prendre la diligence de 6 heures pour Cambridge. Elles seraient déjà loin quand on s'apercevrait de leur départ. Grâce à Richard, elle savait désormais que trois voitures quittaient King's Lynn tous les matins à 6 heures, dans trois directions différentes, pour revenir le soir vers 6 heures aussi.

Avec un peu de chance, même si quelqu'un se souvenait d'une femme blonde accompagnée d'une petite fille, il n'était pas évident qu'il se rappelle sa destination.

Elle avait choisi Cambridge parce qu'elle pensait y vendre plus facilement la statuette avant de rejoindre la côte pour s'embarquer pour la France.

À peine entrée dans le cabinet de toilette, elle remarqua que la porte de la garde-robe était entrebâillée. Elle se figea. Elle l'avait soigneusement refermée la veille, elle en était certaine. Elle s'en approcha vivement et fouilla derrière les cartons à chapeau.

Le tartan avait disparu !

Comment était-il entré ? Quand ? Et s'il était encore là ? Et si c'était lui, le craquement qui l'avait réveillée ? S'il avait découvert sa cachette ?

Affolée, elle retourna en hâte dans sa chambre, s'agenouilla au pied du lit et glissa la main en dessous. Rien ! Au bord des larmes, elle tâtonna frénétiquement dans la poussière. Il avait donc trouvé les *deux* ? Il ne lui avait laissé aucune chance de sauver sa fille !

Là ! Sa main venait de se refermer sur un objet massif, et elle retira de sous le lit la véritable statuette, enveloppée dans l'autre moitié du tartan. Par précaution, elle déroula le tissu pour vérifier qu'il n'avait pas éventé sa ruse.

Elle l'avait dupé une deuxième fois !

Liam passa une mauvaise nuit, peuplée de cauchemars où se mêlaient Ellie et la statuette. Il s'éveilla à l'aube, la tête douloureuse, et fit monter de l'eau pour son bain.

Était-elle déjà levée ? Avait-elle découvert la disparition de la statuette ? Qu'allait-elle faire à présent ? Retourner chez ce monstre de Farnsworth ? Et ensuite ? Qu'allait-elle devenir ? Et qu'allait devenir Natalie ?

Il éprouvait une culpabilité sans nom en pensant à elle. Il lui avait promis de venir à son secours et de l'emmener. Bien sûr, il n'avait jamais prêté une grande attention à ses histoires de princesse enfermée dans une tour, du moins jusqu'à ce qu'il l'entende sangloter dans son sommeil. Alors seulement, il avait mesuré l'ampleur de la détresse de la fillette, et il avait compris que le pays d'Hilaria n'était pas un jeu pour elle, mais un refuge, et qu'elle avait vraiment besoin d'aide.

Mais il ne pouvait pas jouer le rôle du prince.

L'eau du bain était froide aussi ne s'y attarda-t-il pas. Son kilt enveloppait toujours la statuette et il le sortit du sac où il l'avait laissé. Le tissu était déchiré, remarqua-t-il, irrité, en dépliant le paquet. Lorsqu'il comprit qu'elle avait découpé son tartan, il faillit s'étrangler de colère. Le voler et le tromper ne lui avait pas suffi, il avait encore fallu qu'elle s'en prenne à son vêtement !

Un détail plus inquiétant attira vite son attention. Il apercevait dans les plis du lainage l'œil écarlate du monstrueux animal, mais le rubis lui parut bien pâle. Il comprit immédiatement. Le souffle coupé, il entreprit de sortir la statuette. Pas d'or rutilant, ni de pierres précieuses, mais le gris terne d'un vulgaire caillou !

Accablé, il se laissa tomber sur le lit. C'était inimaginable ! Par deux fois, elle l'avait berné ! Tout ce qu'il avait entre les mains, c'était un bout de roche avec des morceaux de verroterie collés dessus. Pas tout à fait de la pacotille cependant, mais les grenats du seul bijou qu'il lui ait jamais vu porter, le collier de sa mère.

Pourtant, malgré sa rage et son dépit, il ne pouvait s'empêcher de l'admirer.

Touché, ma mie, tu as marqué un point !

Mais si elle s'imaginait avoir gagné la guerre, elle se trompait lourdement. Elle n'avait remporté qu'une bataille, et elle ignorait sans doute qu'un Écossais ne s'avouait jamais vaincu tant qu'il lui restait un souffle de vie !

27

Dans son modeste hôtel de Cambridge, Ellen compta l'argent qui lui restait. Ce fut vite fait. La diligence, la chambre... son maigre pécule était presque épuisé. Il lui restait à peine de quoi acheter les billets pour aller jusqu'à la côte. Il fallait absolument trouver à vendre la statuette ici pour payer la traversée.

Assise à une petite table, Natalie dessinait en silence. Depuis qu'elles avaient quitté le manoir, à l'aube, la fillette n'avait pratiquement pas ouvert la bouche. Elle n'avait pas fait de remarques à propos de leur départ précipité, mais avait immédiatement demandé si le capitaine Lockhart les accompagnait.

— Il ne peut pas venir avec nous, lui avait expliqué sa mère, sans oser la regarder.

Depuis, la petite restait murée dans un silence hostile.

Tout ce qu'Ellen espérait, c'était que le dépaysement lui ferait du bien et qu'elle irait mieux une fois en France. Elle se refusait à imaginer que sa fille sombre définitivement dans la mélancolie et ne connaisse jamais le bonheur.

Elle chassa en hâte ces idées noires. Pour l'heure, le plus urgent était de vendre la statuette. L'employé de l'hôtel lui avait indiqué plusieurs boutiques d'antiquaires, et elle était pressée de s'y rendre.

— Il faut que j'aille faire une course, chérie. Je chercherai aussi un endroit convenable pour dîner.

Natalie continua à dessiner sans répondre.

— N'ouvre à personne jusqu'à mon retour. Tu m'entends, à personne, recommanda-t-elle.

— Qui pourrait venir *ici* ? demanda sèchement la petite fille en parcourant du regard la chambre étriquée.

— Surveille tes propos, s'il te plaît. Je ne peux pas t'offrir mieux pour l'instant, mais je m'emploie à y remédier. En attendant, tu n'ouvres à personne. C'est compris ?

— Oui, murmura la fillette en retournant à ses crayons.

Comme d'habitude, il s'agissait d'un château flanqué d'une tour. Ellen n'avait pas besoin de faire un grand effort d'imagination pour deviner qu'à son retour, une princesse aurait fait son apparition.

Elle explora les artères commerçantes mais, malheureusement, les deux premières boutiques indiquées étaient fermées. L'antiquaire de la troisième poussa un cri horrifié en découvrant la monstrueuse figurine.

— C'est une pièce très originale, se reprit-il poliment, mais ce n'est pas le genre d'objet qui intéresse notre établissement. Nous recherchons des choses moins… plus classiques.

— Vous ne connaissez personne qui pourrait être intéressé ? Après tout, c'est de l'or pur, et les rubis sont réutilisables. Ils feraient un bijou magnifique.

— Je ne vois pas, marmonna le commerçant en grattant son long nez.

La jeune femme, éperdue, sentit les larmes lui monter aux yeux.

— À moins que… Je ne sais pas ce qu'il recherche exactement, mais mon confrère Charles Stanley se vante de n'avoir que des pièces exceptionnelles. Son magasin se trouve dans High Street, juste à côté de l'université.

Ellen s'y précipita. C'était une boutique toute en longueur, encombrée de guéridons et de rayonnages chargés de bibelots de toute sorte, dans laquelle flottait une entêtante odeur de poussière et de moisi. Il n'y avait qu'une seule cliente, une femme imposante au chapeau si volumineux qu'il paraissait fait exprès pour essuyer les étagères. Elle se faufilait entre les meubles avec une agilité surprenante.

Ellen se fraya un chemin jusqu'au comptoir où un homme maigre, portant des manches de lustrine et une visière, réparait une boîte à musique. Elle attendit poliment qu'il veuille bien s'occuper d'elle, puis, voyant qu'il ne levait pas la tête, toussota pour attirer son attention.

— Un instant, s'il vous plaît ! glapit-il d'une voix nasillarde.

Il se replongea un bon moment dans son travail.

— Qu'est-ce que c'est ? maugréa-t-il enfin.

— Bonjour, monsieur. Je possède un objet qui devrait vous intéresser.

— Je ne suis pas preneur, coupa-t-il en retournant à ses occupations.

Comment cela « il n'était pas preneur » ? Il ne consentait même pas à y jeter un simple coup d'œil ? Oh si, il allait être preneur ! Sinon elle sauterait pardessus le comptoir et lui ferait avaler la monstrueuse figurine.

— Si vous voulez bien m'accorder une minute…

— Madame ! jappa-t-il. Vous ne voyez pas que je croule sous les bibelots ? Mes stocks sont pleins ! Je n'ai plus de place ! Allez donc voir Parker.

— J'en viens. C'est lui qui m'a conseillé de m'adresser à vous. Il m'a dit que cette pièce est unique et si originale que vous seul pouviez la négocier.

— Ah oui ? Dans ce cas... marmonna-t-il en la toisant par-dessus ses besicles. De quoi s'agit-il ?

— D'une statuette.

— De quelle origine ?

— C'est une histoire extraordinaire. Elle vient d'Écosse, voyez-vous, et date du Moyen Âge. C'est de l'or fin incrusté de rubis. Un jeune chevalier la fit fabriquer en gage d'amour pour sa maîtresse. Mais quand l'adultère de la dame fut découvert et qu'elle fut condamnée à mort, sa fille hérita de la statuette. Ensuite, elle... elle passa de mains en mains. Enfin, je trouve qu'elle détonne avec le reste de mon ameublement et, puisqu'elle est précieuse, j'ai pensé à la vendre.

— Vous avez des dettes, c'est ça, comme toutes les femmes ? Elles jettent l'argent par les fenêtres.

Sans daigner relever, Ellen acheva de déballer le monstre.

— Dieu qu'elle est laide ! s'écria le boutiquier.

— Certes, mais elle est en or pur, et les yeux sont faits de rubis.

— C'est plutôt chargé, vous ne trouvez pas ? Je ne pourrai jamais vendre une telle horreur. Non, madame, vous pouvez garder votre monstre.

— Mais vous pourriez la fondre et réutiliser l'or, non ?

— Ça, chère madame, c'est un travail de joaillier. Je ne suis pas orfèvre, je suis antiquaire.

Et il retourna séance tenante à sa boîte à musique, laissant Ellen complètement désemparée.

— Je trouve cet objet extraordinaire !

Cette intervention la fit sursauter. Se retournant, elle se trouva nez à nez avec l'énorme chapeau, sous lequel la grosse dame lui souriait chaleureusement.

— Lady Battenkirk, se présenta le chapeau.

— Mlle Farnsworth.

— Je suis amateur d'art, et je m'intéresse également à l'Histoire. Cet objet m'intrigue beaucoup. Je vous ai entendue dire qu'il venait d'Écosse ?

— En effet. Il... il est en or, bégaya Ellen, sidérée par la robe verte brodée de jaune, le châle de soie rouge et le chapeau noir surmonté de plumes bleues et vertes que portait sa volubile interlocutrice.

— Cette statuette est splendide ! s'exclama-t-elle avec admiration. J'aimerais tant que mon amie Amelia la voie. Hélas, elle déteste bouger et refuse de quitter Londres pour m'accompagner dans mes pérégrinations. Moi, j'adore visiter jusqu'au plus petit village !

— Je vous comprends.

— Eh bien, pas elle ! Je viens de sillonner l'Angleterre du nord au sud, et voyez comme je suis récompensée. C'est ainsi que l'on trouve de pareils trésors !

N'osant croire à sa chance, la jeune femme désigna le monstre d'un air interrogateur.

— Oui, je parle de cette statuette. J'ai cru comprendre que vous souhaitiez vous en défaire ? Seriez-vous disposée à me la vendre ?

— Mais certainement, répliqua Ellie un peu trop vivement. Elle ne va pas du tout dans mon intérieur. Vous avez sans doute réuni beaucoup d'objets extraordinaires au cours de vos voyages, et celui-ci est en or pur. Les yeux et la bouche sont des rubis... La queue...

— J'aimerais tant faire un présent à Amelia. Je vous en offre cinq cents livres, claironna fièrement lady Battenkirk.

On était très loin de ce que les Lockhart espéraient en tirer, mais pour Ellen, c'était une véritable fortune, et elle n'était pas sûre de trouver une meilleure proposition.

— C'est entendu, souffla-t-elle avec un petit pincement au cœur.

— Parfait ! Vous imaginez la réaction d'Amelia quand elle verra ce que je lui ai rapporté de Cambridge ! Cela la convaincra peut-être de m'accompagner à York le mois prochain. Par bonheur, je rentre à Londres demain. Et que faites-vous de ce magnifique tartan ? ajouta-t-elle.

— Mais... Rien.

— C'est un très beau lainage. Combien en voulez-vous ? demanda-t-elle en tâtant le tissu.

Le kilt de Liam ! Non, elle ne pouvait pas lui faire ça. C'était encore pire que de vendre la statuette.

— Euh... il en manque un morceau. Il n'est plus assez grand pour faire un kilt...

— Aucune importance. J'en ferai un manchon ! Je vous en donne vingt livres.

— Marché conclu, répondit Ellen après une hésitation, consciente de couper ainsi le dernier fil qui la reliait au capitaine.

28

Par acquit de conscience, Liam se rendit à Peasedown Park, au cas où Ellen y serait encore. Mais, comme il le craignait, elle avait disparu, et la maison était sens dessus dessous. Judith supposait que son amie avait reçu un message urgent de Londres, et le capitaine ne la détrompa pas.

Quand il arriva au relais de poste, toutes les voitures étaient parties depuis belle lurette. Le guichetier ne se rappelait pas une femme accompagnée d'une petite fille, mais il y avait eu tant de monde…

— Vous êtes bien sûr ? insista Liam, l'air menaçant.

— Certain, murmura craintivement l'employé.

De King's Lynn, il n'y avait que trois destinations possibles : Cambridge, Norwich et Peterborough. Cambridge, au sud, parut à Liam trop près de Londres. Une voleuse s'éloignait des lieux de son crime… Peterborough était un carrefour important, mais cette région industrielle ne convenait pas à une personne aussi délicate qu'Ellie. Restait Norwich, qui avait l'avantage d'être près de la mer. Logiquement, c'était la destination qu'elle aurait dû choisir, mais allez savoir ce qui se passait dans la tête d'une femme, anglaise de surcroît.

Ce fut la piste qu'il choisit d'explorer. Il avait beaucoup réfléchi en revenant de Peasedown Park, et sa fureur était retombée. Il était plus décidé que jamais à reprendre cette maudite statuette, mais cette fois-ci, il tenait d'abord à reconquérir Ellen. Le monstre ne venait qu'en second. En dépit de ses origines et de ce qu'elle avait fait, c'était la compagne idéale pour un aventurier de son espèce. Avec elle, il était certain de ne jamais s'ennuyer. Ce petit jeu du chat et de la souris était exaspérant, mais il lui tirait son chapeau, car elle se montrait une adversaire redoutable. Et il l'aimait. Il l'aimait à la folie...

Plus jamais il ne la laisserait lui échapper.

Et plus jamais il ne la sous-estimerait.

Il n'y avait plus de départ pour Norwich avant le lendemain matin, et il se résigna à regagner l'auberge et à noyer son impatience dans la bière. Il emprunta à l'aubergiste une feuille de papier et commença une lettre à sa mère.

Je vous écris encore de cette maudite Angleterre. Les ennuis dont je vous ai parlé sont loin d'être résolus. On ne se méfie jamais assez du sexe féminin. Pourquoi le Bon Dieu a créé d'aussi perfides créatures, je me le demanderai encore dans la tombe. On ne devrait pas les laisser sortir sans avertir les hommes que ce sont des menteuses sans scrupules, capables de voler votre cœur et votre kilt.

J'espère rentrer bientôt.

Affectueusement,

L.

Il envoya le fils de l'aubergiste poster sa missive et sombra dans un sommeil agité, où Ellie enlevait lord Peasedown parce qu'il avait des yeux de rubis tandis que Nigel se lançait à leur poursuite, uniquement vêtu de son kilt.

Il se réveilla avec une violente migraine, et fut le premier à monter dans la malle-poste pour Norwich.

Avec cinq cent vingt-trois livres en poche, Ellen se sentait une autre femme. Enfin, elle n'avait plus à se faire de souci pour assurer leur prochain repas. Mais le poids de sa faute pesait toujours lourdement sur ses épaules, et elle se demandait comment elle allait vivre avec jusqu'à la fin de ses jours. Jamais elle n'aurait cru, trois mois plus tôt, qu'elle deviendrait une voleuse, ni surtout que ce serait aussi facile.

Tandis que Natalie boudait à la fenêtre, la jeune femme fit rapidement leurs bagages. La voiture les mènerait à Ipswich, d'où elles s'embarqueraient pour la côte sud avant de prendre un autre bateau pour la France. Pour affronter ce long périple, il lui parut sage de se munir de provisions. Elle avait plus d'une heure devant elle avant leur départ, et décida de faire quelques emplettes.

Un vent froid, certainement venu d'Écosse, lui fit presser le pas. Où était Liam en ce moment ? Que pouvait-il bien faire ? Perdue dans ses pensées, elle se frayait un chemin dans la foule qui déambulait dans la rue principale sans prêter la moindre attention à ce qui se passait autour d'elle. Comment, au milieu d'un tel brouhaha, distingua-t-elle les bribes d'une conversation ? Par quel prodige reconnut-elle, après tant d'années, l'écho de cette voix familière ? Elle s'arrêta net, le cœur chaviré.

Daniel !

L'idée absurde qu'il était venu la retrouver lui traversa tout d'abord l'esprit. C'était non seulement ridicule, mais également impossible. Comment aurait-il pu deviner qu'elle se trouvait à Cambridge ? Non, il s'agissait d'une de ces coïncidences qui se produisent une ou deux fois dans une vie, et auxquelles on a peine à croire.

C'était bien lui, en chair et en os. Il était accompagné d'une dame, et deux petits garçons les suivaient en se chamaillant. Son front commençait à se dégarnir et il avait pris du poids. Il avait l'allure d'un notable de province tandis qu'il regardait tranquillement les vitrines en bavardant avec la jeune femme à son bras. Il semblait parfaitement insouciant, et heureux, constata Ellen avec agacement. Comme s'il avait droit au bonheur, comme s'il avait toujours mené une vie honorable, comme s'il n'était pas un misérable sans scrupules.

Elle le regardait approcher, sidérée. Sidérée de découvrir qu'après tant d'années passées à l'attendre, à rêver qu'il viendrait la chercher, elle était heureuse qu'il ne l'ait pas fait. Il avait ruiné sa vie, mais s'il était revenu, elle aurait mené une existence bien pire encore, elle le savait, à présent. Il ne l'avait jamais aimée, pas comme Liam l'aimait. Il n'était ni honnête ni honorable. En fait, comparé au capitaine, il n'était qu'un pauvre pantin insignifiant et pathétique.

Ce n'était pas à cause de lui que son cœur saignait, c'était pour Liam. Elle se rendait compte qu'elle ne pouvait pas vivre sans lui. Depuis deux jours, il lui manquait plus cruellement que Daniel ne l'avait jamais fait en dix ans. Et ses remords devenaient insupportables.

Quelle impulsion irrésistible la poussa à se frayer un chemin dans la foule pour se mettre sur la route de son ancien amour, elle ne le saurrait sans doute jamais. Il la reconnut immédiatement. Instinctivement, il lâcha le bras de la femme à ses côtés et s'écarta d'elle.

— Grands dieux, mais c'est Ellen Farnsworth ! Quel hasard extraordinaire ! s'écria-t-il avec ce sourire radieux qui l'avait ensorcelée dix ans plus tôt, et qui la laissait aujourd'hui de marbre. Vous habitez Cambridge ? s'enquit-il comme s'il ne s'était jamais rien passé entre eux.

« Je n'habite nulle part, je suis une fugitive », eut-elle envie de lui rétorquer.

— Je vis à Londres, finit-elle par répondre en détaillant le gilet trop serré, le pantalon usé et les bottines fatiguées.

Il était bouffi, son visage avachi avait perdu sa beauté et son charme d'autrefois, seule demeurait la veulerie. Mon Dieu, mais comment avait-elle pu aimer cet homme avec tant de passion ?

— Je n'en reviens pas, fit-il en s'éloignant encore un peu de sa petite famille. C'est vraiment une surprise !

— Je n'en doute pas, répliqua-t-elle d'un ton si acerbe que les deux gamins cessèrent de se chamailler pour la regarder.

— Daniel ? piailla la femme.

Ellen reporta son attention sur elle. C'était une personne ordinaire, sans grâce particulière, à la silhouette prématurément empâtée, probablement à cause des deux garnements pendus à ses jupes. Les frères de Natalie, sans aucun doute. Cette seule pensée la fit frémir d'horreur.

— Je suis si surpris que j'en oublie la politesse, balbutia Daniel. Chérie, je te présente…

Imperturbable, elle le laissa s'empêtrer.

— Mlle Ellen Farnsworth. Et voici Mme Goodman, mon épouse, ajouta-t-il avec un sourire mielleux à l'adresse de sa femme. Mlle Farnsworth et moi nous sommes rencontrés autrefois à Londres, il y a bien longtemps.

— Rencontrés ? s'exclama Ellen avec incrédulité. Tu appelles cela une *rencontre* ? Comment peux-tu dormir tranquille ? Tu n'as jamais eu de remords d'avoir abusé de la naïveté d'une jeune fille innocente, méprisable coureur de jupons ?

— Enfin, mademoiselle Farnsworth, que signifie… ? s'interposa la femme de Daniel, indignée, en venant se poster aux côtés de son mari.

L'un des garçons se glissa entre ses parents, visiblement très intéressé par cette conversation insolite. De plus en plus gêné, Daniel le repoussa en arrière en s'écartant à nouveau de son épouse.

— C'est une longue histoire, ma chérie. Vous… séjournez à Cambridge quelque temps, mademoiselle Farnsworth ? reprit-il en détaillant admirativement Ellen de la tête aux pieds. Peut-être aurons-nous le plaisir de renouer…

— Renouer ? s'écria Ellen. Aurais-tu perdu l'esprit ? Je ne renouerais jamais avec toi même si ma vie en dépendait ! As-tu la moindre idée de ce que tu as fait ?

Elle s'interrompit en songeant à Natalie.

— Je ne comprends pas, répliqua Daniel en jetant des regards nerveux autour de lui. Votre cousin Malcolm ne m'a jamais donné de mauvaises nouvelles.

Il savait ! Le misérable était parfaitement au courant de ce qui lui était arrivé. Non, elle n'allait pas compromettre l'avenir de Natalie avec une canaille de son espèce. Maintenant elle voyait ce qu'elle avait toujours su sans jamais vouloir l'admettre. Il s'était servi d'elle pour pénétrer la bonne société, puis il l'avait jetée pour courir une autre piste plus alléchante. Jamais elle ne laisserait un gredin de son espèce approcher sa fille. Il avait renoncé à tous ses droits sur la fillette quand il avait abandonné la mère dix ans plus tôt.

— Je vous demande pardon, mais je ne vois vraiment pas quel tort mon mari aurait bien pu vous faire ! glapit Mme Goodman.

— Mary, je t'en prie ! coupa sèchement Daniel. Apparemment, il y a eu un terrible malentendu. Mademoiselle Farnsworth, poursuivit-il, revenant à Ellen avec un sourire obséquieux, permettez-moi de vous rendre visite demain, nous pourrons certainement le dissiper.

— Ça suffit, Daniel !

Elle n'était pas disposée à en entendre davantage. Elle avait été assez folle pour tomber amoureuse de lui autrefois, mais cet homme ne valait pas un regard, pas plus maintenant qu'à l'époque de leur jeunesse.

— Je ferais très attention si j'étais à votre place, Mary. Quand on dort avec un serpent, on finit par se faire mordre.

Sur ces bonnes paroles, elle tourna les talons et planta là toute la famille Goodman, ignorant les cris outrés de la femme et les appels condescendants du mari.

— Chère mademoiselle Farnsworth, vous ne pouvez pas partir ainsi. C'est un malentendu !

Ellie poursuivit son chemin, la tête haute, bouillant de rage. Après tant d'années, elle avait enfin pris sa revanche et dit son fait au gredin qui avait gâché sa vie.

Pourtant, elle était loin de se sentir apaisée.

Elle ne valait pas mieux. Elle aussi avait trahi l'homme qui l'aimait de toute son âme, comme ce misérable l'avait trahie jadis. Elle l'avait quitté sans un mot d'explication, comme Daniel l'avait fait. Elle s'était comportée exactement de la même façon, et la honte l'étouffait. Jamais plus elle n'oserait se regarder en face.

Toute à ces sombres méditations, elle fit mécaniquement ses achats et retourna à l'hôtel, où Natalie l'attendait en faisant les cent pas.

— Nous allons manquer la malle-poste ! s'alarma-t-elle en voyant sa mère enlever son manteau.

Sans répondre, la jeune femme étala leurs richesses sur le lit. La vue des billets lui donnait la nausée. Comment en était-elle arrivée là ? Même si c'était le prix de leur liberté et l'avenir de sa fille, cet argent n'était pas le sien. Il appartenait à Liam, qui en avait grand besoin. Elle le lui avait volé, elle avait trahi sa confiance.

— Tu as vraiment envie d'aller en France ? demanda-t-elle en prenant la petite par la main.

— Non, souffla la fillette après un moment de réflexion.

— Eh bien, nous n'irons pas ! déclara solennellement Ellen. J'ai une meilleure idée.

— On rentre à Londres ?

— Non, ma chérie, lança sa mère avec un sourire radieux, qui venait du fond du cœur. Nous allons en Hilaria !

29

À Norwich, le guichetier ne se souvenait pas d'une dame et d'une petite fille.

— La malle-poste de King's Lynn arrive en même temps que celle de Thetford, cela fait beaucoup de monde. Même si j'avais fait attention, je ne sais pas si je les aurais remarquées dans cette foule.

Cette foule ! Comme si le monde entier passait par Norwich !

— On est obligé de les remarquer, insista Liam. C'est une grande femme blonde, très belle. La petite est tout son portrait.

— Je regrette, je ne me souviens pas.

— Réfléchissez bien, fit-il d'une voix sourde en retenant l'employé qui se détournait.

— Est-ce que cette personne sait que vous la cherchez, monsieur ? demanda ce dernier, soudain méfiant.

— Je vois que vous avez tout deviné, fit le capitaine. La vérité, c'est que la dame et moi avons eu une petite querelle. Je n'ai peut-être pas été aussi, euh... fidèle que je l'aurais dû, et elle m'en veut...

— Je comprends, admit le guichetier avec un sourire de mâle connivence.

— Il y a des voitures qui se rendent vers les ports ?

— Hum ! Si elle va vers la mer, votre... amie a pu prendre la voiture d'Ipswich. C'est à ce point ? ajouta-t-il d'un air compatissant.

— Difficile à dire. On ne sait jamais avec les femmes !

— Ah, ça oui ! Logiquement, si elle veut s'embarquer, la dame a dû aller à Ipswich. Sinon, il y a aussi Yarborough, mais c'est surtout un port de pêche. On peut aussi aller à Cromer ou à Sheringham, pour respirer l'air de la mer. Mais les falaises...

— À quelle heure le prochain départ pour Ipswich ? coupa Liam sans laisser son interlocuteur terminer son exposé touristique.

— Il y en a deux par jour. Un le matin à 9 heures, le suivant à 3 heures l'après-midi. Vous voulez un billet ?

Il était sur le point d'acquiescer, mais il se ravisa. Il n'allait quand même pas continuer jusqu'à Ipswich sur les simples présomptions de cet homme. Cette poursuite devenait absurde. Il n'était même pas certain qu'Ellie soit venue jusqu'ici. Elle pouvait tout aussi bien s'être arrêtée à Peterborough ou à Cambridge, ou n'avoir jamais quitté King's Lynn.

— À votre avis, si elle s'était arrêtée à Norwich, dans quelle auberge serait-elle descendue ?

— Au *Westwick Arms*. Vous tournez au coin de la rue, et c'est tout droit.

— Il n'y en a pas d'autres ?

— Pas pour une dame.

— Merci beaucoup. Et si un détail vous revient, vous saurez où me trouver, ajouta le capitaine en posant sur le comptoir une de ses dernières pièces.

Il ne lui restait plus grand-chose en poche. C'était une catastrophe ! Il avait dépensé toutes les économies péniblement réunies par sa famille, sans aucun résultat. Il ne pouvait rentrer chez lui les mains vides.

Mais que faire ? Dépenser ses derniers sous à arpenter l'Angleterre sans avoir la moindre idée de l'endroit où se trouvait Ellie ? Autant chercher une aiguille dans une botte de foin.

Non, il lui fallait affronter la réalité en face. Il s'était fait rouler dans la farine, et il ne pouvait s'en prendre qu'à lui-même. S'il s'était conduit comme un soldat, et non comme un collégien sentimental, il n'en serait pas là. Il avait échoué sur toute la ligne.

Lorsqu'il arriva au *Westwick Arms*, il était d'une humeur massacrante. Il entra en trombe, claqua la porte et agita frénétiquement la sonnette pour attirer l'attention d'un employé somnolent.

— Je peux vous aider ? risqua le portier.

— Vous êtes là pour ça, non ? aboya-t-il. Je voudrais une chambre, et vite.

Le garçon se hâta d'ouvrir son registre, nota son nom d'une écriture tremblotante, et lui tendit une clef.

— Ce sera tout, monsieur ?

— Non. Je cherche une très jolie femme, blonde aux yeux bleus, accompagnée d'une petite fille de neuf ans. Elles ne seraient pas descendues ici par hasard ?

— Je ne crois pas. Vous… vous voulez que je regarde ?

— Farnsworth. Mlle Ellen Farnsworth.

— Je regrette, je n'ai pas ce nom.

Évidemment ! Ellie n'allait pas donner son vrai nom, elle n'était pas si bête.

— Cherchez Peasedown ! aboya-t-il.

— Désolé, pas de Peasedown non plus.

Liam lui arracha le registre des mains.

— Fitzpatrick, Miller, qu'est-ce que le nom vient faire là-dedans ? Une dame avec une enfant, ce n'est pas difficile à se rappeler tout de même !

— Je suis désolé, monsieur, mais nous n'avons pas de dame seule accompagnée d'une fillette, balbutia le jeune homme, livide.

Liam jeta le registre sur le comptoir en appelant sur la tête du garçon tous les démons d'Écosse et d'ailleurs, puis il monta dans la chambre qui achevait de le ruiner.

Heureusement, dans une ville universitaire comme Cambridge, les bibliothèques et les librairies ne manquaient pas. En consultant des atlas et des cartes d'Écosse, Ellen et Natalie n'eurent pas de mal à repérer le loch Chon.

— Tu crois que c'est loin ? demanda la fillette en considérant la petite tache bleue au nord-ouest de Glasgow.

— Assez loin, murmura pensivement sa mère.

— Alors, il faut vite se mettre en route.

— Tout de suite !

Elles quittèrent Cambridge à la première heure le lendemain matin.

Le voyage s'avéra une longue et pénible équipée. Au fur et à mesure qu'elles remontaient vers le nord, les routes étaient de plus en plus étroites et défoncées, les paysages de plus en plus sauvages, le vent de plus en plus rageur. Heureusement, remarqua Natalie, il leur permettait de supporter des odeurs parfois incongrues.

Quand elles atteignirent enfin l'Écosse, elles furent séduites par la beauté sombre des montagnes où paissaient des troupeaux de moutons. Les lacs mystérieux aux reflets d'argent scintillaient sous le pâle soleil de cette fin d'automne. Les donjons de châteaux en ruine s'y reflétaient. La petite, ravie, trouvait là matière à laisser vagabonder son imagination. Elle régalait sa mère, et leurs compagnons de voyage par la même occasion, de récits fantastiques où, quand elle n'était pas occupée à repousser de cruels envahisseurs, une princesse se faisait enlever par de féroces brigands. Mais elle était invariablement secourue par un vaillant chevalier – qui ressemblait à Liam comme deux gouttes d'eau.

Pour une fois, Ellen ne trouvait rien à redire aux inventions de sa fille. Elle ne l'avait pas vue aussi heureuse depuis qu'elles avaient quitté la Cornouailles, deux ans plus tôt. Le nez collé à la portière, la petite dévorait des yeux tous ces grands espaces, et en détaillait les particularités aux autres passagers. C'est ainsi qu'Ellen commença à apprécier la beauté sauvage des paysages écossais. Elle comprenait l'amour de Liam pour son pays natal, et pourquoi il trouvait Londres si étouffant.

Cela leur prit du temps, mais elles finirent par atteindre Glasgow, et elles eurent la chance de trouver à se loger pour la nuit sans trop de difficultés. Un bain chaud acheva de leur rendre leur optimisme.

Parvenir au loch Chon allait sans doute s'avérer autrement malaisé.

— Vous voulez aller où ? questionna le guichetier lorsque Ellen voulut prendre leurs billets.

— Au loch Chon, répondit-elle innocemment.

— Et vous savez où ça se trouve ? demanda-t-il ironiquement.

— Bien entendu. Au nord, sur la route du loch Katrine et du Ben Lommond, indiqua-t-elle fièrement.

— Je sais parfaitement où est le loch Chon ! aboya-t-il.

— Eh bien, combien coûte le billet ?

Ellen commençait à craindre que les cartes consultées à Cambridge ne soient pas aussi fiables qu'on était en droit de l'espérer.

— Je peux vous donner un billet pour Strathblane, et c'est tout. La malle-poste ne va pas plus loin. De là, il faudra louer une voiture particulière jusqu'à Killearn ou Balfron. Ensuite, si vous avez de la chance, et si vous tenez toujours à aller au loch Chon, vous chercherez quelqu'un pour vous emmener à Aberfoyle. Si la neige ne s'est pas mise de la partie…

— M'emmener à Aber…

— *Aberfoyle !* jeta-t-il. Et là, vous vous débrouillerez ! Je ne peux plus rien pour vous.

— Dans ce cas, je me renseignerai à l'arrêt d'Aberfoyle, rétorqua-t-elle, la gorge serrée.

— Il n'y a pas d'arrêt à Aberfoyle, pas plus que de voitures ! ricana-t-il. Je ne suis même pas certain qu'il y ait une auberge ! Mais après tout, c'est votre argent, pas le mien ! C'est deux livres jusqu'à Strathblane. La voiture part demain matin à 8 heures.

Ellen se dépêcha de prendre les billets avant qu'il ne lui claque la porte au nez. Elle n'était pas venue jusqu'ici pour se laisser décourager par un vieux grincheux. Et même si elle avait voulu battre en retraite, Natalie ne l'aurait pas laissé faire. Après tout, si Aberfoyle était un trou sans auberge, elle se débrouillerait avec les moyens du bord !

Comme elle put le constater, Strathblane était déjà loin de disposer du confort minimum. Cramponnée à ses jupes, Natalie considérait avec effarement les rudes manières des habitués de la pauvre taverne.

Lorsque l'aubergiste hurla « Seamus » pour dominer les beuglements des buveurs, un géant aux vêtements tachés, à la barbe embroussaillée, délaissa sa pinte de bière et s'approcha en traînant les pieds. Il détailla Ellen de la tête aux pieds en clignant de l'œil d'un air égrillard tandis que le tenancier lui expliquait de quoi il retournait dans un sabir incompréhensible.

— Dix livres, lâcha finalement le dénommé Seamus.

— Je vous demande pardon ? s'exclama-t-elle, interloquée.

— Il veut dix livres pour vous emmener, expliqua aimablement l'aubergiste en se curant le nez.

— Mais je n'ai pas dépensé une telle somme pour venir d'Angleterre jusqu'ici !

— Pour vous emmener jusqu'à Aberfoyle, je ne vois personne d'autre. Si vous tenez à y aller, je vous conseille de vous entendre avec lui.

Visiblement, l'un comme l'autre se moquaient éperdument qu'elle se rende à Aberfoyle à pied, à cheval ou en voiture, et ils attendaient stoïquement qu'elle veuille bien prendre une décision.

— Très bien, se résigna la jeune femme en ouvrant sa bourse. Mais je tiens à être rendue le plus vite possible.

Seamus empocha l'argent et la gratifia d'un sourire édenté et d'un grognement qui pouvait passer pour un accord.

Sans doute pour justifier son salaire faramineux, il avait apparemment l'intention de partir sur-le-champ, malgré la pluie persistante et le brouillard qui s'épaississait. En dépit de sa fatigue, Ellen n'y aurait vu aucun inconvénient si, en fait de voiture, il n'avait eu une vieille charrette branlante, tirée par une mule poussive. À l'arrière de la carriole, il avait déplié une toile huilée qui dégageait une odeur fétide.

— Je suis désolée, monsieur, mais il *pleut*, observa la jeune femme dont le chapeau dégoulinait déjà.

Pour toute réponse, Seamus souleva la bâche et leur fit signe de se faufiler dessous.

— Vous plaisantez ! Vous n'imaginez tout de même pas que nous allons voyager là-dessous !

— *Suithad !* grommela-t-il. *Abheil thu a'dol ?*

— Il nous demande de monter, traduisit posément Natalie. Je crois que nous devrions faire comme il dit.

Leur cocher marmonna quelque chose dans cette langue étrange que la petite semblait parfaitement comprendre. Il croisa les mains, et la fillette s'en servit comme d'un marchepied pour monter dans la carriole.

— Il y a du foin, maman, c'est bien sec.

— Vous auriez au moins pu préciser que pour dix livres, nous aurions droit à une charrette à foin ! remarqua Ellie avec irritation. J'aimerais bien savoir combien vous demanderiez pour un carrosse !

Elle refusa avec hauteur l'aide du paysan et se hissa, non sans mal, sur la carriole. Le sourire ironique du cocher lorsqu'elle s'avança à quatre pattes ne fut pas pour améliorer son humeur.

Le voyage fut extrêmement fatigant, même si Natalie expliqua longuement à sa mère que ce tombereau était bien plus confortable que la malle-poste, puisqu'elles avaient de la place pour étendre les jambes. L'odeur de bétail ne dérangeait pas plus la petite fille que celle de l'enduit recouvrant la bâche, qui se révéla très efficace contre la pluie. Sa mère admit à contrecœur qu'elles avaient effectivement toute la place souhaitable et qu'elles étaient au sec. Mais les chemins étaient tellement défoncés qu'elles étaient secouées comme des pruniers. En moins d'une heure, Ellen était aussi meurtrie que si on l'avait rouée de coups.

— C'est Aberfoyle ? s'enquit-elle en passant la tête dehors.

— Killearn ! grogna Seamus en la regardant comme si elle avait perdu l'esprit.

Il descendit de son siège et vint détacher la bâche. La fillette sauta à terre, suivie de sa mère qui se donna beaucoup de mal pour ne pas découvrir ses jambes.

Ce n'était qu'un hameau regroupant quelques chaumières autour d'un moulin. L'inquiétude d'Ellen augmenta d'un cran lorsque leur cocher leur fit signe de le suivre. Que savait-elle de lui ? Après tout, il s'agissait peut-être d'un vulgaire brigand qui voulait les détrousser, ou pire.

Il frappa à la porte d'une masure. Une femme sans âge leur ouvrit et détailla avec curiosité les deux visiteuses tout en écoutant les explications du charretier. Elle empocha la poignée de pièces qu'il lui tendit et leur fit signe d'entrer. Voyant la détresse d'Ellen, elle lui adressa une mimique rassurante et lui désigna une petite pièce toute noire. Natalie, parfaitement à l'aise, y pénétra la première, malgré les réticences de sa mère.

— Maman, c'est un cabinet d'aisance. Il y a un pot de chambre et de quoi se laver, lui cria la fillette.

Tandis qu'elles utilisaient le lieu l'une après l'autre, leur hôtesse posait deux bols fumants sur la table.

— Je me demande si notre cocher va revenir, murmura pensivement Ellie.

— Mais oui, ne t'inquiète pas, répliqua sa fille avec assurance en plongeant sa cuillère dans l'étrange potage. Ça a une drôle d'odeur, mais ce n'est pas mauvais, poursuivit-elle.

La jeune femme goûta prudemment cette nourriture exotique. En effet, ce n'était pas mauvais. Depuis trois jours, elles n'avaient pas avalé grand-chose de consistant, à part les biscuits et les fruits secs qu'elle avait achetés à Cambridge, et un repas chaud était le bienvenu. Elles mangèrent de bon appétit et, avec un large sourire et force gestes, firent comprendre à la paysanne qu'elles s'étaient régalées.

Comme l'avait prédit Natalie, leur cocher ne les avait pas abandonnées. Il revint une heure plus tard après s'être changé et leur signifia qu'il était temps de se remettre en route. Soudain consciente de sa fatigue, Ellen grimpa dans la carriole sans rechigner. Elle se nicha dans le foin avec la petite et, malgré les cahots, elles s'endormirent immédiatement, blotties l'une contre l'autre.

Un rayon de soleil les réveilla. Elles étaient arrivées dans un village serré autour d'une minuscule chapelle.

— Aberfoyle ! annonça fièrement Seamus.

C'était donc ça ? Le guichetier de Glasgow avait raison. La jeune femme regarda autour d'elle. Hormis quelques échoppes et l'église, il n'y avait rien. Bien entendu, l'arrivée de deux étrangères avait fait sensation, et tout Aberfoyle, à savoir une douzaine d'âmes, enfants et chiens compris, s'était rassemblé pour commenter l'événement. La mère et la fille firent de leur mieux pour arranger leur toilette, et descendirent le plus dignement possible. Seamus déposa les bagages, fit pivoter sa charrette, salua d'un geste et repartit sans attendre.

Elles ramassèrent leurs affaires et entrèrent dans la première boutique, une pâtisserie, qui leur parut incongrue dans ce minuscule village au bout du monde. Le propriétaire confirma ce qu'Ellie savait déjà : il n'y avait pas de voiture pour se rendre au loch Chon. Mais il prit la fillette en pitié, la gava de friandises, et leur indiqua le chemin jusqu'au loch Ard, qui était juste avant le loch Chon.

— En fait, expliqua Ellen, nous cherchons un endroit appelé Talla Dileas. Vous connaissez ?

— Bien entendu ! s'écria-t-il, incrédule. Tout le monde connaît Talla Dileas. Pourquoi ne vous ont-ils pas envoyé une voiture ?

— Euh… à vrai dire, ils ne nous attendent pas. J'ai quelque chose pour lui… enfin, pour eux. Je dois le leur remettre personnellement. C'est possible de s'y rendre à partir d'ici ?

— Quelle idée de faire tout ce chemin sans annoncer votre arrivée, grommela-t-il. Je vais vous emmener jusqu'au loch Ard, vous ferez le reste à pied. Je ne peux pas abandonner une dame avec une petite fille, surtout une amie des Lockhart. Mais la prochaine fois, prenez vos précautions, c'est un coin plutôt perdu.

— Je le ferai, promit Ellen précipitamment.

Durant tout le trajet, le pâtissier les sermonna, mélangeant l'anglais et le gaélique. Elles acquiesçaient poliment, mais ne prêtaient pas grande attention à ses propos tant elles étaient impressionnées par la sauvage beauté du paysage. Liam leur avait parfaitement décrit sa terre natale, les collines empourprées de bruyère, les torrents, les lacs d'émeraude à la profondeur insondable, les troupes d'oiseaux migrateurs qui s'envolaient vers le sud à l'approche de l'hiver.

Natalie paraissait enchantée. Elle sauta gaiement à bas de la charrette lorsque le vieux monsieur s'arrêta en leur désignant un sentier qui serpentait dans les bois.

— Talla Dileas se trouve en haut de la colline.

Il descendit leurs bagages, leur recommanda de ne pas s'écarter du chemin avant de leur faire ses adieux.

— Saluez les Lockhart de ma part ! lança-t-il avant de rebrousser chemin.

Elles échangèrent un regard désabusé en considérant la sente caillouteuse qui se perdait au milieu des arbres.

— Maintenant que nous sommes arrivées jusqu'ici, nous pouvons continuer encore un peu pour trouver l'Hilaria, tu ne crois pas ?

— Si, répondit la petite d'un ton mal assuré en ramassant son sac.

Elles se mirent en route à travers un sous-bois tellement dense qu'elles ne voyaient pas à dix pas. Leurs bagages étaient si lourds pour leurs bras fatigués qu'elles devaient s'arrêter de plus en plus fréquemment pour se reposer. Bientôt, Ellen perdit toute notion du temps et de l'espace. Pour distraire sa fille, elle inventa un jeu. Il s'agissait de décrire, chacune son tour, une pièce du château qui les attendait.

Elles étaient loin de s'attendre à l'étrange bâtisse qui se dressait au bout du chemin. Autour d'un austère donjon médiéval s'élevait une sorte de catalogue de tous les styles architecturaux depuis le XIVe siècle, comme si les maîtres des lieux avaient fait collection de maisons et les avaient construites les unes à côté des autres. Les restes du vieux château fort de granit sombre contrastaient avec les motifs de briques des parties Renaissance, les larges fenêtres et le fronton XVIIe en grès rose. Si l'ensemble était plutôt laid, il n'était cependant pas dépourvu d'une certaine majesté.

— Il y a seize tourelles, maman, murmura admirativement Natalie.

— Avec des créneaux, ajouta sa mère, intriguée par ce détail.

— Nous sommes en Hilaria ! s'exclama la petite, aux anges, en s'élançant vers le château.

30

Mared avait trouvé leur taureau reproducteur attaché très loin de sa pâture habituelle, à la limite du domaine. À n'en pas douter, c'était encore une idée de ce maudit Payton Douglas !

Elle balança un instant entre se rendre chez lui pour lui dire sa façon de penser et, au besoin, lui assener une bonne gifle, ou ramener le taureau à l'étable et écrire une lettre d'injures. Bien entendu, la première solution avait sa préférence, surtout la gifle, mais elle choisit la seconde. Par écrit, elle ne risquait pas d'oublier ses griefs, comme elle le faisait dès qu'elle croisait les yeux gris de cette calamité ambulante.

À l'odieux, l'horripilant, l'insupportable,
l'arrogant lord Douglas, quinzième du nom.

Elle en était à la troisième mouture de sa missive lorsque la toux discrète de Dudley, le majordome, l'interrompit dans son élan.

— Oui ? fit-elle avec un soupir résigné.

— Un événement inhabituel, mademoiselle, et je ne sais pas où sont les maîtres. Une dame, accompagnée d'une petite fille, souhaite voir le capitaine Lockhart.

L'espace d'un instant, Mared crut à une farce de Payton. *Mais non !* Il savait parfaitement que Liam était en Angleterre. Il venait assez souvent prendre de ses nouvelles…

— Qui peut bien demander mon frère ?

— Si vous permettez, c'est une dame très comme il faut, mais elle est… *sassenach*, murmura Dudley d'un air réprobateur.

Une Anglaise ! Mared craignit le pire. Les lettres que Liam avait envoyées de Londres étaient assez mystérieuses. Dans la dernière, il mentionnait un petit ennui. Généralement, dans sa bouche, cela signifiait une catastrophe. Décidément, cette visite inattendue ne lui disait rien qui vaille.

— Je m'en occupe, lança-t-elle avec autorité.

Le majordome sur les talons, elle se dirigea vers l'entrée de la partie médiévale qui était fort étroite, pour ne laisser pénétrer qu'un seul assaillant à la fois. Une bonne vieille ruse écossaise…

Son inquiétude fit place à une absolue stupéfaction quand elle ouvrit la lourde porte de chêne. L'étrangère était une véritable beauté ; grande, blonde, mince, les yeux pervenche aussi éclatants que son teint de pêche. Devant elle, la jeune fille se fit l'effet d'une paysanne. Elle avait soudain honte de sa longue chevelure brune simplement nouée sur la nuque et de ses joues colorées par la vie au grand air.

L'inconnue aurait été très élégante si sa toilette n'avait présenté le plus grand désordre. Elle n'avait pas de chapeau, et de longues mèches dorées retombaient sur son front, ses vêtements étaient froissés, ses gants tachés. C'était à se demander si on ne l'avait pas traînée jusqu'ici par les cheveux. Elle tenait par la main son exacte réplique, en plus petit, et dans le même état pitoyable.

— Bonjour. Permettez-moi de me présenter, commença la visiteuse qui s'exprimait avec un accent extrêmement distingué.

— Je vous en prie, répondit Mared, de plus en plus perplexe.

D'ordinaire, ce genre de dames fréquentait plutôt Griffin, pas Liam.

Ellen se racla la gorge nerveusement.

— Je suis Ellen Farnsworth, et voici ma fille Natalie. Pardonnez le désordre de ma tenue. Je ne m'attendais pas à un trajet aussi... accidenté, s'excusa-t-elle avec un sourire gêné. Natalie, dis bonjour.

— Bonjour, mademoiselle, fit la petite.

La jeune fille les salua d'un signe de tête, agacée par la façon dont l'enfant la dévisageait.

— Vous... vous devez être Mared, enfin, je veux dire mademoiselle Lockhart.

La sœur de Liam allait de surprise en surprise. Comment cette Anglaise la connaissait-elle ?

— Mon nom ne vous dit rien, bien entendu, reprit Ellen, affreusement mal à l'aise. Je... je suis une amie du capitaine Lockhart ; il m'a beaucoup parlé de vous, et de toute votre famille. J'ai quelque chose à lui remettre. Pas un cadeau, quelque chose qui lui appartient.

En digne sœur du capitaine, Mared subodora aussitôt une ruse. Comment une dame de la haute société anglaise pouvait-elle connaître Liam ? Pourquoi aurait-elle un objet qui lui appartenait ? L'affaire était de plus en plus louche. La jeune fille battit prudemment en retraite dans l'étroit corridor.

— Je vous demande un instant, mademoiselle Farnsworth, je vais...

Et elle lui claqua la porte au nez. Elle envisagea un instant de fermer à clef, au cas où l'étrangère aurait tenté d'entrer, mais elle préféra laisser Dudley en faction tandis qu'elle courait chercher Griffin.

— Tu ne pourrais pas frapper avant d'entrer, comme une jeune fille bien élevée ? s'irrita son frère lorsqu'elle fit irruption dans le bureau où il faisait les comptes.

— Il y a une Anglaise à la porte qui demande Liam. Avec une petite fille. Elle prétend qu'elle a quelque chose à lui remettre.

— Qu'est-ce que c'est que cette histoire ?

— Et elle est vraiment très belle !

Il n'avait pas besoin d'autres précisions. Il se précipita vers l'entrée, suivi de sa sœur, et ouvrit la porte aussi grand que le lui permettait l'étroitesse du couloir. L'inconnue était bien telle que Mared l'avait décrite.

— Vous êtes certainement Griffin ? s'exclama la jeune femme dès qu'elle le vit. Vous vous ressemblez tellement ! Je veux dire que vous, monsieur, ressemblez au capitaine, précisa-t-elle tandis que le frère et la sœur échangeaient un regard inquiet.

Natalie acquiesça vigoureusement sans quitter Mared des yeux.

— Ainsi vous avez vu notre frère ? fit Griffin prudemment.

— Souvent ! Nous avons, euh... fait connaissance à Londres. Je m'appelle Ellen Farnsworth, et voici ma fille Natalie.

La petite plongea dans une profonde révérence.

— Pourrais-je lui parler ? reprit la visiteuse. J'ai quelque chose qui lui appartient.

— Mais il est absent !

— Pas... ici ? bégaya Ellen en ouvrant de grands yeux. Il est parti pour la journée, c'est cela ? Vous ne voulez pas dire... qu'il n'est pas encore rentré ?

— Il est peut-être resté à King's Lynn, suggéra la fillette.

Griffin et sa sœur étaient aussi déconcertés l'un que l'autre. Où diable était King's Lynn ? Et qu'est-ce que Liam irait faire là-bas ? Cette histoire semblait de plus en plus louche.

— Il n'est pas ici, répéta Griffin, et nous ne l'attendons pas avant quelque temps. Voulez-vous laisser votre carte ? Nous la lui remettrons à son retour.

Mlle Farnsworth paraissait totalement désemparée. Elle balbutia quelques mots inintelligibles et se couvrit le visage de ses mains. Il fallut un instant aux deux jeunes gens pour comprendre qu'elle pleurait.

— Je vous demande pardon. Je suis désolée de vous rendre visite dans cette tenue et... de me mettre à pleurer. Mais nous venons de si loin ! Nous n'avons nulle part où aller, et je pensais le trouver ici. Je veux lui rendre... expliqua-t-elle à travers ses larmes.

— Lui rendre *quoi* ? demandèrent le frère et la sœur d'une même voix.

— Je ne peux pas vous le dire ! gémit-elle.

— Ne pleure pas, maman ! s'écria la petite fille en entourant de ses bras la taille de sa mère avant d'éclater en sanglots à son tour.

Assis à un bout de la longue table surmontée des armoiries de la famille, les quatre Lockhart conféraient fébrilement en gaélique, adressant de temps à autre un petit signe poli à une Ellen parfaitement désabusée. Au moins, elle n'avait pas de souci à se faire pour sa fille. Celle-ci, assise à côté d'elle sur une haute cathèdre sculptée, était fort occupée à examiner le décor en détail.

Enfin, le patriarche, après avoir quêté l'approbation de sa femme, s'approcha.

— Mademoiselle Farnsworth, nous sommes quelque peu perplexes devant ce…

— Cette situation inattendue, acheva lady Lockhart.

— Voyez-vous, notre fils est parti à Londres pour régler…

— Une affaire de famille, proposa Mared.

— C'est cela, approuva le vieil homme. Et dans ses lettres il n'a jamais mentionné votre venue…

— C'est tout à fait normal, milord, dit Ellen vivement. Voyez-vous, il ignorait que je viendrais.

Elle s'interrompit. Comment les convaincre qu'elle connaissait Liam suffisamment pour faire un aussi long voyage et venir le voir à l'improviste alors qu'il ne leur avait jamais parlé d'elle ? Comment expliquer l'objet de sa visite sans avouer qu'elle avait volé cette maudite statuette ?

— Certes, acquiesça le père de Liam. Mais vous comprenez notre embarras, n'est-ce pas ?

— Bien sûr, mais…

— Si vous pouviez nous dire en quoi consiste ce que vous avez à lui remettre, nous y verrions plus clair, suggéra aimablement Griffin.

— Je vous en prie, monsieur, faites-moi confiance ! Je sais que vous ne me connaissez pas, et que mon attitude doit vous paraître bien étrange, mais je vous assure que votre fils est sur le chemin du retour, et que je dois lui remettre en mains propres ce que j'ai pour lui.

Elle fut interrompue par une quinte de toux de Natalie. La petite lui sourit, mais elle avait les yeux brillants de fièvre, et son front était brûlant, constata Ellen en y posant la main.

— Mon Dieu, je vous en supplie, laissez-nous rester ici, au moins pour la nuit ! Je pensais trouver le capitaine, il m'avait dit qu'il rentrait chez lui. Je n'ai plus un sou en poche, et je crains que ma fille ne soit malade !

C'était donc ça ! Les Lockhart échangèrent en silence des regards éloquents.

La jeune femme était trop épuisée pour essayer de les convaincre. Ce voyage avait eu raison de ses dernières forces, et annihilé sa volonté. Elle ne désirait plus qu'une chose : dormir. Un lit pour elle et pour sa fille, voilà tout ce qu'elle demandait. Croisant soudain les bras sur la table, elle y posa la tête et se mit à sangloter comme un bébé.

Au milieu de ses sanglots, elle sentit la douceur d'une main lui frôler le front, et la voix lointaine de lady Lockhart parvint à ses oreilles.

— Carson, elle est brûlante de fièvre.

— Mais non, mon cœur, je ne suis pas une princesse. Sinon, il y en a un ou deux qui sauraient de quel bois je me chauffe, je te promets. Un certain Payton, en particulier. Oh, regarde, elle se réveille !

À travers une brume incertaine, Ellen distingua la silhouette de Mared, assise avec Natalie au pied du lit. La petite portait une robe propre et bien repassée. Combien de temps était-elle restée inconsciente ? La mère de Liam l'avait prise dans ses bras, avait essuyé ses larmes, et, avec Griffin, l'avait aidée à gagner l'étage où elle l'avait obligée à s'allonger. Ensuite, elle ne se souvenait de rien.

— J'ai dormi combien de temps ? demanda-t-elle d'une voix languissante.

— Douze heures, répondit Mared en se levant. Vous aviez une fièvre de cheval, et vous êtes loin d'être rétablie. Natalie, tu es de mon avis ?

— Oui, elle est toute pâle, admit la fillette.

— Comment vous sentez-vous, mademoiselle Farnsworth ?

— Épuisée. Et toi, tu n'es pas malade ? demanda-t-elle à sa fille.

— Mared m'a donné une tisane, et elle a dit que j'allais très bien.

— On dit « Mlle Lockhart », chérie, murmura-t-elle.

Mared ne put s'empêcher de rire.

— Nous ne faisons pas beaucoup de cérémonies ici, vous savez. Autant m'appeler par mon prénom, car j'ai l'impression que vous allez rester avec nous quelque temps. Une lettre de Liam est arrivée ce matin. Je ne sais pas trop ce qu'il a écrit mais, à en croire maman, il vaut mieux que vous attendiez son retour. Elle pense qu'il doit tenir à ce que vous avez pour lui.

Le tressaillement d'Ellen amena un sourire sur les lèvres de la jeune fille. Le même sourire que son frère...

— Restez au lit et reposez-vous, reprit-elle. En attendant, si vous êtes d'accord, je vais emmener Natalie visiter un vrai château.

— C'est une charmante idée. Vous n'imaginez pas à quel point cela lui fera plaisir. Mais je vous en prie, appelez-moi Ellie.

— Ne vous inquiétez pas, Ellie. Nous allons nous occuper de la petite pendant que vous vous reposez.

La jeune femme se renfonça avec délices dans ses oreillers. Ses paupières se fermaient déjà, mais elle eut le temps de voir Natalie sortir main dans la main avec Mared.

Décidément, l'Hilaria était un vrai pays de cocagne.

Liam prit la route d'Édimbourg la bourse légère et le cœur lourd, après un détour par Peasedown Park, pour s'enquérir à nouveau d'Ellie.

Ils n'avaient aucune nouvelle, mais le vieux Farnsworth avait écrit pour sommer sa fille de rentrer à la maison immédiatement, sous peine d'en être chassée à jamais, expliqua Judith en sanglotant. La pauvre se reprochait de ne pas avoir aidé son amie comme elle l'aurait dû. Le capitaine fit de son mieux pour la consoler, mais il ne pouvait lui expliquer la raison du départ précipité de la jeune femme. Il promit, si son chemin croisait à nouveau celui de Mlle Farnsworth, d'écrire pour leur donner de ses nouvelles. Lady Peasedown fit de même et nota soigneusement l'adresse de Talla Dileas.

Il pensait ne jamais revoir le couple, pas plus qu'Ellie, et cette seule idée le désespérait. Avoir rencontré une femme comme elle pour la perdre aussitôt lui paraissait le plus cruel des destins. Bien sûr, il n'avait pas oublié la façon dont elle l'avait trahi, mais il aurait donné un millier de statuettes d'or fin et tous les rubis du monde pour un baiser ou un sourire d'Ellen.

Il savait cependant que tout espoir était vain, et c'est avec soulagement qu'il s'embarqua sur un navire marchand faisant route vers Édimbourg. La semaine de navigation se passa sans histoire, à l'exception d'un léger incident.

Un matelot avait voulu lui dérober le mouchoir brodé qu'Ellie avait oublié. Le vaurien n'eut pas le temps de comprendre ce qui lui arrivait, le capitaine l'avait déjà envoyé valser à l'autre bout du pont. Il s'ensuivit une bagarre générale, dont Liam sortit avec un œil au beurre noir et un doigt cassé. Et le mouchoir...

Lorsqu'ils touchèrent terre, il fut le premier à débarquer et prit sur-le-champ la route du loch Chon. Il savait qu'il serait accueilli par les rugissements de reproche de son père, et que ce serait parfaitement mérité. Il espérait seulement ne pas manquer le départ de son régiment, car après un tel désastre, il avait tout intérêt à partir le plus loin possible.

Grâce aux bons soins que lui prodiguait lady Lockhart, l'état d'Ellen s'améliora rapidement. Au bout de quelques jours, elle était complètement rétablie et, malgré les premières neiges, se promenait avec Mared d'un pas léger, séduite par la beauté sauvage de Talla Dileas.

Elle avait tout de suite sympathisé avec la jeune fille, dont elle admirait la forte personnalité, l'énergie, la liberté de ton et de manières. La sœur de Liam lui faisait ses confidences et lui parlait souvent de leur voisin, « ce maudit Douglas » comme elle l'appelait, de son arrogance et de ses mauvaises manières. Elle n'avait jamais eu de compagnie féminine, et elle était ravie de s'être fait une amie. Après toutes ces années confinées à Londres, Ellen s'émerveillait de la liberté dont les femmes jouissaient ici. Elle comprenait pourquoi Liam était si attaché à son pays.

Ç'aurait vraiment pu être le royaume imaginaire d'Hilaria.

Natalie s'épanouissait comme une fleur aux beaux jours. Sa mère ne l'avait jamais vue aussi heureuse, aussi gaie, aussi ouverte, cherchant sans cesse à aider leurs hôtes. Mared et Griffin s'étaient tout de suite attachés à elle, tout comme Aila et Carson Lockhart. Mais les parents de Liam étaient surtout curieux de savoir ce qui s'était passé à Londres. Lady Lockhart en particulier demandait souvent si elle connaissait, ou avait entendu parler de leurs cousins anglais. La jeune femme restait dans le vague le plus possible, mais elle comprenait maintenant comment la statuette aurait pu les aider, et elle éprouvait une honte atroce.

La vie avait beau être douce, les difficultés matérielles de ses hôtes ne lui avaient pas échappé. On lui avait donné une des plus belles chambres, spacieuse et fort bien meublée, mais la peinture s'écaillait et les volets avaient besoin de réparations. On avait installé un petit poêle, car la cheminée était également en mauvais état. La chère aussi était pauvre, et les pommes de terre et les galettes d'avoine constituaient l'essentiel du menu.

À plusieurs reprises, elle avait songé à tout leur avouer et à leur donner les cinq cents livres, mais chaque fois, elle se demandait ce qu'elle ferait quand ils la jetteraient dehors avec sa fille. Décidément, mieux valait attendre le retour de Liam. S'il décidait de la mettre à la porte, peut-être prendrait-il Natalie en pitié.

Mais où était-il donc ? Toujours à sa recherche ? Avait-il rejoint l'armée ? Sa famille guettait une nouvelle lettre avec une impatience croissante. Ellen ne pouvait pas rester éternellement chez les Lockhart, et si Liam ne revenait pas rapidement, il lui faudrait trouver une solution. Du reste, Griffin commençait à se montrer méfiant, comme s'il doutait qu'elle ait jamais rencontré son frère.

Elle entreprit donc de leur raconter chaque soir une anecdote concernant Liam. Comment il chassait le canard et cueillait des fleurs à Hyde Park, comment elle lui avait appris à danser, comment il faisait rôtir des perdrix dans la cheminée et comment il lavait son linge. Cette dernière information sembla d'ailleurs fortement perturber Griffin. Toutes ces histoires les faisaient beaucoup rire, et elles permettaient en quelque sorte à Ellen de rester dans les bonnes grâces de leurs hôtes.

Tout ce qu'elle craignait, c'était d'être à court d'inspiration avant le retour de Liam.

Mais où diable pouvait-il bien être ?

À Aberfoyle, tout simplement.

À Édimbourg, il avait eu la chance de rencontrer un commerçant qui l'avait emmené jusqu'à Sterling. De là, il était venu à pied, campant où il pouvait, se nourrissant de baies et de ce qu'il pouvait pêcher ou chasser. L'échec de sa mission l'avait fait douter de ses qualités de soldat, et cette longue marche l'avait réconforté, même s'il était épuisé. Et puis, Aberfoyle, c'était presque la maison.

Il se faisait tard et la plupart des échoppes étaient fermées. C'est alors qu'il avisa le tilbury de Payton Douglas devant la pâtisserie. Il en fut si soulagé qu'il faillit embrasser son voisin.

Le malheureux Payton eut un mouvement de recul en voyant un grand vagabond sale et dépenaillé se précipiter vers lui.

— Liam ! s'exclama-t-il. Je ne savais pas que tu étais rentré. Les Anglais en avaient assez de toi ? Qu'est-ce qui t'est arrivé ? demanda-t-il en détaillant le coquard sur l'œil, le doigt bandé, et les vêtements tachés.

— Je te raconterai tout ça un de ces jours autour d'une pinte de bière. Pour le moment, j'ai hâte de rentrer à la maison. Tu pourrais me déposer ?

— Bien sûr. Ta mère doit se languir de toi. Elle va pousser des cris d'orfraie en voyant ton accoutrement.

Ils partagèrent une friandise tandis que le jeune Douglas commençait à se plaindre de Mared, la fille la plus autoritaire et la plus entêtée qu'il ait jamais vue.

— Elle m'a pris un mouton, tu te rends compte ! se lamenta-t-il tandis que Liam éclatait de rire.

— Et Grif ? Il n'est pas encore parti chercher fortune à Édimbourg ?

— À vrai dire, cela fait plus d'une semaine que je n'ai pas vu ta famille, confia Payton en s'arrêtant au débouché du sentier. J'ai eu un différend avec ta sœur à propos de votre taureau, et elle m'en veut beaucoup. J'ai préféré garder mes distances...

— Tu ferais mieux de te rendre à l'évidence, commenta Liam en riant avant de sauter à terre. Tu es amoureux de Mared !

Sans prêter attention aux dénégations de son voisin, il le salua et s'engagea d'un pas décidé sur le chemin. Il n'était plus temps de tergiverser, il fallait affronter le jugement familial. Tout ce qu'il demandait, c'était qu'ils se montrent magnanimes. Il était si heureux d'être enfin chez lui !

Le soleil disparaissait derrière la montagne, l'air vivifiant embaumait l'herbe et la résine, pas la suie comme à Londres. Jamais il ne pourrait vivre ailleurs qu'ici ! Il était prêt à se battre jusqu'à la mort pour garder ce domaine, comme tous les Lockhart avant lui. Il ne faisait qu'un avec cette étrange bâtisse et les terres ingrates qui l'entouraient et qui l'avaient façonnée.

Il était l'heure du dîner et la salle à manger était éclairée. Le capitaine franchit l'imposant portail de pierre, mais au lieu de se diriger vers la grande porte, il contourna la pelouse pour aller regarder par la fenêtre les siens en train de s'attabler.

Ses parents entraient justement dans la pièce. Ils avaient l'air en bonne santé, et il en fut soulagé. Ce bon vieux Griffin les suivait avec sa nonchalance habituelle – ignorant encore tout de l'état de ses vêtements. Et Mared, sa petite sœur...

Le cœur de Liam s'arrêta de battre ; l'espace d'un instant, il crut voir un fantôme. *Natalie !* Voilà que la fatigue lui donnait des hallucinations ! Il ferma les yeux un instant, mais elle était toujours là quand il les rouvrit, tenant la main de Mared. Comment était-ce...

Et soudain il *la* vit, la cause de tous ses maux, celle qui hantait ses jours et ses nuits. Il se pinça pour vérifier qu'il ne rêvait pas C'était bien elle, l'ange qu'il adorait, la seule femme qu'il ait jamais aimée, qu'il aimerait jamais !

Le destin lui offrait une seconde chance, sa vie n'était pas finie après tout. Il était encore temps d'aimer et, cette fois de ne pas laisser échapper celle qui était sa raison de vivre. À tout jamais, il chérirait cet instant comme il chérirait celle qui venait d'entrer.

— Merci, murmura-t-il en levant les yeux vers le ciel où scintillait une seule étoile, la plus éclatante, Vénus.

31

Comme chaque soir, dès qu'elle était couchée, Natalie posa à sa mère une multitude de questions, toujours les mêmes. Quand la petite n'y répondait pas elle-même, Ellen les esquivait de son mieux.

Pourraient-elles rester à Talla Dileas ? Mared n'était pas une vraie princesse, mais un jour, ce serait une lady, et c'était presque aussi bien. Est-ce que lord Lockhart les aimait beaucoup ? Elle pensait que oui, et qu'il serait content si elles restaient pour toujours. Est-ce que le capitaine allait rentrer bientôt ? S'il n'arrivait toujours pas, Griffin pourrait aller le chercher, puisque lui n'avait pas envie de rester ici pour toujours. Il disait qu'on était loin de tout. Et s'il partait, elles pourraient peut-être rester à sa place ?

Lorsque la fillette fut endormie, la jeune femme se retira dans sa chambre qu'elle se mit à arpenter de long en large, se creusant la tête dans l'espoir de trouver un moyen réaliste d'assurer leur avenir. La situation apparaissait sans issue, mais il fallait absolument en trouver une si Liam ne revenait pas rapidement. Cela faisait une dizaine de jours qu'elles étaient là, et elles ne pouvaient abuser davantage de la gentillesse de leurs hôtes ; ils avaient déjà suffisamment de difficultés de leur côté.

Le voyage jusqu'en Écosse avait épuisé son énergie et asséché sa bourse. Elle n'avait pas de quoi dépasser Aberfoyle. Si seulement il existait un moyen de retourner à Glasgow sans devoir débourser une somme astronomique, elle pourrait y trouver du travail.

Mais quel travail ? Qui voudrait l'employer ? Elle ne savait rien faire. Si elle postulait pour un poste de gouvernante, on lui demanderait des références. Comme femme de charge ? Elle n'avait pas la moindre idée de la façon dont on faisait marcher une grande maison.

Elle n'avait nulle part où aller. La seule solution, si on pouvait appeler cela une solution, c'était d'écrire à son père, à Eva ou à Judith.

Cette idée lui arracha un rire amer.

Si elle attendait que Farnsworth lui envoie sa voiture, elle avait le temps de se momifier. Quant à sa sœur, elle lui enverrait peut-être quelques billets, mais jamais elle n'oserait défier le vieux tyran en l'hébergeant chez elle. Restait Judith, dont la fidélité ne s'était jamais démentie, sur qui elle avait toujours pu compter. Mais leur amitié était irrémédiablement gâchée, par sa faute, et il y avait peu de chances que les Peasedown soient encore disposés à la secourir.

Comme tous les soirs, elle finit par se mettre au lit sans avoir entrevu le moindre début de solution. Couchée sous le grand baldaquin, elle remâcha son angoisse avant de sombrer dans un sommeil agité. Sa dernière pensée fut pour Liam.

Une fois de plus, il revint la hanter. C'était toujours le même rêve. Il la fuyait, elle le poursuivait en le suppliant de revenir, mais il disparaissait dans les ténèbres, et elle se retrouvait dans sa chambre à Talla Dileas. Debout au pied du lit, il la contemplait, les bras croisés, tandis qu'elle brossait sa chevelure. Sans un bruit il s'approchait d'elle, souple comme un félin, et lui prenait la brosse des mains. Sa main se posait sur son cou, il se penchait sur elle, ses lèvres frôlaient sa peau, et puis…

Et puis une paume se plaqua sur sa bouche.

Elle se réveilla en sursaut et voulut crier, terrifiée, mais la main de Liam la bâillonnait implacablement. Souriant, il lui prit le bras et le lui tordit dans le dos avant de l'immobiliser. Il se pencha sur elle et effleura son visage de ses lèvres.

— Tu t'es très mal conduite, Ellie, lui souffla-t-il à l'oreille.

Elle ne put qu'approuver de la tête en tremblant comme une feuille.

— Alors, tu reconnais que tu as été méchante ? demanda-t-il en glissant la langue dans le creux de son oreille.

Encore une fois, elle fit signe que oui. Elle sentait son souffle sur son cou, sa chaleur contre son flanc, respirait son odeur virile.

— Je ne sais pas quoi faire de toi. Devrais-je te tuer ? T'attacher et te torturer ? Ou te délivrer et te laisser implorer ma pitié ?

« Tue-moi. Punis-moi. Oblige-moi à te demander grâce. Tout cela à la fois », eut-elle envie de lui dire.

Elle ferma les yeux et une larme roula sur sa joue. Elle avait peur de lui, sa colère l'effrayait, mais en même temps, elle était heureuse de sentir de nouveau ses mains sur sa peau et sur ses lèvres.

— Non, je n'ai pas envie de te tuer, pas tout de suite, en tout cas, murmura-t-il avec un ricanement menaçant qui la fit frissonner. Je te laisse, alors ?

Il l'embrassa dans le cou puis, brusquement, la renversa sur le dos et se mit à califourchon sur elle. À la faible lueur du poêle, elle distinguait à peine ses cheveux ébouriffés, ses vêtements en désordre, tachés de boue et de transpiration, mais elle voyait ses yeux de chat luire de fureur dans l'obscurité.

— Non plus. Finalement, je ne trouve pas ça déplaisant, d'attacher les gens.

Elle voulut parler, tenter de s'expliquer, lui dire qu'il pouvait faire d'elle ce qu'il voulait, qu'il en avait le droit, mais il lui intima silence.

— *Chut*... Tiens-toi tranquille et laisse-moi te regarder. Tu es si belle. C'est la seule chose qui ne change pas chez toi.

À travers ses larmes, elle le vit se pencher pour lui parler à l'oreille.

— Si j'enlève ma main de ta bouche, tu ne crieras pas ?

Ellen fit un signe de dénégation.

— Est-ce que je peux encore te faire confiance ? demanda-t-il avec un sourire plein de menace.

Elle hocha la tête affirmativement.

Lentement, il ôta la main de sa bouche. Elle fit mine de parler, pour tenter de s'expliquer, mais, les sourcils froncés, il la fit taire d'un geste.

Écrasée sous son corps musclé, elle ne pouvait se dégager. Il lui prit la main, la caressa doucement, baisa un à un ses longs doigts fins, remonta jusqu'au creux du coude. En même temps, il saisit quelque chose à sa ceinture et, avant qu'elle n'ait eu le temps de comprendre ce qui lui arrivait, il lui avait attaché le poignet au montant du lit.

— Liam...

— Tu m'as promis de ne rien dire, la réprimanda-t-il doucement, comme s'il s'adressait à une enfant. Soulève la tête, ordonna-t-il en sortant un mouchoir de sa poche.

Il le roula avant de le glisser entre les dents de la jeune femme et de le nouer, suffisamment serré pour qu'elle ne puisse plus articuler un mot. Enfin, il lui ligota l'autre main.

Ellen fit une tentative pour se dégager, sans conviction. Elle avait perdu toute velléité de résistance, n'avait plus aucune volonté. Il pouvait bien faire d'elle ce qu'il voulait, elle l'avait mérité. Les bras en croix, les poignets attachés aux colonnes du lit, étroitement bâillonnée, elle était incapable de faire un mouvement ni de prononcer une parole.

— Tu imagines depuis combien de temps je rêve de te voir ainsi, totalement à ma merci ? reprit-il en parcourant son corps du regard.

Elle avait sa petite idée là-dessus. Elle aurait même pu lui donner le jour et l'heure ! Les yeux rivés aux siens, elle hocha la tête.

— Si tu le sais, tu dois aussi te douter de ce que j'ai envie de te faire, non ?

Qu'il fasse ce qu'il voulait, qu'il la frappe, qu'il lui fasse mal. Tout plutôt que ce remords qui la rongeait.

— J'ai tout imaginé. Tout ce qu'un homme peut faire à une femme, j'ai rêvé de te le faire. Je vais commencer par t'apprendre la frustration, continua-t-il en lui taquinant le bout du nez. Je vais te laisser approcher de ce que la vie a de plus puissant, t'amener au bord de la félicité, pour mieux t'en priver ensuite.

Seigneur, comme il devait la mépriser ! Alors qu'elle l'aimait tant ! À présent, elle comprenait ce qu'était le véritable amour. Ce n'était pas le désir qui vous dévorait, ce n'était pas la souffrance de la nostalgie, c'était tout simplement l'absolu. Il n'y avait ni début ni fin. Lui seul occupait son cœur, ses pensées, lui, l'homme qu'elle avait trahi. Elle attendait, prête au pire pour expier son crime, mais il se contentait de la contempler en silence.

Enfin, il glissa le doigt dans le ruban qui fermait sa chemise de nuit et le dénoua. Tranquillement, il en écarta les pans, lui dénudant les épaules. La douceur de ses mains sur sa peau raviva des souvenirs brûlants. Derrière son bâillon, elle poussa un gémissement plein de désir et de regret auquel il n'accorda pas la moindre attention, tandis qu'il rabattait l'étoffe légère pour contempler sa nudité. Elle ne put réprimer un frisson. Il se leva et resta au bord du lit, fixant sa poitrine découverte d'un regard fou. Il pivota soudain, et alla fouiller dans un tiroir de la commode. Il revint en brandissant triomphalement un bas.

— Tu vas comprendre ce que j'ai ressenti, déclara-t-il en bandant les yeux d'Ellen.

Il voulait l'aveugler, l'empêcher de voir sa vengeance. Elle essaya de résister, mais elle n'était pas de taille. Les yeux bandés, attachée et bâillonnée, à demi nue, elle était à sa merci, comme il l'avait voulu, attendant de savoir quel sort il lui réservait.

Elle sursauta lorsque la main de Liam se posa sur son ventre. Elle sentit sur son visage la chaleur de son souffle. Puis ses lèvres, si douces, si tendres, se posèrent sur son épaule, descendirent le long de son flanc, tandis qu'il agaçait ses seins, titillant entre ses doigts les pointes dressées.

Son corps entier s'enflamma sous ses caresses, une onde de chaleur se répandit entre ses cuisses, elle se cambra à sa rencontre, mais il n'y avait plus personne. Pas un bruit, pas un mouvement. Sa première pensée fut qu'il l'avait abandonnée pour qu'on la découvre dans cette position, comme elle l'avait fait avec lui. Tout son être se révulsa à cette idée. Horrifiée, elle tira de toutes ses forces sur ses liens, soulevant la tête pour tenter de voir sous le bandeau.

Soudain, elle sentit sur sa cheville sa main qui remontait lentement jusqu'au creux de ses cuisses, tandis que ses lèvres se posaient sur son ventre palpitant. Une fois encore, elle s'arqua vers lui.

— Non, ma mie, tu ne t'en tireras pas si facilement.

Brusquement, il arracha le bâillon et écrasa ses lèvres sur celles d'Ellen, introduisit la langue dans sa bouche avec toute la passion qu'il avait montrée à Peasedown Park, la même ardeur qui la consumait elle aussi. Elle voulait le prendre dans ses bras, l'enlacer, l'étreindre de toutes ses forces.

— Détache-moi, implora-t-elle en s'arrachant à son baiser.

Mais il s'écarta de nouveau en riant, la laissant pantelante. Elle attendit ce qui lui parut une éternité avant de sentir à nouveau la main de Liam sur son genou. Lentement, il lui écarta les jambes. Tout le corps d'Ellen vibrait d'impatience, brûlait de désir, l'invitait à la rejoindre. Depuis son départ de Londres, elle redoutait le poids de sa colère et s'était préparée à recevoir un châtiment, mais ce qu'il lui infligeait là constituait le plus cruel et le plus délicieux des tourments.

Elle sentit sur son sexe la caresse agaçante d'un objet long et soyeux. *Une plume !* Il avait trouvé une plume pour mieux l'exciter. Elle s'arc-bouta pour essayer de le toucher, de rencontrer sa chair, mais il était hors de portée, et elle en était réduite à l'attendre, haletante de désir.

— Tu as envie de moi, ma mie, je le vois bien, entendit-elle quelque part sur sa droite.

Maintenant, c'était sa main qui s'insinuait entre ses cuisses, écartait les lèvres frémissantes de son sexe.

— Qu'est-ce que tu en dis ? Quel effet cela te fait-il d'arriver au bord de la jouissance pour te voir ensuite refuser ce que tu désires de toutes tes forces ?

— Ne pars pas, gémit-elle.

— Ne t'inquiète pas, tu ne m'échapperas plus.

Elle sentit Liam lui écarter les jambes, sa bouche se poser sur son sexe, taquiner le tendre bouton niché sous la mousse, le sucer, l'aspirer, explorer de la langue les replis les plus secrets de son intimité. À chacun de ces doux assauts, elle vibrait d'impatience et, emportée par une vague irrésistible, ondulait vers lui.

Lorsqu'il cessa brusquement, elle ne put retenir un cri de déception.

— Tais-toi ! Ne bouge pas ! lui intima-t-il en lui plaquant sa paume sur la bouche.

Brutalement, il plongea la main entre ses cuisses.

Elle les referma pour tenter de le retenir prisonnier.

— Tu ne vas pas me croire, Liam, murmura-t-elle tandis qu'il libérait sa bouche, et je ne t'en blâmerai pas, mais je regrette ce que j'ai fait. J'ai honte de t'avoir trahi. Je suis venue te le dire et te demander pardon.

— Alors, implore ma pitié, je n'attends que ça ! rétorqua-t-il froidement. Quel idiot j'ai été de croire que tu m'aimais, et qu'il était impossible que tu me trahisses comme tu l'as fait.

— Mais je t'aime, je t'ai aimé au premier regard ! s'écria-t-elle.

Elle retint son souffle tandis que les doigts de Liam frôlaient ses seins.

— Je savais que tu partirais, et je voyais Natalie s'étioler. J'étais persuadée que si je ne faisais rien, elle mourrait à petit feu. J'ai pensé que je n'avais pas le choix...

Il descendit le long de son ventre, et elle dut prendre sur elle pour poursuivre ses explications.

— J'étais convaincue d'agir pour le bien de ma fille, et je pensais que cela suffirait à faire taire tout sentiment de culpabilité. Et puis...

Son index pénétra dans le nid humide, et elle cessa de respirer.

— Et puis tu es arrivé chez les Peasedown, et...

— Et quoi ? Dis-le, demanda-t-il tandis qu'il caressait son sexe avec une douceur et une habileté diaboliques, sinon j'arrête.

— ... Je te désirais tellement, haleta-t-elle sous les tendres coups de boutoir. Je désirais tes mains, ta bouche, ton corps. Je ne pensais qu'à toi, je ne rêvais que de toi, je n'aimais que toi, Liam.

Elle étouffa une plainte tandis que la caresse devenait impérieuse, que son rythme effréné la plongeait dans une tempête des sens où elle se laissa sombrer.

— C'est comme cela que tu me désirais ? entendit-elle du fond du délicieux abîme.

— Oui !

— Et comme ça ? demanda-t-il en s'abattant sur elle pour l'enfourcher et la pénétrer d'un violent coup de reins.

— Oh, oui, gémit-elle tandis qu'il allait et venait. Je voulais te prendre dans mes bras, t'embrasser, te sentir au plus profond de moi.

Il resserra son étreinte, ses assauts se firent plus ardents, devinrent frénétiques. Le corps d'Ellen se cabra vers lui, tendu comme un arc, la tête renversée en arrière. La bouche de Liam dévora voracement son cou, sa gorge.

— Je t'aime, gémit-elle, emportée par le tourbillon échevelé qui les submergeait tous deux. J'ai besoin de toi !

Dans un même cri, ils s'abandonnèrent à l'extase. Inondé de sueur, il retomba sur elle, éperdu, sa vengeance et son désir assouvis.

Liam n'aurait su dire combien de temps ils restèrent ainsi enlacés. Quand il émergea de sa bienheureuse torpeur, Ellen, la tête rejetée en arrière, gisait les yeux bandés, complètement inerte. Seul son souffle saccadé indiquait qu'elle était encore en vie. Doucement, il lui détacha un bras, qui retomba mollement, puis l'autre. Elle n'eut aucune réaction, comme si toute vie s'était retirée d'elle après la jouissance qu'ils avaient partagée. Il enleva le bandeau qui l'aveuglait, et l'obligea à tourner la tête vers lui.

Lorsqu'il croisa son regard, brouillé par les larmes, son cœur s'arrêta de battre. Jamais il n'avait eu l'intention de lui faire mal. Mais lorsqu'elle lui sourit, de ce sourire radieux dont il gardait le souvenir enfoui au fond de son cœur, il se sentit revivre.

— Je t'aime, Liam.

Lui aussi l'aimait. Plus qu'il ne le pensait, plus qu'il n'aurait su le dire, à la folie. Il ne pouvait pas vivre sans elle, il ne pouvait se passer d'elle un seul instant. Mais il n'était toujours pas certain de pouvoir lui faire confiance.

— Je ne sais pas si je dois te croire, Ellie. À Londres, j'aurais juré sur la tête de ma mère que tu m'aimais, et pourtant tu m'as trahi.

— Mais je t'aimais ! protesta-t-elle. Et je t'aime toujours ! Je regrette ce que j'ai fait, c'est tout ce que je peux te dire. Je ferais n'importe quoi pour que tu me pardonnes.

— Si tu m'aimais, tu m'aurais rendu la statuette.

— Je voudrais bien, mais…

— Mais quoi ? la pressa-t-il.

— Écoute-moi, supplia-t-elle. J'étais folle de désespoir, je ne savais plus à quel saint me vouer. Mais maintenant, je suis redevenue moi-même. Je sais que cette statuette t'appartient, et qu'en aucun cas je n'avais le droit de te la prendre, même pour la bonne cause. Et si tu me chasses, ou si tu me dénonces aux autorités, je ne pourrai pas t'en vouloir !

— Alors, où est-elle ? demanda-t-il, irrité, en se levant.

— Je te promets que je pense tout ce que je viens de te dire. Mais je m'en suis rendu compte un peu tard.

— Comment ça, un peu tard ?

— Je l'avais déjà vendue.

— Tu l'avais *quoi ?*

— C'est pour ça que je suis ici ! Je suis venue t'apporter l'argent. Je n'ai rien dépensé ! Sauf le prix du kilt.

— Je sais, tu as découpé mon kilt.

— Je l'ai vendu aussi, admit-elle craintivement.

C'en était trop ! Elle ne lui aurait donc rien épargné ? Il ne put retenir un geste de colère.

— J'avais besoin de cet argent pour venir jusqu'ici, se défendit-elle. Tu vois, j'essaie de faire amende honorable.

Liam s'efforça de réfléchir calmement. S'il mettait de côté la perte de son tartan, cela ne changeait pas grand-chose. Elle avait simplement vendu la figurine à leur place.

— Tu as fait exactement ce qu'il fallait, déclara-t-il avec un sourire. Tu as donné l'argent à mon père ?

— Euh... non.

— Et pourquoi ? s'inquiéta-t-il aussitôt.

— Je voulais te le donner en main propre. Mais, tu sais, poursuivit-elle d'un ton hésitant, cela n'a pas rapporté la somme que tu espérais.

Mon Dieu, si ce n'était que ça. Les femmes se faisaient vraiment une montagne de tout.

— Ma mie, quelques livres de plus ou de moins...

— Cinq cents livres...

— Même avec cinq cents livres de moins, cela fait encore une jolie somme.

— Non, je veux dire cinq cents livres pour la statuette. C'est le prix que j'en ai tiré.

— Tu veux dire cinq cents livres de moins ? répéta Liam, qui refusait d'en croire ses oreilles.

— Je n'avais pas le choix, je t'assure.

Liam s'assit sur le lit, et lui prit la main.

— Ellie, dis-moi que c'est une plaisanterie ! Tu n'as pas vendu ce monstre d'or pur pour cinq cents malheureuses livres ! supplia-t-il.

En la voyant hésiter, le cœur du capitaine bondit d'espoir.

— Hélas, si, souffla-t-elle.

— Ce n'est pas possible ! gémit-il en se laissant glisser sur le sol, le dos contre le lit. Tu te rends compte de ce que tu as fait ?

— Oui, je m'en rends très bien compte. Crois-moi…

— Non, tu ne comprends pas ! Tu as gâché notre seule chance de garder Talla Dileas ! Nous n'avions que cette carte en main, et tu l'as perdue !

— Je sais, dit-elle en s'asseyant près de lui. Je sais aussi bien que toi ce que ce domaine signifie pour toute ta famille. Je vois tous les jours ta mère chercher ce qu'elle pourrait bien vendre pour nourrir tout son monde. Je sais que lorsque ton père va à Aberfoyle, soi-disant pour voir des amis, il cherche en réalité du travail. Je sais que Griffin ne rêve que de s'établir en ville, mais qu'il n'ose pas abandonner les siens. Et quand Mared monte au sommet du Din Footh, je sais qu'elle imagine ses enfants jouant dans les bois comme vous le faisiez tous les trois quand vous étiez petits.

Liam était aussi ému qu'elle. À nouveau, leurs cœurs vibraient à l'unisson.

— Je sais le mal que j'ai fait, et tous les jours, je prie Dieu qu'il me pardonne. Je ferais n'importe quoi pour me racheter. Je m'engagerai comme servante, je ferai la vaisselle, j'apprendrai à cuisiner...

Il soupira, toute trace de colère envolée. Il savait depuis le début qu'il ne s'ennuierait pas avec elle, non ?

— La légende dit sûrement vrai, sourit-il en s'emparant de sa main. Il n'y a que les Anglais qui réussissent à garder cette maudite statuette. Elle glisse entre les doigts des Écossais.

— Je t'en supplie, Liam... *pardonne-moi*.

— Ça ne va pas être facile. Tu vas expier toute ta vie, ma mie. Il va falloir que tu m'épouses, c'est le seul moyen. Je ne peux pas te laisser sans surveillance une minute, et je ne peux pas vivre sans toi. Il faut se rendre à l'évidence, je suis tombé amoureux d'une petite voleuse anglaise, mais il faut dire que c'est la plus jolie femme de toutes les îles britanniques.

— Tu ne me chasses pas ? fit-elle, incrédule. Tu m'aimes, après tout ce que je t'ai fait ? ajouta-t-elle en se jetant dans ses bras.

— Je ne comprends pas pourquoi, mais oui, je t'aime de tout mon cœur, de toute mon âme. Je te pardonnerai d'être anglaise, de m'avoir volé deux fois, et d'avoir vendu la statuette, si tu me promets d'être à moi pour toujours, avec Natalie.

— Oh, Liam, tu ne peux pas savoir comme je t'aime ! soupira-t-elle en nichant sa tête au creux de son épaule. Tu me rends si heureuse. Je ne te décevrai jamais, c'est promis !

Elle l'enlaça et l'embrassa passionnément.

— Allons réveiller Natalie pour lui annoncer que le prince charmant est enfin revenu !

Il venait délivrer la princesse, et ils vivraient heureux jusqu'à la fin des temps.

Ils s'habillèrent, mais alors qu'ils s'apprêtaient à entrer, main dans la main, dans la chambre voisine, Ellen s'arrêta soudain.

— Liam, tu ne m'as pas dit que tu me pardonnais aussi pour le tartan.

— Ça, *leannan*, c'est absolument impardonnable ! Et cela va te coûter fort cher, la prévint-il en la prenant dans ses bras pour lui donner un avant-goût de toute une vie d'expiation.

32

Bien entendu, les Lockhart furent ravis de retrouver Liam sain et sauf. Toute la tribu se rassembla dans le grand salon pour l'écouter mais, à mesure qu'il avançait dans son récit, leur enthousiasme fut remplacé par l'incrédulité.

La perspective de voir l'aînée de la famille épouser celle qui avait vendu leur précieuse statuette pour une bouchée de pain ne les enchantait guère, mais pour rien au monde ils n'auraient voulu se montrer impolis envers Mlle Farnsworth, aussi firent-ils de leur mieux pour n'en rien laisser paraître.

Ils aimaient tous beaucoup Ellie ; c'était une femme charmante, personne ne pouvait le nier, et elle venait d'une excellente famille. Le vieux Carson appréciait la présence d'une enfant à la maison, maintenant que les siens étaient adultes, et Natalie avait vite gagné son affection. Quant à Mared, elle appréciait de plus en plus sa nouvelle amie. Tous pardonnaient de bon cœur à Ellen d'être anglaise, mais elle avait volé le fétiche de la famille et, surtout, l'avait vendu pour une misère. Ça, c'était un péché dont ils auraient du mal à la tenir quitte.

Aila fit néanmoins remarquer que jamais elle n'avait vu son fils aîné aussi heureux, qu'Ellie paraissait aux anges, et qu'ils avaient tout pour faire un couple uni. Son mari opina, tout ému.

— Nous allons les marier très vite. Je ne veux pas que toute la vallée se mette à jaser sur notre famille.

Seul Griffin demeurait réservé. Le monstrueux animal représentait leur seule chance, et au lieu de les tirer d'affaire, il avait mangé leurs maigres économies.

— Nous n'aurions jamais dû confier un travail de gentleman à un soldat, se plaignit-il.

— Qu'entends-tu par là ? demanda Liam, piqué au vif.

— Rien de plus que ce que j'ai dit. Tu as toujours considéré cette affaire comme une opération militaire. Tu es arrivé à Londres avec l'idée de prendre cette statuette d'assaut, comme un bastion à emporter. Pour un peu, tu aurais décimé la bonne société et fait prisonniers les cousins anglais. Une mission comme celle-ci demandait de la finesse, du doigté, de la diplomatie. Il ne s'agissait pas d'une charge de cavalerie.

— Puisque tu es si malin, pourquoi restes-tu planté là ? Pars donc la récupérer toi-même, cette maudite statuette !

Il se figea soudain, tandis que son visage s'illuminait. À vrai dire, tout le monde avait eu la même idée.

— Nous n'avons plus un sou, objecta Aila.

— Nous en emprunterons à Douglas. Il ne fera pas de difficultés si c'est Mared qui le lui demande.

— Ne compte pas sur moi, s'écria la jeune fille, horrifiée.

— Tu lui en parleras aujourd'hui même, coupa son père avec autorité.

— Mais comment voulez-vous retrouver cette statuette ? objecta Aila. Au moins, quand Liam est parti, nous savions où elle était. Maintenant, tout ce que nous avons, c'est un simple nom.

— Allons, mère, pourquoi serait-ce si difficile que ça de trouver cette lady Battenkirk ? lâcha Griffin.

— Tu n'es jamais allé à Londres, persifla sa sœur. Il y a peut-être toute une tribu de Battenkirk. Tu comptes les répertorier tous ?

— Si je puis me permettre... intervint poliment Ellen.

Les regards sévères des cinq Lockhart convergèrent vers elle. Tout était sa faute, il ne fallait quand même pas l'oublier !

— J'ai pratiquement toujours vécu à Londres, et même si je ne connais pas personnellement cette dame, j'ai quelques idées sur les salons et les gens qu'elle doit fréquenter.

— Maman connaît tout ! Elle sait où sont toutes les boutiques, tous les marchés et tous les parcs ! confirma Natalie depuis son perchoir près de la fenêtre.

Ils considérèrent avec attention la mère, la fille, puis de nouveau la mère. La proposition méritait d'être considérée.

— Je peux vous aider à retrouver cette statuette, j'en suis certaine, insista-t-elle anxieusement.

Ce fut Griffin qui, après un instant de flottement, reprit la parole :

— Liam, je ne t'aurais pas trouvé une meilleure épouse si je m'en étais occupé moi-même ! s'exclama-t-il en se dirigeant vers Ellen, les bras grands ouverts, un chaleureux sourire aux lèvres.

— Vous voyez ? fit Mared à la cantonade. Je l'avais toujours dit, mais personne ne m'écoute jamais !

— Je n'ai jamais douté d'Ellie un seul instant, assura Carson en se tournant vers sa femme.

— Mais moi aussi, j'ai toujours pensé qu'elle avait sa place dans notre famille, rétorqua Aila, indignée. Je t'avais bien dit qu'elle illuminerait cette maison.

Tandis que tous s'embrassaient et se congratulaient pour fêter l'arrivée d'Ellen et de Natalie dans leur clan, le capitaine contemplait les siens. Tous ceux qu'il aimait étaient réunis dans cette pièce. Sa place était ici, avec eux. Il n'était pas question de repartir en campagne.

— Ne t'inquiète pas, je l'aurai à l'œil, répondit-il avec un sourire radieux lorsque son père le mit gentiment en garde contre une femme aussi rusée.

Ensuite, les Lockhart s'absorbèrent dans l'élaboration de nouveaux plans pour rentrer en possession du monstre. Tous avaient leur idée, tous parlaient en même temps. Lorsque vint le moment de déterminer le meilleur moyen de trouver lady Battenkirk, ils se tournèrent d'un même mouvement vers Ellen. Mais elle avait disparu, de même que Natalie et Liam.

Mared leur fit signe en riant de la rejoindre à la fenêtre. Main dans la main, Liam, Ellie et la fillette traversaient tranquillement la grande pelouse en direction du lac. De temps en temps, la petite leur lâchait la main pour gambader devant, sa chevelure d'or flottant au vent.

— Une vraie petite princesse, commenta Mared.

Remerciements

Quand on est dans ce métier depuis un certain temps, on a tendance à oublier les différentes étapes de la publication d'un livre. Je ne veux pas tomber dans ce travers. Il n'y a pas que l'écriture, et sans les autres collaborateurs de l'édition, rien ne serait possible.

Mes remerciements vont tout particulièrement à ma directrice de collection, Maggie, qui m'a fait confiance et m'a aidée à progresser. À mon agent, Meredith, qui m'a toujours poussée à me dépasser. Et, bien entendu, à toute ma famille, qui est aussi enthousiaste aujourd'hui qu'à la parution de mon premier roman, et à Louie, mon mari, qui m'aide à garder les pieds sur terre.

Enfin et surtout, merci à mes fidèles lectrices qui m'écrivent pour me demander quand paraîtra mon prochain livre.

Sans vous tous, je ne serais rien !

Julia London

AVENTURES & PASSIONS

7 décembre

Eloisa James, Christi Caldwell,
Janna MacGregor et Erica Ridley
Féérie de Noël
Inédit

À Noël, lors de sa réception annuelle de la Christmas Revelry, le duc de Greystoke convie amis et connaissances pour quinze jours de plaisirs. Entre promenades en traîneaux, parties de boules de neige et bals somptueux, Cressida, Isabelle, Caroline et Louisa vont découvrir les joies des fêtes, le bonheur de plaire et, peut-être, faire la rencontre tant espérée qui changera leurs vies…
Féérie de Noël regroupe quatre nouvelles originales d'auteures incontestées de la Régence : Eloisa James, Christi Caldwell, Janna MacGregor et Erica Ridley.

✦

Bethany Bennett
Le comte de West End
Inédit

Mlle Ophelia Hardwick a usurpé l'identité de son frère Adam, assassiné par son oncle pour récupérer l'héritage. Depuis dix ans, elle a réussi à dissimuler sa féminité et occupe le poste d'intendant auprès du comte de Carlyle, dont elle est secrètement amoureuse. Suite à un concours de circonstances, Carlyle découvre le secret de celui qu'il considérait comme son bras droit. Cependant, bouleversé par la beauté d'Ophelia, il décide de garder le silence. Mais de lourdes menaces pèsent sur la passion dévorante qui les consume et pourraient devenir mortelles pour les amants.

Julie Anne Long

Le palais des vauriens — La cantatrice

Inédit

Mariana Wylde, une diva de l'opéra, trouve refuge au milieu de la nuit à la pension Grand Palace. Rejetée comme une pestiférée après un duel entre deux lords, dont l'un était son amant, elle a tout perdu. La cantatrice s'installe et fait la connaissance des autres pensionnaires, tous charmants et attentionnés. Tous, sauf un : le général James Duncan Blackmore dont l'arrogance et le mépris qu'il affiche pour cette dévergondée sont une offense pour Mariana comme pour les autres occupants. Sommé de présenter des excuses à la jeune femme, James campe sur ses positions, même si la beauté et la douceur de la chanteuse le troublent plus qu'il ne veut bien se l'avouer.

✦

Betina Krahn

Héros malgré eux — L'ange de la Tamise

Inédit

Horace Townsend et Lawrence Alcott dont les affaires périclitent décident de s'associer en mariant leurs enfants uniques : Rafe et Lauren. Les fiançailles sont rapidement annoncées. Lors d'une promenade sur la Tamise, la barque de deux femmes chavire. Devant le refus de Rafe de sauver les malheureuses, Lauren retire chemise et penty, et plonge. Horrifiée par la lâcheté de son fiancé, la jeune femme lui rend sa bague et rompt son engagement. Le lendemain, un article du *Times* relate l'événement en racontant que « L'ange de la Tamise » était nue ! Rafe et Lauren parviendront-ils à éviter le scandale, et à quel prix ?

Anna Bradley

La société secrète — À la poursuite d'un fantôme

Inédit

Gideon Rhys, marquis de Darlington, vient d'annoncer son mariage. Comment est-ce possible ? Lui que la rumeur accuse d'avoir assassiné sa première épouse ! L'École philanthropique de lady Clifford dépêche Cecilia Gilchrist à Darlington Castle en tant que gouvernante. D'abord intimidée par les lieux et leur mystérieux propriétaire, elle s'attache à mener son enquête et observe les faits et gestes du marquis. Il doit y avoir des secrets dans ce château où des objets disparaissent et où il est interdit d'entrer dans la chambre de feue la marquise. Plus troublant encore, Cecilia n'arrive pas à s'expliquer comment le regard dévastateur et la fière allure de Gideon ont pu ensorceler son cœur et enflammer ses sens ?

✦

Monica McCarty

Les chevaliers des Highlands — Le Saint

Magnus MacKay est l'essence même du Highlander : dur, fier, intrépide. On le surnomme Le Saint parce qu'il refuse de parler des femmes, mais également pour son commandement froid et rigoureux. Sa réserve cache en réalité une profonde blessure amoureuse et un deuil qui l'ont meurtri. Jusqu'au jour où, Helen, la femme qui l'a éconduit se retrouve fiancée à l'un de ses compagnons de la Garde. Dès lors, Magnus va devoir livrer la bataille la plus difficile de sa vie : celle des sentiments.

Johanna Lindsey

Les Malory — Le cadeau de Noël des Malory

Toute la famille Malory s'est réunie pour célébrer Noël. Un paquet enrubanné, posé près de la cheminée, suscite la curiosité de tous. Une fois retiré, l'emballage doré ne révèle qu'un vieux cahier à la couverture de cuir. Quelle déception ! Or, chacun a la certitude que son existence va être bouleversée par cet étrange présent, car ce carnet n'est autre que le journal tenu à quatre mains, un siècle plus tôt, par Christopher Malory et son épouse, la mystérieuse Anastasia.

7805

Composition
FACOMPO

Achevé d'imprimer en Italie
par GRAFICA VENETA
le 2 octobre 2022

Dépôt légal : novembre 2022
EAN 9782290378847
OTP L21EPSN002490-545015

ÉDITIONS J'AI LU
82, rue Saint-Lazare, 75009 Paris

Diffusion France et étranger : Flammarion